耕耘

GENGYUN

老兵吴崇先的这一辈子

柳已青／著

中国海洋大学出版社
CHINA OCEAN UNIVERSITY PRESS
·青岛·

老兵吴崇先的这一辈子

▲ 吴崇先于 2011 年春天留影

依据《军人抚恤优待条例》，经审定符合享受复员军人定期定量补助待遇，特发此证。

山东省民政厅

山东省民政厅

持证人像

保持人民解放军的光荣传统

► 吴崇先的复员军人证件

▲ 吴崇先夫妇合影

▲ 1993 年，吴崇先夫妇
在长白山天池合影

▲ 吴崇先夫妇抱着孩子合影

二十世纪六七十年代，在乡村中国，人们面对镜头，表情有几分严肃。在当时，照相是一件大事。

▲ 吴崇先夫妇和孙子孙女合影

晚年儿孙满堂，享天伦之乐

▲ 王秀珍和四个女儿以及大儿媳合影

◀ 吴永丽（右）和吴永学（左）合影

▲ 吴永丽依偎在母亲身边。王秀珍抱着吴永学。这是二十世纪六七十年代，很普通的一个家庭场景，温馨而安宁。

► 二十世纪八十年代，吴永学和姐姐们在松江河市场税务局办公楼前合影

▲ 吴崇先八十大寿，他和老伴王秀珍、儿子吴永学、儿媳叶晓玉、孙女合影

◀ 吴崇先和老伴王秀珍在济南黄河大桥留影

序言

小人物在历史长河中的悲欢离合

胡适生前多次建议身边的人写一份自传，很多人不理解。胡适就劝说，不仅大人物要写，小人物更要写，因为小人物的自传传达出的是最真实的社会生态。

其实，历史并非全是帝王将相演出的舞台，而芸芸众生也不只是台下看戏的观众。放眼20世纪的百年风云，历史是革命、战争、运动等宏大的主题，掩盖住众生的生存真相。而处在社会底层的以土地为生的农民，他们的悲欢离别、灾难苦难也非常值得关注。

可是，历史是个“势利眼”，常常把聚焦的目光对准帝王将相、才子佳人，寻常百姓被视若草芥，忽略不计。而以土地为生的中国农民，是沉默的大多数，是被历史潮流挟裹着往前走。

在20世纪的乡土中国，人和动物一起忙着生，忙着死。大地上的事情，农民与土地的命运，不可避免地卷入到历史的洪流之中。在历史平静的时刻，一代代村民，他们平凡地生活着。

本书的传主吴崇先，是一位1930年出生在胶东半岛的农民。与其说这是一个人的生命历程，不如说这是一代人的命运缩影。与其说这是一个家族生存的故事，不如说这是农民在历史中的浮沉。吴崇先的经历说起来非常简单，幼年失去了母亲，青年军旅生涯目睹战友战死沙场。被国民党抓去当过兵，为共产党扛过枪。见证了新中国成立等历史大事件，复员转业回家乡。一个偶然的因素，一个冲动的选择，改变了人生的航向。闯关东颠簸在路上，最后定居在长白山下东北边疆。

一生除了当过几年兵的传奇经历，其余生命中的大部分岁月，都以种地为生。他从不后悔自己丢掉乡镇公务员的身份，闯荡到吉林省安图县一个叫杨木桥子的地方。在这里，他发现了中国农民生存之道，人少地广，再加上长白山上的草药馈赠，生存资源比起老家即墨更丰富。在“三年自然灾害”期间，吴氏家族的成员先后迁移到杨木桥子。吴崇先闯关东之举，无意之中，解决了整个吴氏家族的生存问题。在饥饿的年代，他的家人有惊无险地熬了过来。

和处理复杂的人与人之间的关系相比，和政治运动相比，种地简单多了。这位朴实、率真、耿直的农民，最喜欢的事情是“种瓜得瓜，种豆得豆”。他早年参加了革命队伍，始终保持着一个老百姓的朴素与善良。最终，还是觉得当一个农民快活，他的思想深处，还是千年来中国农民的梦想：“几亩地，两头牛，老婆孩子热炕头”。这是他当年参加革命的动力，也是生生不息的农民们朴素而真切的生活。他真正过上这种日子，还是改革开放实行家庭联产承包责任制之后。

从个人、族群和社会的角度看，吴崇先体现了中国式农民的生存之道。他就像一滴水，折射出太阳的七彩光芒。吴崇先的故事虽然只是个体的遭遇，但是他的背后是一个家族的变迁。没有地方的历史，何来国家的历史？没有个体的记忆，何来共同的记忆？没有具体的人的命运，何来民族的命运？

吴崇先出生和成长的年代，中国人正处于水深火热之中。那时的中国人好像都站在水里，水已经齐肩，只要略有风波，就会有大批的人遭殃。

战争是吴崇先同时代人的不可承受之痛。吴崇先7岁时，日军发动全面侵华战争。无数的平民百姓被日寇杀戮，无辜的老百姓成为战争的牺牲品，能够活下来就是一个奇迹。吴崇先8岁时，目睹发生村子里的“俞家屯惨案”，日本鬼子的凶残，在他心中留下阴影。

抗战胜利之后，国共内战爆发。战争同样是残酷的，在胶东半岛，国共拉锯的争夺战中，农民和土地被伤害。吴崇先讲起自己的经历时说，共产党搞土改，分了土地，国民党还乡团进村后，村子里谁家有人加入了共产党的军队，就会受到疯狂的报复。国民党还乡团不仅大肆捕捉共产党人，还用铡刀将加入共产党军队的家属残杀，丢在废弃的水井里。

在国共内战的争夺中，共产党得到了民心，很多像吴崇先这样的农村青年加入了共产党领导的解放军。有一位和吴崇先一起入伍的年轻人，进入军队后，只吃过一碗小麦面粉做的白面条，简单培训后，就上了战场。这位不幸的年轻人，战死疆场。

其实，在吴崇先经历的社会动荡中，一点风吹草动，便关乎生死。

本书中关于吴崇先各个人生阶段的真实记录，没有小说中那样跌宕起伏的悬念，也没有太多戏剧性的矛盾冲突。但是，有的是时代的风云变幻，喜怒哀乐的人生体验。但凡有血有肉有灵的个体，不论其社会地位是高是低、所扮演的社会角色是美是丑，总是有限的。从这一滴水中，您能看到什么？都说一个人的一生就是一本厚重的书，在这本小书中，您能看到历史的风云吗？

不管是大人物，还是小人物；不管是叱咤风云的历史主角，还是沉默无闻的寻常百姓。一个人的一生，不是一座孤岛，完全脱离于大陆之外。即使再卑微的人生，也能映衬出一个时代的生动表情。一个人的命运也不是孤立的，它和同时代的所有人的遭际紧密相连。

吴崇先在回忆自己的人生历程时，不由自主地陷入一种宿命论——他一生只有在吉林省安图县杨木桥子才会平安。当然，这是老百姓在面对无法掌控自己命运时的一种解释。

在20世纪的中国，每一位活到耄耋之年的老人，都有属于自己的传奇，属于自己的故事。所有的传奇最终在时间长河的冲刷下，会变得苍白；所有的故事，在经历了惊心动魄之后，最后归于平淡。这本书说到底，就是一个寻常百姓平淡的“过日子”。只要您——不同年龄、不同层次的读者，能在这本书中感受到生活的共鸣，读到岁月的沧桑，读到时代的风云，这就足够了。

开始阅读岁月这部书吧——您会遇到熟悉的人，流逝的岁月。

目录

第四章◇驻防崂山与流亭机场

第五章◇驻防蚌埠机场

第六章◇在即东县大屯乡工作

第七章◇闯关东在路上

第八章◇家族的迁移

第九章◇“文革”岁月

第十章◇改革开放的年代

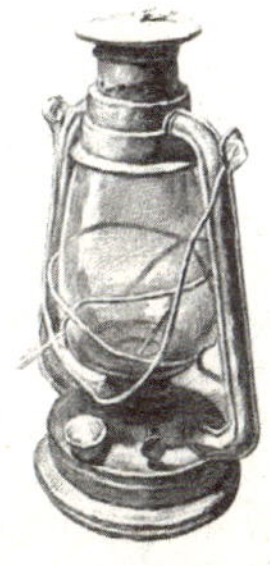

老兵吴崇先的这一辈子

第一章

苦难的童年

吴崇先诞生

1930年的中国，再一次陷入战乱之中。

1928年，北伐战争以张学良东北易帜而告终，标志着南京国民政府形式上统一全国。但国民党派系斗争激烈，不到两年的时间就急剧爆发。

1930年，中国国民党内北伐后失势的左派领导人汪精卫联合反共右倾的西山会议派和地方军阀阎锡山、冯玉祥、李宗仁、张发奎联合发起反对蒋介石中央政府的内战。战争在地处中原的河南及其邻近地区山东、安徽等地大规模地展开，史称“中原大战”。

“中原大战”前，冯玉祥的部队在潼关红场整装待发

中原大战历时七个月，双方投入总兵力逾百万，战线绵延数千里，是中国近现代历史上一次规模最大的军阀混战。从春天到初冬，战火一直持续，炮火灼伤了中原大地，济南的上空，又一次弥漫着战争的硝烟。

这一年的青岛，也发生了诸多大事。

6 月 20 日，南京国民政府下令将青岛特别市改定名称为青岛市。23 日，任命胡若愚为市长。

与此同时，经中共中央批准，中共山东省委在青岛正式成立。7 月 21 日，青岛市 5000 多人力车工人为反对增加车租举行罢工，遭到当局镇压，200 余人被捕。中共青岛市委决定，由共产党员陈少敏等发动被捕工人家属向青岛市政府请愿，进行营救，被捕工人获释复工。

8 月，“中原大战”中反蒋的西北军出现溃败的局势，战局急转直下，蒋介石领导的南京国民政府控制济南。9 月 5 日，南京国民政府决定改组山东省政府，任命韩复榘、李树椿、何思源等为山东省政府委员，韩复榘为山东省政府主席。同月，蒋介石任命韩复榘为第三路军总指挥。9 月 18 日，张学良发出拥蒋通电。随后，阎锡山的晋军西撤，韩复榘部进驻黄河以北。“中原大战”山东战事结束。

中原大战造成的难民

1930 年的中国，就是一个巨大的生死场。“中原大战”，30 万士兵成为炮灰；数百万百姓涂炭。

8 月的乡村，人和动物一样悄悄地出生，悄悄地死去。

青岛港40公里外，在即墨县龙泉镇，有一个叫俞家屯的村庄，像一棵大树，扎根在古老而又广袤的齐地，几代人在这里生息繁衍。龙泉镇东傍黄海，南依崂山，山清水秀，英才辈出，物产丰富。

8 月的乡村之夜，格外静谧，仿佛是世外桃源，不知外面世界的动荡不安与战争的硝烟。人在村子里，会觉得心是沉静的，头顶是繁星点点的浩瀚的星空，村庄外是沙沙作响的庄稼。农家的小院里，传来狗叫声，还有谁家不安心睡觉的孩子的哭声。

村庄迎来了一个幼小的生命。1930 年 8 月 12 日，这天深夜，有一个小小的生命降临到这个世界。

俞家屯村有一户吴姓人家，男主人叫吴显福，家有十亩田一头牛，靠勤奋劳作勤俭持家，日子倒也过得去，只要没有天灾，并没有冻馁之虞。吴家院子里的柴门半掩，油灯被窗户里进来的风，吹得忽明忽暗。在这样一个贫寒之家，这家的主妇躺在床上“好拾了”（临产）。吴显福已经外出，他的身影淹没在浓重的夜色中，他怀揣着激动与不安，深一脚浅一脚地走在村庄里的胡同里，去找接生婆。很快，接生婆跟着吴显福出了门，老迈的接生婆，蹒跚着脚步，边走边系着褂子上的纽扣。八月的深夜已经有了丝丝凉意，但吴显福额头上，满是汗水，他抹了一把头上的汗水，对接生婆说，“八成要拾了（生了）”。吴显福刚走进家门，就听到婴儿嘹亮的哭声，心里悬着的一块石头落地了。家人急忙迎上来，“拾了，拾了，拾了个小子！”三岁的大儿子吴景先，抱着吴显福的腿说：“爹，娘给俺生了个小弟弟。”吴显福抱起儿子，用带着胡子茬的嘴巴，乐滋滋地亲了亲大儿子：“好，好，以后你好生照看他，和他一起玩。”

第二天清晨，俞家屯在晨曦中渐渐苏醒过来，两只喜鹊在村子中央的大杨树上叽叽喳喳叫得欢。人们看着在树枝中间跳跃的喜鹊，心中都有一个疑问，谁家有喜事啊？

很快，喜讯像接力棒一样被村子里的人传递着。大家都知道了喜讯，吴显福家“拾了个小子”，这个降生的男孩，是吴家的二小子。邻居们纷纷到吴显福家道贺，吴显福脸上露出憨厚的笑容，眼睛眯成一条线，笑嘻嘻地向邻居们答谢。有一个邻居问，二小子叫什么名字。吴显福瓮声瓮气地说，“还没有起名字呢。”他把昨晚孩子出生的经过说给大家听：“接生婆还没有到家，二小子就出生了，是个急性子，抢先一步出来了。”大家都说，请教书先生给起个名字吧。邻居中有一位教书先生，捋了捋下巴上不太长的胡子，想了想，慢悠悠地说，“这孩子出生时争先恐后，就叫吴崇先吧。”众人交口称赞，大声说好，吴显福更是千恩万谢：“教书先生真是高明，听听这样一个大号，响亮、大方、有内涵！”大家意犹未尽，聊过了孩子，又聊了一会儿庄稼，散去了。

此时，家家屋顶的烟筒上，冒出做早饭的炊烟。炊烟袅袅升起，是柴草灶火化成的幽魂，是村庄安静的韵律和呼吸。不管是外出的游子返乡，还是在庄稼地里劳作的村民，只要看到炊烟升起，就安心了，那是家的象征。炊烟带着人间烟火的气息，和孩子降生的哭声一样，是世界上最美好的画面与声音。

吴崇先出生在 1930 年战乱的中国，这似乎是一个预示，这个生命的成长，要历经战争的考验与洗礼。很多事情，也许不是命中注定，而是“名”中注定。他抢先一步出生了，抢先一步加入了中国共产党，抢先一步上了解放青岛的战场，他又抢先一步从军队中退伍返乡，抢先一步离开故乡闯关东。吴崇先的一生，仿佛有一股无形的力量推动着他，在历史的大潮中浮沉。

一切都刚刚开始，就像一出悲欢离合的即墨柳腔，刚刚拉开帷幕，手锣手鼓和竹板响起来，这平凡的小人物登上了人生戏台。迎接吴崇先的会是什么呢？

勇救溺水者

俞家屯的东边有一条小河，村民都叫它小东河。夏天，雨季到来时，河面就宽阔起来。和丰水季一起到来的，是河水中的大鱼。村子里的人，就拿出渔网，在岸上向河流中心撒网，等网慢慢收拢起来，大大小小的鱼儿就在网里活蹦乱跳，有鲤鱼、鲫鱼、草鱼……

站在岸上围观撒网打鱼的孩子中就有吴崇先，他和其他孩子一样，看着渔网从河里一点一点地往回收，心里按捺不住地激动，看着大鱼在网里拼命地挣扎，小崇先兴奋地大声吆喝起来，欢呼雀跃。

最吸引人的是水中扎鱼。俞家屯有一位十五岁的少年，人称俞大胆，水性特别好，一个猛子就扎进水里，人不见了，河岸边泛着水花，河中心河水带着波浪哗哗地流。小崇先看着心里直发毛，仿佛自己怦怦乱跳的心沉进水底了。一袋烟功夫过去了，还不见人影，孩子们带着哭腔喊叫起来……谁知，俞大胆在河对岸出现了，向他们招手……

汛期来临，俞大胆从不喜欢撒网捕鱼。他的绝技是钢叉捉鱼。俞大胆一手持着钢叉，在河里游泳，看到大鱼跃出水面，他便以迅雷不及掩耳之势，钢叉一挥，一条七八斤重的鱼就被明晃晃的钢叉插住，大鱼痛苦地扭动着身体，小崇先和小伙伴们一起喝彩。俞大胆像英雄一样，从河里游向岸边，上岸来，水淋淋的，兴奋的眼神熠熠生辉。

这是夏日的一个午后，太阳就像一团火照耀着大地。整个村庄在绿树的浓荫下恹恹欲睡，唯有树上的知了，声嘶力竭不知疲倦地高歌，一阵一阵知了的叫声，和太阳一波一波的热浪一样，让人的感觉变迟钝了。

突然，小东河边一阵大喊，伴随着孩子们的哇哇哭声："快救人啊，有人在河里不行了！"

吴辛氏猛然醒了，看看身边的席子上，没有了二儿子崇先，小脚的吴辛氏，一溜跑出了家门，直奔小东河边。

只见河中央，小崇先正拼命地往岸边游。吴辛氏见状，浑身无力，一下子瘫倒在地，带着哭腔，我的儿子呀！

旁边的一个孩子见状，赶紧扶起吴辛氏："大娘，你别哭，崇先是救人！"原来有几个孩子在河里游泳，有一个学俞大胆扎猛子，结果几分钟没有出来。吴崇先感觉不妙，连忙让岸边的孩子喊救人，自己向河中心游去，潜了三次水，才捞到溺水的孩子。吴辛氏看到的，正是吴崇先救起那孩子向岸边游。吴辛氏看着崇先扯着比他还大个的孩子，破涕为笑，这时感到脚下一阵钻心的疼痛。

原来，吴辛氏和二儿子崇先在席子上睡午觉，崇先看到娘睡着了，偷偷地溜到小东河洗澡。于是发生了这惊险的一幕。吴辛氏以为吴崇先在河里遇险，听到呼救声，急得连鞋子都没有穿，就奔向河边。这时才发现，脚底被碎瓷片扎破了，血流了出来，钻心地疼。

崇先救出的这个孩子叫俞振武，大吴崇先五岁。被救上岸的俞振武，因灌了一肚子河水，肚子胀得鼓鼓的。这时，俞振武的二爹牵来一头牛，大家七手八脚将他肚子向下，放在牛身上。俞振武爬在牛背之上，人们扶着，双脚在牛背子一侧，脑袋和双臂在另一侧，牛慢悠悠地晃动着一走，俞振武嘴巴里就吐出大口的河水，就这样走了好一阵子，俞振武渐渐苏醒过来。

7岁的吴崇先成了俞振武的救命恩人，两人结拜为兄弟。后来，两人一起参军，一起参加了解放青岛的青即战役。

故事里的即墨痛史

晚上，小崇先和爷爷躺在一张床上纳凉，爷爷挥动着手中的扇子，蚊子在耳朵边不时嗡嗡嗡地飞舞，怪烦人的。“爷爷，讲个故事吧。”爷爷坐在黑暗中，抽了一口烟袋锅子上的旱烟，烟袋锅子上红了一下，只一瞬间，就湮灭在黑暗中，呛人的烟雾就扩散开来。

爷爷开口了，“光绪二十三年……”

“爷爷，光绪是谁啊？”

“清朝的一个皇帝。”

“皇帝住哪里？”

“住在北京，紫禁城里。”

“紫禁城大吗？”

“很大，比十个俞家屯还大。”

“比青岛大吗？”

“差不多吧。”爷爷沉吟了一会，“你还听不听故事？”

“听，再讲讲打德国长毛鬼子的故事吧。”

“好。”

“光绪二十三年，德国长毛开着大轮船，在青岛口上了岸，

1898年拍摄的即墨万寿宫、万里云街坊、斯文正路坊

晚清时期的即墨县城

想把青岛口给霸占。过了几个月，就是光绪二十四年的 1 月上旬，占领青岛口的德国长毛扛着火枪，马拉着大炮溜进了咱们的即墨城。这群长毛可坏着哩，他们住哪里不好，偏偏把营盘驻扎在即墨城里的文庙。”

“爷爷，德国长毛在即墨城干坏事了？”

“你慢慢听我讲，”爷爷，吧嗒一下，又抽了一口烟，“德国长毛拿枪威胁，硬逼迫咱们即墨知县老爷朱衣绣交出地丁册籍和地方志书，咱们的知县朱老爷真是好样的，大义凛然地说，没有接到光绪皇帝的命令，坚决不交。德国长毛气咻咻地、骂骂咧咧地走了。”

小崇先问爷爷：“要打仗吗？”

“你慢慢听我讲，”爷爷又吧嗒一口烟，“有一天晚上，德国长毛喝醉了酒，欺压老百姓，坏事做绝，丧尽天良啊，老百姓真是气炸了肺。这时，即墨城的一位好汉叫李象凤，挺身而出，把这个喝醉了酒干坏事的德国长毛三拳两拳打死了，真是大快人心，替咱老百姓出了一口气。”

“这下捅了马蜂窝，德国长毛当夜闯进即墨县衙，把知县朱衣绣给抓走了。知县老爷也犯了难，不好办啊，只好将李象凤杀头。行刑那天，即墨城里男女老少都来为英雄好汉送一程。李象凤真是条汉子，马上踏上黄泉路去见阎王爷了，他仍然面不改色心不跳，对前来的人们说：‘老少爷们，头掉了碗大的疤，二十年后，老子还是一条好汉……’”

“事情了结了吗？”

“没有。德国长毛抢了很多金银财宝，把文庙里的孔圣人的像砍掉了四肢，还把孔子的徒弟仲子塑像的眼睛给挖掉了。”

“很疼吧。”

“恩，秀才们心疼。一天夜里，有 200 多个即墨的英雄好汉

即墨县正堂

持长枪袭击德国兵营，打伤德国长毛鬼子很多人。德国长毛受不了了，灰溜溜地回青岛了。”

爷爷讲完了，良久无语，低头看了看小崇先，已经睡着了。在睡梦里，小崇先变身英雄好汉，跟随手持钢叉的俞大胆，向河里的德国长毛发动攻击，有的用渔网捞，有的用棍子打……在梦里，小崇先一会儿使劲冲，一会儿哭，一会儿笑……

抗日烽火

即墨城十字街以东的牌坊

日子一天天过去了，就像小东河的水，哗啦啦地流。吴崇先在俞家屯这个养育他的村庄，无忧无虑地度过了自己的童年。勇救溺水的俞振武，就是俞家屯的大事了。吴崇先不知道外面的世界，他去的最大的城市就是当地的即墨城。高高的城墙，威严的县衙门，都让他开了眼界。生活在即墨农村的吴崇先，无法得知全国即将发生一件决定中国历史走向的大事件。

1937年7月7日，“卢沟桥事变”爆发，日本所发动的旨在灭亡中国的侵略战争从此全面开始。7月17日，蒋介石在庐山召开了由各派人士参加的座谈会，要求“地无分南北，人无分老幼，无论何人，皆有守土抗战之责，皆应抱定牺牲一切之决心”。

“卢沟桥事变”后，五十一军于学忠部进驻青岛，协同青岛市市长兼青岛保安处处长沈鸿烈坚守青岛。于学忠五十一军一一三师部驻即墨，一一四师部驻胶县（今胶州市），沿着青岛外围地形险要处构筑工事防守。于学忠部一一三师驻扎即墨后，即墨的抗日工作全面开展，一方面挖战壕，另一方面组织群众进行军事训练。

8月，中国共产党领导的抗日民族先锋队（简称“民先”）队员马金铭由青岛回到家乡泉上村秘密发展民先队员10余人，成立即墨县第九区抗日民族先锋队小组，开展抗日救国活动。

宁静的村庄也处于抗日救亡的热潮之中，身处即墨龙泉镇俞家屯的吴崇先，感受到高涨的抗日民气。出身俞家屯的学生，带来了抗战的消息。俞家屯在县立中学、信义中学的学生，在教师的组织下前去临沂参加抗日集训。

恐怖的消息也有传来，在吴崇先幼小的心灵中，日军的罪行不可饶恕，他们是世界上最坏的敌人。1937年8月，日军飞机轰炸刘家庄，炸毁民房，炸死炸伤平民多人。同月，日军的侦察飞机飞入即墨境内，日寇在飞机上用机枪扫射在蓝村赶大集的无辜的民众，原来热闹的大集顿时血肉横飞，成为人间地狱。

“卢沟桥事变”后，青岛的局势非常紧张。日本将罪恶的魔爪伸向青岛，在日本侵略者看来，第二次侵占青岛只是时间的问题了。

1914年至1922年，日本第一次侵占青岛。1914年，在第一次世界大战期间，日本趁德国在欧洲战场无暇东顾，出兵对德国宣战，青岛成为第一次世界大战亚洲唯一的战场。中国北洋政府对日德两国在华的争霸战争不仅未加干预，而且还在山东半岛潍县（今潍坊市区）以东划出特别行军区域，让日本军队通行，听任日德双方交火。

1914年8月27日，日本第二舰队到达青岛海域，封锁了青岛海面。由师团长神尾光臣率领，日军十八师团乘船于9月2日驶抵黄县（今龙口市）附近海域，次日便开始登陆。日军先头部队山田支队占据黄县、莱州、平度、胶县，直抵即墨，一路抢杀劫掠，把中国当成敌国。占领胶县以后，日军不理睬中国北洋政府划定的“中立区”，仍沿胶济铁路向潍县车站以西侵犯。

日军主力登陆后，沿莱州、平度向即墨推进，于9月19日到达即墨。日军崛内支队等9月18日开始在崂山仰口湾登陆。9月20日，山田支队从即墨向青岛进发，由栾家、仲村一线，师团主力进至即墨。9月23日，英军两个大队也在崂山湾登陆。27日，英日联军向孤山至浮山的德军阵地发起攻击，占领了从李村至沙子口、孤山至浮山的阵地。9月26日，西进的金泽支队占领潍县车站，控制了胶济铁路。至此，日军完成了对青岛德军的包围。

经过一段时间的武力交锋后，10月31日清晨，日英联军发起总攻击，战斗持续6昼夜。11月6日，日军攻占德军中央堡垒。11月7日，日军向德军最后一道防线发起攻击。7时，德国总督麦维德（阿尔弗莱德·迈尔·瓦德克）命残部挂起白旗宣告投降。

1914年11月27日，日本军队成立青岛“守备军司令部”，接管了德国在青岛和山东的一切特权和利益。自此开始，青岛陷入日寇魔爪。青岛问题和山东主权于1919年成为巴黎和会的焦点，巴黎和会上中国的外交失败，成为“五四”运动的导火索。“五四”运动像一场席卷神州的爱国潮流，唤醒了沉睡的中国。1922年12月10日，中国收回青岛主权。

1931年12月16日，中华民国海军第三舰队司令沈鸿烈宣誓就职青岛市市长。沈鸿烈担任青岛市市长后，大刀阔斧，在城市建设上有所突破。增修大港三号码头；修建薛家岛码头；修建浮船坞；重修栈桥，增建回澜阁；为保障1933年7月在青岛举行第17届华北运动会，主持修建青岛体育场；拓宽了崂山的道路，加修了崂山里盘山石阶……

沈鸿烈主政青岛6年，青岛飞速发展，逐渐成为中国北方重要的工业、外贸和港口城市。

沈鸿烈主政青岛期间，即墨在城市建设、民众教育方面也有飞速的发展。沈鸿烈部在即墨城东车家沟村后修建飞机场。该机场曾降落过两架飞机。

卢沟桥事变后，青岛这座城市的命运又到了历史的拐点。1937年12月18日，日本陆军参谋部下达了侵略青岛的指令。这时，沈鸿烈收到蒋介石的密电，实施焦土抗战，必要时将日本在青岛的纱厂全部炸掉。沈鸿烈闻讯后，下令将日本在青岛的九大纱厂、啤酒厂、四方发电厂、铃木丝厂、丰田油厂、橡胶厂、自来水厂以及青岛港的船坞及其他机械设备炸毁。于是，从四方、沧口到青岛市内，连绵20里，爆炸声不断。12月29日起沈鸿烈率官员及武装力量撤离青岛，转辗鲁西南地区坚持抗战。

1939年1月17日，日本侵略军占领即墨县城，国民党即墨县政府官员事先弃城逃走。国民党山东省政府另委任的县长则寄附于游击队。即墨县城沦陷后，县内先后组建了抗日游击队20余支。

俞家屯惨案

即墨在春秋战国时期属齐地，民风淳朴而又彪悍，多士人和壮士，爱憎分明，慷慨激烈。汉刘邦称帝后，齐王田横率500徒属退居今青岛即墨市田横镇东海中岛。汉高帝五年（前202年），田横应诏赴洛阳，途中自刎而亡。消息传到海岛后，500壮士肝胆俱裂，于田横衣冠冢前哀唱《薤露歌》，歌罢集体挥刀自杀殉节。后人感其忠烈，遂收其遗骨合葬于岛顶，立庙祭祀。

俞家屯的村民秉承田横500壮士的忠勇与浩气，在抵抗日军的侵略中谱写了一曲曲慷慨悲歌。吴崇先从小在这样的环境中成长，耳濡目染，未成年即从军行，并非偶然。

疾恶如仇、不畏强暴的俞家屯村民遇到来势汹汹的日寇，必然会拼死反抗。

1938年2月9日清晨，乌鸦在俞家屯村外的槐树上盘旋，发出不祥的“啊——啊——呀——”的叫声，在孤寂寒冷的空气冲传开来，打破了薄雾笼罩着的晨曦。

这天早晨，100多名日军窜出即墨城，沿即墨至金口的大路向东北方向“扫荡”。途经俞家屯村（即大屯，现属段村乡）时，一名日军鬼子闯进村民陈泽正家，企图对其儿媳进行强奸。陈泽正听到儿媳的呼救声一个箭步冲了出来，与这个鬼子死命地搏斗。这时，村民王正坚路过陈家门口，听见院内有厮打声，便奔了进去，见陈泽正和一个鬼子扭打在一起，便操起院中的一把铁锨向鬼子头部劈去。这个鬼子连“哼”的声音都未发出，头一歪，鲜血喷洒而出，死了。图谋不轨的鬼子被打死后，陈、王两人看着像死狗一样的尸体，一阵恐惧过后，反而淡然了，两人一合计，干脆把尸体运至离村 3 里的南山，埋在一个石坑里。

王正坚在陈泽正家打死一个日本鬼子，还是个军官，这个消息在村子里悄悄传播。每个讲述的人，都说着悄悄话，掩饰不住地眉飞色舞。吴崇先大着胆子去了事发地点——陈家的院子，地上一摊血，混进了泥土中，就像杀过猪似的。俞家屯农民王正坚成为吴崇先心目中的英雄，那几天，王正坚走到哪里，吴崇先就跟到哪里。

然而，日寇不肯善罢甘休。十天后，当俞家屯的村民差不多把这个事情忘了时，2 月 19 日拂晓，80 多名日寇包围了大屯村。日寇用枪将全体村民无论男女老少集中起来，驱赶到村西南场园，逐个搜身。青年农民朱丕章被日寇用刺刀捅死，村民陈泽海、吴显浩也因反抗被杀害。小崇先站在吴显福的身后，看着倒在血泊里的父老乡亲，心中仿佛被一个无形的大手攫住，心中积聚着对日本鬼子满腔的仇恨。

日寇在场园四周架起 4 挺机枪，对准村民，要他们供出杀死日军的“凶手”，不然要把俞家屯的男女老幼统统杀光，房子统统烧光。日寇正准备动手行凶，陈泽正从人群中挺身而出，高声喊道:“那狗娘养的，糟蹋我儿媳，就是应该杀！杀人的就是我！”日寇又逼陈泽正叫出他的长子陈克功。几个日本鬼子用枪托将陈氏父子砸倒，用刺刀挑断了他们的跟腱，又用铁丝捆绑起来，然后，逼陈泽正供出被杀鬼子的下落，强迫几个村民去挖出尸体，抬到汽车上。随后，日寇又挨家挨户搜查，打伤多人，不少妇女遭奸污。陈氏父子被押至青岛，被狼狗活活咬死。

“俞家屯惨案”发生后，悲伤和哭声一直笼罩在俞家屯上空。受到这次惊吓和刺激，身体不大好的吴辛氏一病不起。

“俞家屯惨案”并没有让即墨人民屈服，马上对日寇还以颜色。3 月 9 日，民先队员周浩然率领即墨抗日义勇军联合国民党第九区区队于集旺疃村三官庙伏击日寇，毙敌 10 人，焚毁汽车两辆。

即墨古城西南角及城外胡桑树

娘，您到哪里去了

俞家屯村在附近的几个村庄中，算是大村庄，村子里有上百户的人家。每逢阴历二、七，俞家屯有集市，周围村庄的人们，从四面八方涌过来。乡村道路上，可以看到络绎不绝的赶集者，或步行，肩挑手提着东西；或推着小车，小车上堆满了农产品。人们到俞家屯赶集，交易农产品、海产品和日常生活用品。靠集

清末，生活在即墨的百姓赶集归来。

市贸易之地利，俞家屯的村民有一些挣钱维持生计的机会。

俞家屯俞姓居多，吴姓是村子里的小姓。据说，这个村子的祖先是明代从云南迁移而来的。几百年过去了，山还是那座山，海还是那片海，不过，村庄越来越大，人口越来越多。

1936年春天，桃花盛开的时节，在俞家屯的集市上，吴显福正在集上卖蔬菜。吴崇先气喘吁吁地从家里跑出来，激动地对吴显福说："爹，俺娘给俺拾了个小弟弟。"吴显福一听，赶紧收摊，回家看刚出生的儿子去了。吴显福请人给三儿子取名：吴勇先。

吴辛氏生了第三个儿子后，身体虚弱。她的面色苍白，身体消瘦，每天夜晚，总是要咳嗽很长时间才能睡着。吴崇先在娘的咳嗽声中睡得很不踏实，听到娘揪心的咳嗽声，悄悄地起床，倒一杯水，送到娘的床前："娘，您喝点水吧，喝点水压一压咳嗽。"

有一段时间，吴辛氏的咳嗽减轻了，她就为这个家的吃穿忙碌。渐渐地，吴辛氏感到浑身无力，有时发低烧。疾病的折磨，让她日渐憔悴，这位坚强的家庭主妇，为了这个家，能忍就忍。

1938年，日寇制造了"俞家屯惨案"。吴辛氏本来在一阵阵撕心裂肺的咳嗽中就难以入眠，经过日寇在村子里杀戮的惊吓，病情加重了。即使睡着了，也会常常做噩梦，那些熟悉的村民被射杀的惨状，时时出现在梦中。醒来就会在咳嗽声中熬到天亮。

吴辛氏病倒了，卧床不起。咳嗽出的痰带着血丝，最后咳出很多血来。医生来看，说痨病后期，回天无力。吴显福心中最后的希望之光，渐渐熄灭，他最担心的情况出现了。沉默无语的吴显福，这位身材魁梧的家庭顶梁柱，顿时苍老了许多。

1938年3月14日，又是一个桃花盛开的季节，小东河里冰层早已解冻，燕子也要归来了，山坡上的草已经返青。这样一个生机盎然的春天，吴辛氏走到了生命的尽头，这位家庭主妇灯枯油尽。在回光返照的时刻，她紧紧拉着孩子们的手，对吴显福和婆婆说："一定要把孩子们拉扯大，千万别让孩子们遭罪……"吴崇先扑在吴辛氏的身上："娘，你别走！"吴辛氏看看最小的儿子，撒手西去。吴家大人孩子一片哭声，无尽的泪水，无尽的悲痛，愁云惨淡，每个寻常之家，都有类似的情景，这是旧社会中国最常见的缩影。

可怜的吴崇先，8 岁丧母，经过生死离别，体验骨肉分离，一夜之间，这个孩子长大了。他早早地告别童年，直面残酷的社会，惨淡的人生。

母亲永远地离开了这个家，吴崇先明白了生死，可是两岁的弟弟却理解不了这个事实。大人骗小弟，娘出远门了。有一次，弟弟、吴崇先和俞家屯的小孩子在街上一起玩耍，要吃饭了，母亲们喊自家的孩子回家吃饭。小弟眼巴巴地望着哥哥吴崇先问："咱娘去哪里了，是不是走亲戚去了，怎么还不回来？我要娘，娘你快回来。"吴崇先望着弟弟的小脸蛋，心一酸，眼泪像断线的珠子流下来，他紧紧地搂住弟弟，哽咽着一句话说不出来。弟弟也哭了，哭得越来越响亮。奶奶赶紧把两个孩子领回家。奶奶抱着小弟，用手轻轻地抹去他脸蛋上的泪花，心里一阵叹息，"可怜的孩子，奶奶不会让你受委屈。"吴崇先对这件事情，永生难忘，这一幕动不动就出现在脑海里。母亲过早地去世，吴崇先格外地珍惜手足之情，他以后人生的选择，也和这有密切的关系。

吴辛氏去世后，吴显福为了承担吴辛氏的嘱托，没有续弦再娶。奶奶帮着照料孩子，吴显福像老黄牛一样，为了孩子的成长努力耕耘着那几亩薄田。

吴崇先到了读书识字的年龄，他常常用羡慕的眼光看着那些背着书包上学堂的孩子。吴显福暗暗发誓，无论如何，也要让孩子读几年书。九岁那年，吴崇先开始在学校里读书。

吴崇先在十几个孩子当中，坐得笔直，他非常珍惜读书的机会。他在课堂学会了歌谣，就回家教小弟。兄弟三人在一起做游戏：

骑白马，骑白马，
姐姐做马头，
哥哥做马身，
弟弟来骑马。
白马好，力气大，
一步一步向前跨。
白马跑得快，
弟弟笑哈哈。

孩子们将《民国语文》中这首歌谣，稍加改动，“大哥做马头，二哥做马身，小弟来骑马。”三个孩子在院子中嬉戏，吴显福坐在马扎上，抽着烟，看着孩子天真的笑容，听着久违的笑声，脸上也出现难得的笑容。在这一刻，生活中的艰辛和疲惫，一扫而光。笑过之后，这位朴实的农民想起了去世的媳妇儿，她要是能看到这一幕，该有多么好啊，想着想着，眼泪在眼眶里直打转。吴崇先看到了，急忙跑过来，“爹，你怎么哭了？”“孩子，爹的眼里被风吹进了一粒沙子……”吴显福揉揉眼睛，笑着说。

就这样，吴崇先上学堂，回来就教小弟，于是，就会听到小弟扯着嗓子大声喊：

摇摇摇，摇到卖鱼桥。
买条鱼来烧。
头未熟，尾巴焦。

盛在碗里吱吱叫，吃在肚里跳三跳。

跳啊跳，还是跳到卖鱼桥。

小弟边跳边唱，累了。忽然想起来：“奶奶，我想吃鱼！”奶奶摸着小弟的脑袋说：“小馋猫，明天让你爹去买鱼，买刚从海里打上来的鱼。”“奶奶，我现在就想吃鱼，我现在就想吃鱼……”

下了学堂的吴崇先看到弟弟哭闹，一句话也没有说，风一样地去了小东河。等吴崇先再次回到家，他的鱼叉上有了一条活蹦乱跳的大鲤鱼，小弟眉开眼笑，像欢迎英雄一样：“哥哥，你真好！哥哥，你真厉害！”

两年后，为了家庭，吴崇先放弃了继续读书的机会，成了吴显福的生活帮手。穷人的孩子早当家，农忙时，吴崇先和爹爹、大哥一起耕种收获。农闲时，放牛割草，照看弟弟，做一些力所能及的活。

小小少年，本来是无忧无虑，但吴崇先却备尝生活的艰辛，以及人生的酸甜苦辣。吴崇先从种田中也体验到收获的快乐，一分耕耘一分收获，他在种田中养成了一种朴素的人生哲学，种田不亏人。他的天性中有中国农民的老实本分，也有齐地壮士的壮怀激烈。他的性格善良、淳朴、坦率，他不喜欢绕来绕去，更不喜欢钩心斗角。他的性格未经文化的规范和修饰，又是容易冲动的。

吴崇先童年经历的一切，在经过戎马生涯后，让他在人生的选择中，最后又选择了当农民。这实在是他一生的命运。他对此无怨无悔，并以农民式的生存感到满足。

第二章

内战期间参军记

见证光复青岛

抗日战争期间，在即墨、崂山一带中国共产党领导的抗日游击队，给日寇以沉重的打击。

1942 年 3 月 16 日，中共胶县、即墨两县县委联合筹建的地方武装——胶即大队宣告成立。4 月，改番号为南海独立二营。9 月，改编为即墨县大队。

1943 年秋，中共中央山东分局成立青岛工作委员会，领导市内的隐蔽斗争。八路军胶东军区组织崂山武工队，在流亭河北建立抗日根据地。

俞家屯的青年不断有人参加中共领导的抗日游击队，大哥吴景先也参加了游击队。“俞家屯惨案”刻骨铭心地留在吴崇先的记忆里，在他看来，正是这次惨案导致母亲的健康每况愈下。家仇国恨涌上心头，他多次和爹爹吴显福说，要去参加游击队打鬼子。吴显福总是语重心长地对吴崇先说：“我答应你娘，要照顾好你们兄弟三个。你大哥已经打游击去了，你年龄还小，等你长大成人，再去打鬼子也不晚。”

吴崇先出生那一年，吴显福在自己家的院子里种下一棵杨树。“十年树木，百年树人。”一晃十几年过去了，当年的小树苗如今成为参天大树；当年的那个小婴儿如今已经长成一个强壮的小伙子。

1945年6月的一天，太阳在头顶，火辣辣的照耀着原野，一股蒸人的暑气，弥漫天地间。吴崇先从小东河边饮完牛，牵着牛回到家。刚进家门，看到大哥回家了。一年前，大哥参加了中共的抗日游击队，吴崇先崇拜地望着穿着一身便衣的大哥，衣着和在家时差不多，但人的精神气质，有了明显的变化。大哥比在家时干练多了，魁梧的身材，浓厚的眉毛，炯炯有神的眼睛，平添了一股豪气。这次大哥回家，带回激动人心的消息，小日本鬼子是秋后的蚂蚱——蹦跶不几天了。八路军在山东开辟了多个根据地，日寇和伪军只盘踞在胶济铁路沿线的城市里。这一天的夜晚，家人团聚，吴家兄弟三人越谈越兴奋，大哥讲打鬼子的故事，直到月挂中天，三人还在谈论，没有倦意和睡意。大哥问吴崇先，抗战胜利后，你最想做什么？吴崇先挠了搽脑门，想了一会，说："我想去青岛看看。好几年没有收到姨夫的信了。姨夫在青岛经商，不知道他们一家人现在怎么样了？"小弟连声说："我也要到青岛看光景，哥，听说中山路上放洋电影呢，说的都是外国话。"

第二天早晨，吴崇先听到大公鸡的鸣叫，醒来时，才发现大哥已经走了。

1945年7月，中共胶东军区部队中海独立团和即东县地方武装配合作战。5日，袭击驻皋虞伪军，激战两小时，俘伪军80人。17日，又袭击驻满贡伪军，经4小时战斗，俘伪军80人，毙伤60人。

8月10日，日本天皇向议会宣布接受波茨坦公告，颁投降诏书，日本政府发出乞降照会。八路军总司令朱德发布大反攻命令，山东省境内除铁路沿线及西部几座县城外，均被收复。

8月15日，日本宣布无条件投降，二战结束。但驻即墨县城的日军拒不缴械。8 月 26 日，胶东五师十三团在兄弟部队配合下，向驻即墨城的日伪军发起猛攻，激战 3 小时，全歼守城的日伪军，收复即墨城。

大哥参加了即东县地方武装力量，在袭击驻皋虞伪军的战斗中，不幸腿部受伤，经过治疗休养后回到俞家屯。抗战胜利了，吴家亲人团聚，奶奶看着三个孩子，不由得老泪纵横。大哥回家这一天，兄弟三人一起到村外的祖坟去，给娘上坟，摆上了贡品，大哥在坟前祭奠了三杯酒，点燃了几刀纸。兄弟三人一起跪下，告诉娘，“我们打赢了小鬼子，您在地下安息吧。”

离乱和战争似乎暂时告别了胶东大地，但国共内战的忧虑一直在大哥心中。不过，这忧虑很快被一个多月后一个意外的惊喜冲淡了。这一天，吴家来了一位青岛的客人，这真是做梦也想不到的，吴显福激动得无以言表。原来这位客人就是吴崇先的姨夫，他来邀请孩子们去青岛玩。

吴崇先和小弟跟随姨夫到青岛，他绝对不会想到，在青岛，他见证了一个历史性的时刻——青岛接受日军投降仪式。

1945 年 10 月 25 日，青岛地区接受日军投降仪式在汇泉跑马场举行，受降仪式由国民党军政部特派员陈宝仓中将和美国海军陆战队第六师师长谢勃尔少将主持。

从上午八时起，青岛民众扶老携幼、纷至沓来，欢聚在汇泉跑马场上。跑马场上，万头攒动，这其中就有吴崇先、小弟和姨夫一家人的身影。喧天的锣鼓响起来，飒飒秋风中，彩旗飘扬。跑马场的看台上，汇成欢乐的海洋。

十月的金秋，阳光普照，跑马场南面的看台上座无虚席，跑马场偌大的周边空地，被市乡民众围挤得水泄不通。跑马场北部搭建有受降台，台上插着中美两国的国旗。台上前部中央，有长桌一张，桌上整齐摆放着 10 份降书，及一应必备文具。桌后有

1945年10月25日，在青岛汇泉跑马场，举行盛大的日军受降仪式。图为参加日投降仪式的美国海军陆战队的官兵。当天有美国的军机巡航，不时飞过跑马场上空。

代表国民政府的陈宝仓中将和美国驻青美海军陆战队第六师师长谢勃尔少将，接受驻青日军将领的投降。

两把座椅，供受降官坐用。主座后面，分左右两侧，每侧前后两排，各有八把座椅，供参加受降仪式的中美高级官员坐用。台上左右，还备有特别来宾席。受降台正面下方，有受降桌一张，供摆放日军投降代表呈献的战刀之用，左前下方为新闻记者席，右前下方为日军投降代表的立候处。更远处，受降台左前方，排列着坦克 40 余辆，军车、通讯车 200 余辆，右前方排列着榴弹炮 40 门，战防炮 15 门，装甲车 200 余辆。军乐队居中，左右两侧，各布有步兵 3 队。

吴崇先和弟弟真是大开眼界，那些新式武器和美军装备，最吸引他们的目光。他们一会儿兴奋地看威武的军队，一会儿指着看大炮和装甲车。

汇泉湾上空传来飞机轰鸣的声音，吴崇先和弟弟抬头看，银色的战机在阳光下闪耀，从蓝色的大海上飞来。当时的记者记录道："美国空军 6 个中队，在青岛市上空飞行，每中队分 3 个小队，每小队由 3 架飞机编组，另有指挥机 3 架，他们是从泊于青岛外海的航空母舰上起飞，时而在汇泉湾、太平山上空盘旋，时而低空掠过全场，逞尽了战胜国的骄傲。"

庄严而神圣的一刻到来了。

上午 11 时，军乐队凯歌奏鸣，陈宝仓中将、谢勃尔少将乘车莅临受降会场，缓步登上受降台，居中就座。参加受降典礼的中、美方高级军官各 10 人，特别来宾中，有时任青岛市市长李先良及各局局长，国民党青岛市党部主任委员葛覃及委员，相继就座。

日军投降代表为第五独立混成旅团长长野荣二少将等十一人，他们乘美军吉普车来到会场，下车后，这些当年不可一世的败军将佐，在美国宪兵导引下，列在受降台前伫立等候。

这时，会场上群情激昂，军民笑逐颜开，掌声、军乐声、锣

日本军官放下军刀，表示无条件投降。人山人海的跑马场上，观众欢呼，这是青岛民众扬眉吐气的一刻，这是山河重光的历史时刻。

鼓声交织一片，齐声欢呼着中国抗战胜利，和盟军反法西斯战争的胜利。

受降典礼开始时，全场肃立，军乐队高奏中美两国国歌。乐声停止后，长野荣二先将日军军旗、国旗恭敬献上，再将所佩战刀解下，双手平端佩刀，走上受降台，向中美受降官，鞠躬呈献。其他十名日军高级军官，在台下各自解卸佩刀，依次鞠躬呈献，交由美国宪兵接过，摆放于台前桌上，全场再次掌声雷动。

献刀完毕，长野荣二在10份降书上，一一签字；中方陈宝仓中将、美方谢勃尔少将，亦在受降书上签字。签字完毕，长野荣二手捧降书，缓步恭谨退下，全场掌声，经久不息，军乐队继奏美海军陆战队赞美曲。

吴崇先在看台上，看到这一幕，在欢呼声中，泪水不知不觉地流下来。从即墨的农村到欧韵青岛，从俞家屯的庄稼地到汇泉湾的跑马场。巨大的差异，让他犹如在梦中。火车站广场威严的钟楼，天主教堂高入云霄的双塔，中山路鳞次栉比的商铺，剑一般伸入大海中的栈桥，中山公园的小桥流水……几天来，他看到的，感受到的，就像一波一波的潮涌，一切都让他感到新奇，这是他生命中前所未有的一次经历。而现在看到的日军投降仪式，更是给他全新的生命感受。兴奋、激动，夹杂着莫名的感觉，竟然化作泪水，悄悄地滑过脸颊。

受降典礼结束，时已至下午1时。吴崇先望着那些垂头丧气的日本军官，由美国宪兵带出会场，乘美军车，消失在视野。观看受降典礼的青岛民众渐渐散去，吴崇先、小弟和姨夫一家人从汇泉湾，步行到小港，一路上谁也没有说话。仿佛一开口，就会冲淡那值得回味的喜悦。

吴崇先在青岛住了几天，就回到即墨的俞家屯，那里才是他生活的地方，他只是青岛的一个过客，红瓦绿树，碧海蓝天，青岛在他梦想中闪耀。15岁时在青岛的经历，成为他一生的精神财富，这是他最早与青岛结缘，注定了还会再续前缘。吴崇先怎么也想不到，青岛会成为他晚年定居的城市，他对这个城市是熟悉的，又是陌生的。他像一叶扁舟，在大江南北漂泊了一辈子，最后回到了风平浪静的港湾，安度晚年，享受生命中安静的日子。

犯了错误

1946年，国民党军队和中共领导的地方武装，在即墨展开了拉锯战。国民党军队疯狂反扑，在即墨、即东两县的解放区屡屡制造令人发指的惨案。

3月，即东县大队驻大妙山的一个排被国民党第八军一部和高密县保安队趁停战之机包围，全排干部战士惨遭杀害。

4月22日夜，国民党即墨县大队和青岛保安队300余人偷袭驻荆疃村的汤泉区区公所，区长衣田家、各救会（全国各界救国联合会）会长赵品三等21人壮烈牺牲。

5月1日，青年妇女队队长聂仁花，被国民党王村区队逮捕后，受尽酷刑，坚贞不屈，惨遭杀害。

聂仁花（1928—1946），即墨县洼里乡钓鱼嘴村人，她出生于一个贫困渔民家庭。1944年，父亲被日本侵略军打死。当时，爷爷年迈，母亲体弱，弟妹年幼，家庭生活重担全压在她一人身上。

1945年8月，家乡解放，村里建立民主政权。年仅17岁的聂仁花参加了青年妇女队，不久，加入了中国共产党，担任村青年妇女队队长。她带领广大群众参加减租减息、反霸诉苦斗争，组织妇女们做军鞋，送公粮，慰问伤病员……样样工作都很积极。

1946 年 4 月 28 日拂晓，国民党即墨县三区区队偷袭钓鱼嘴村，挨家搜捕村干部和民兵。聂仁花的母亲被打得死去活来，爷爷被砍了 8 刀，躺在血泊中，许多群众被残酷拷打。隐藏在聂永彭家的聂仁花，听到群众和亲人的惨叫声，心如刀绞，为了群众和亲人免遭残害，她毅然挺身而出，怒斥暴徒："一人做事一人当，不准你们祸害乡亲！"

三区区队把聂仁花和 25 名村干部、民兵和群众押回驻地青山。他们对聂仁花施以打竹板、锯指缝、火把烤、吊大梁等酷刑，要她说出村里共产党员的名单，但她始终坚贞不屈，没有泄露党的半点机密。1946 年 5 月 1 日，聂仁花被杀害于青山东麓的海滩上，年仅 18 岁。

聂仁花的英勇事迹在即墨、即东两县广为流传，16 岁的吴崇先，对这位大自己两岁的巾帼英雄非常崇敬。他对这一段历史刻骨铭心。晚年回忆起来，他常常讲着讲着便眼眶发红，声音哽咽，无法再讲下去，历史的创伤留在他的心中。

为了打击国民党的反动势力，保卫革命的成果，中共在即墨、即东开展土地改革。

1946 年 10 月，中共即墨、即东两县县委分别召开县区干部会议，传达中共中央 5 月 4 日发出的《关于清算减租及土地问题的指示》和中共中央华东局 9 月 1 日发出的《关于彻底实现土地改革的指示》。会后，即墨县在移风区官庄、大吕戈庄和丰台区丰台村进行土改试点；即东县在华山区皋埠村举办土改积极分子学习班。两县土改运动在解放区逐步展开。

在土改运动中，许多大地主、恶霸一扫耀武扬威的威风，惶惶不可终日，土地被贫农、雇农分得，牛马、房屋财产也被没收。当然，也有一些小地主好几代省吃俭用买来的地，被分掉后，感到绝望，常有跳井、跳河的事情发生。

土地改革使农村的生存法则发生翻天覆地的变化，也使得延续了千百年的社会阶层发生剧烈的变革。吴崇先对土地改革并没有多少认识，他不大可能从革命的角度来看待这件大事，但他却从人性的视角，以一个农民朴素的情感出发，做了一件让他也无法解释的事情。

1947 年深秋，吴崇先参加革命，成为中共在即东县地方武装的一位民兵。他在村子里负责警戒、保卫中共组织，参加支前活动。有一次，组织派他和另外一名交通员负责看守一个敌人。吴崇先身背步枪（并没有子弹），怀揣着一颗手榴弹，全副武装看押敌人。

这个敌人是一位衣衫单薄的老头，灰白的头发乱糟糟，看相貌有 70 多岁。老头被绑住了手脚，痛苦地蜷曲在墙根。深秋的风已经带着深深的寒意，向七漏风八漏气的茅屋灌进来，吹得老头一阵一阵地颤抖，再加上恐惧，就变成战栗了。从吴崇先看守他开始，他就不断地哭，眼泪顺着满是皱纹的脸流下来，沾湿了花白的胡子。中午，吴崇先给他一块烤地瓜，这位老头不吃，给他水喝，他也不喝。吴崇先问他话，他一言不发，只是时断时续地哭。吴崇先看着他，心底一阵柔软，忽然想起了自己死去多年的爷爷。吴崇先和交通员说，看这老头怪可怜的，不知道他犯了什么罪。交通员比吴崇先小一岁，两位都没有经过革命考验的毛头小伙子，被这位哭来哭去的老头搞得六神无主。两人最初看管犯人的决心，好似坚硬的冰块，慢慢地，被老头的哭声融化了。

看这个老头也不是什么罪大恶极的敌人，要不把他放了吧。最初，吴崇先心底的这个想法，冒出来，吓了自己一跳，这可是组织交给自己的任务，如果被组织发觉了怎么办？下午三点左右，两个人把放人的想法讨论来讨论去，犹豫不决。最后，吴崇先说，放人。咱就编造个瞎话，说，咱两个在门口睡着了。老头挣脱了绳索，溜了。等咱们发现人不见了，就去追，追到河边，老头已经蹚过河了。

两人说让老头快跑，老头不敢相信。等吴崇先解开捆住他手脚的绳子，并重复了几遍，并告诉他往烟台方向跑时，老头才听明白了，难以置信地慌乱地点了点头。吴崇先还给了他两块烤地瓜。

等老头逃跑得不见踪影时，吴崇先和通讯员却向青岛的方向追去，假装追到河边。往河滩上丢了那颗手榴弹，手榴弹的爆炸声，惊动了段村区的干部。两位区干部带着枪，纷纷向河边赶来，看到是吴崇先和交通员时，连忙问手榴弹为何爆炸了。两人按照事前编造好的谎话应付。于是，两人受到严厉的批评。段村区赶来的干部说，这个老头是从海阳押送到即东县的。他是海阳的一个大地主，因抵制土改，被当作反革命抓起来。“让你们看一个老头都看不住，回去好好检讨。”

当天晚上，吴崇先辗转反侧，他似乎意识到自己错在哪里了——组织性纪律性不强；又好像觉得自己做的没有错，找出一大堆理由为自己辩解，老头又不是国民党还乡团的坏蛋，他的手上没有沾染共产党的鲜血。

这一晚，吴崇先没有睡好，他的梦里出现了久违的爷爷的面容。随后的梦境凶险又混乱：白天看守的那个老头率领国民党军队杀进了俞家屯，吴崇先被逮，边挣扎边向弟弟吴永先说，快跑，向青岛方向跑，去投奔姨夫；五花大绑的吴崇先，被吊在村子里的大杨树上，老头拿着一把刀，然后掏出一块烤地瓜，恶狠狠地投掷过来，面目狰狞地狂笑，你小子也有今天，你插翅也难逃……

一个激灵，吴崇先从噩梦中醒来，浑身打战，后背上冒出一阵冷汗，过了好大一会儿，才缓过神来：这不是真的！不是真的！

被国民党抓走当兵

1947年，吴崇先参加了俞家屯青年救国会（简称“青救会”）。同村的俞志英任青救会会长，他和吴崇先的大哥是铁哥们，看到吴崇先机灵、能干，而且能说会道，吸收了他。

从此，吴崇先参加了当地的土改运动，斗地主，分田地。俞家屯的雇农分到了土地，个个扬眉吐气。

1948年春天，国民党军队大举进攻即墨和即东县。这年6月，吴崇先被国民党军队抓到了即墨县城。几天后，一个深夜，他趁哨岗打瞌睡，偷偷地跑了出来。等悄悄回到俞家屯，吴崇先才了解到，中共地方部队转移了，青救会等地方组织都潜伏起来了。失去了与组织的联系，吴崇先吃饭不香，睡觉也不踏实，像落单的大雁一样孤单。

8月4日凌晨，吴崇先睡在家中的床上，半梦半醒之间，听见村口有汽车的声响。吴崇先在沉沉的睡意中，忽然打了一个激灵，心中暗叫不好。三下两下穿好衣服，打算溜出村子。刚出家门，就看到胡同中晃动着持枪的国民党军人。国民党军人看见吴崇先要跑，就鸣枪了。当双手被绳子绑上，后背又挨了一记枪托后，吴崇先才意识到，这回怕是跑不掉了，见机行事吧。吴崇先看了看，国民党军人在俞家屯抓了9个壮丁，都被带上了汽车。吴崇先看出那些初次被抓的人，眼神中充满恐惧。于是，他用神眼和他们交流："不要害怕，有我在呢。"

当汽车开出了俞家屯，吴崇先根据汽车行驶的道路，判断是开往即墨县城。在即墨县城，更多的壮丁被押送上车，然后车向青岛方向开。车辆疾驰着，一阵尘土飞扬，一个小沙粒迷了眼睛，吴崇先用被绑着的双手，又揉又搓，眼泪流了出来，费了好大劲，才把那粒小沙子揉出来。这次，吴崇先感到丝丝恐惧，这是要干什么，拉到青岛做什么？他心中的疑问，随着车子的晃动，越来越大。但是，百思不得其解，那晃动的问号，渐渐变成了省略号。车辆不停地行驶，远处可看到胶州湾，最后，省略号也被远处散着太阳光的海水淹没了。一阵浓厚的睡意和疲倦袭来，眼皮像铅一样沉重，眼睛闭上了，脸上、脖子上，汗水像蚯蚓一样，歪歪扭扭地流下来……

就这样，吴崇先迷迷糊糊地打着瞌睡，忽然，耳边传来一阵刹车的声音，车停下来了。吴崇先睁开眼睛四处打量，耳边忽然传来飞机起飞的轰鸣声，原来车子停在了沧口机场附近的国民党的驻军营房。

每人发给了一套军装，然后由一位军官训话："从今天起，你们就是军人了，为党国效忠，如果想逃跑，哼！"军官做了一个手臂用力向下一挥的动作，"要是在战场上当逃兵，格杀勿论！"

太阳在西天渐渐落下，飞翔的鸟儿也要归巢了。马路两旁长着高大的行道树，法国梧桐的树冠伸展开来，鸟儿上下翻飞，叽叽喳喳。吴崇先端着碗，机械地咀嚼着，他望着窗外的鸟儿，心想，即东县的地盘被国民党军队占领了，俞家屯青救会的伙计们估计被打散了，他们现在在什么地方啊？

夜幕降临，吴崇先等被抓的壮丁，一天之间就成了国民党的军人，多么荒谬啊。当天早晨他们还是即墨县、即东县的农民，睡在自己家的床铺或者炕头上，而晚上就不知栖身何处了。更让他们意料不到的是，晚饭后，每个人穿好军装，稍作休整后，就被汽车拉到了沧口飞机场。

小型军用飞机轰鸣着，人靠近飞机，就能感受到风机产生的声浪和气流，吴崇先被震耳欲聋的飞机轰鸣声淹没——感觉耳朵失去了听力。被抓的壮丁此时成了军人，登上了飞机。他们不知道飞机飞向何方。三十多人一架飞机，飞机轰鸣着起飞了，慢慢离开了灯火阑珊的青岛，然后灯光变得稀疏。随着飞机向高空爬升，吴崇先在心里告别青岛，告别家乡，告别战友。

飞机降落了，被告知到了济南。他们被分派到泺口附近的一个国民党驻军地。

原来，济南解放前夕，第 11 绥靖区的青岛国民党军队以抓壮丁火线入伍这种方式“增援”第 2 绥靖区的国民党军队。

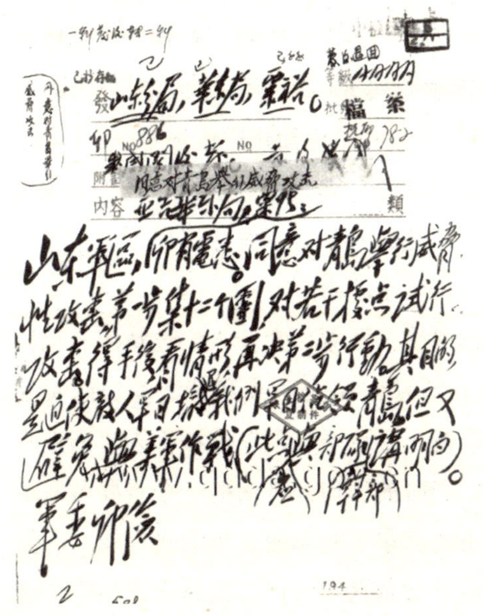

毛泽东 1948 年 9 月 2 日起草的中央军委同意华东野战军攻打济南作战方案的电报手稿

1948年7月14日，中央军委、毛泽东主席于1948年7月14日指示华东野战军准备攻取济南，伺机歼灭部分援敌，并指出："如能在八、九两月攻克济南，则许谭全军（七纵、九纵、十三纵、渤纵、鲁纵）可于十月间南下配合粟陈、韦吉打几个大仗，争取于冬春夺取徐州。"

济南是津浦铁路（天津至浦口）和胶济铁路（青岛至济南）的交会点，是连结华东、华北地区的战略要地，也是国民党山东省政府、第2绥靖区所在地，北靠黄河，南倚泰山，地势险要，易守难攻，是国民党军残存在山东省腹地的最后一个坚固设防城市，人口70万。国民党军第2绥靖区司令长官王耀武指挥整编第96军（辖整编第2、第84师，独立团）、整编第73师等部，共3个整编师部、9个正规旅、5个保安旅及特种兵部队约11万人，控制着东自韩仓，西至长清，南起中宫、张夏，北迄泺口、齐河之间地区。

津浦路中段战役后，该城已处在华东野战军的重重包围之中。为加强济南守备兵力，蒋介石于8月上、中旬下令将青岛的整编第32师的第57旅和徐州的整编第83师的第19旅空运济南；9月15日又令整编第74师于17日开始由徐州空运济南。

在这种背景下，吴崇先等即墨、即东两县被抓的壮丁，成为"青岛的整编第32师的第57旅"一部分，驻守泺口。这也是吴崇先等人平生第一次乘坐飞机到了济南。

泺口码头一直作为北出济南的重要门户，人们过黄河一直依靠摆渡。1906年4月，连接小清河黄台码头和黄河泺口码头的一条轻便铁路支线正式建成通车。这条轻便铁路被称为"清泺小铁路"，铁路全长6千米。当时的泺口是济南的一个重要黄河港口，小清河黄台码头是沿小清河东下胶东的一个咽喉码头，而且黄台码头和胶济铁路小清河黄台站之间，又有铁路支线相连。这条轻便铁路的修建，不仅把黄河和小清河联系在一起，还和开通不久的胶济铁路联系在一起。原本就是济南重要的一处码头，清泺小铁路开通后的泺口更加繁忙，也是济南比较繁华的地方。

因泺口码头连接水陆交通，在战争中具有重要的地位。吴崇先等人在此防守解放军。吴崇先在俞家屯就已参加了共产党组织的青救会，此时，身在曹营心在汉。他和从俞家屯被抓的几个壮丁，时刻想着趁机逃跑。经过几天观察，逃跑的机会终于来了。

吴崇先在泺口当国民党的兵，表面上很顺从，他一方面了解国民党在济南设防的情况，一方面渐渐熟悉连队人员的情况。吴崇先和一位连队的文书，很谈得来。这位文书是海阳人，家中兄弟三人，两人参加了共产党的部队，他参加了国民党的部队。吴崇先在和他攀谈的过程中，感觉到他厌战心理严重，“刚打完8年的日本鬼子，如今国共打内战，都是一家人，为什么还要拼个你死我活？老百姓何时能过太平日子？”吴崇先听他发牢骚，也和他掏心窝子说话，告诉连队文书，他们几个从即墨怎样来到济南的。连队文书很同情他们，并且告诉吴崇先，解放军已经形成了对济南的包围，一旦打起来，像吴崇先这样没有打仗经验的壮丁新兵，定会沦为炮灰。

一来二去，吴崇先求连队文书帮助他逃离两军即将开战的济南，连队文书默许了。连队文书经过深思熟虑，想出了一个周密的方案。一天晚上，他将两页盖了军队公章的空白公函，连同几支笔，送给吴崇先，嘱咐他们借机逃跑，并授意如何跑出济南。连队文书的计划周密：将一张公函伪造成外出收购军粮的证明，吴宗宪等可穿国民党军队服装，以便出城，应对国民党军队盘查。跑出国民党军队占领区，就换下国民党的军服；在另一张公函上填写国民党军队的证明函，遇到解放军哨岗或盘查时，就装扮成商人，说打算在济南开商铺，到济南看房租房。第二天下午，吴崇先等9人，乘坐一辆军车，大摇大摆地出了济南城。他们到了僻静之处，将司机捆绑起来，如摆脱囚笼的人，呼吸着自由的风，一口气急行军三十多里。

十几天前，吴崇先被抓从青岛乘坐军机到济南时，胶济铁路一些路段被解放军占领。胶济铁路沿线，仍有一些地方，被国民党军队控制。吴崇先等9人，走了三四天，到了潍县境内，这里是解放区，离即墨也越来越近了，他们感到越来越安全，心情也格外舒畅。

临近即墨时，又到了国民党军队控制区。吴崇先等人穿上国民党的军装。一天下午，他们到了一个城镇，在歇脚时，同行的一个去买烟的小伙子这时遇到当地的国民党驻军，一个军官模样的人气势汹汹地问："你们是哪里的，所属部队番号？"也许这位军官觉得他们像散兵游勇，故有此问。买烟的小伙子一听非常反感，也许离家近了，底气十足地说，"关你屁事！"这句话，引来军官的勃然大怒，挥枪指挥部下："来人，把他们给抓了。"吴崇先见状不好，连忙上前疏通："军官息怒，大水冲了龙王庙，

位于济南市历城区仲宫镇尹家店村的济南战役山东兵团指挥所旧址

都是一家人，他不识好歹，冒犯了长官，不要跟他一般见识。”那军官一看到吴崇先求饶，更是颐指气使，丝毫不肯通融。不由分说，将9个人逮到国民党驻军营地。

吴崇先气得在心里骂娘，刚逃出虎穴，谁料想又进了狼窝。气恼一阵过后，吴崇先心里盘算如何说谎，看看能否逃过这一劫。那个小军官向驻地连长邀功，说是带回几个逃兵。国民党军队连长问情形，吴崇先对答如流。这次真的是一家人碰上了一家人，9人中有一位是即墨县城东门的，这连长也是即墨县城东门的。一说开，都是即墨老乡。连长大手一挥，说，都是自己人，别误会，赶紧上饭菜好好招待。国民党军队连长让老乡为家里捎一封家书报平安。老乡打包票一定捎到，送给连长的家中老人。就这样，吴崇先等人这一晚就宿在军营，第二天临行前，连长还给他们打点了两天吃的干粮。

9月2日，吴崇先等人怀揣着一颗激动的心，经过多少恐惧和惊险，终于返回俞家屯。当他们风尘仆仆回来，老远看见村子，心里翻腾着复杂的情感：劫后余生的侥幸，长途跋涉的放松，一月之别后的重逢，近乡情怯的忐忑……有的人激动地流下了眼泪，经历千难万险，才知道家的珍贵。活在乱世，才知道有一个完整的家，是多么的幸运。

此时的即墨、即东各交通要道上的村镇，仍然在国民党军队的控制下，还有的是这样的情况，一个村子白天属于国民党，晚上属于共产党。分散一个多月后，吴崇先又和俞家屯青救会的会长俞志英联系上了。俞志英紧握着吴崇先的手，看着他消瘦的面容说，平安回来就好，组织上相信你，大家都知根知底，回来就说明了一切，我要把你的经历汇报给区长和区中队书记。吴崇先握着俞志英直晃，激动地说不出话来。

就在吴崇先回来的14天后，济南战役打响了。

济南战役主要指挥员山东兵团司令员许世友、政委谭震林

大眾日報

打進濟南去！

活捉王耀武！

濟南戰役總動員令

華東中央局
華東軍區
山東省政府

中共中央华东局、华东军区和山东省政府1948年9月20日发布的《济南战役总动员令》，号召华东解放区全体党政军民总动员，为争取济南战役的伟大胜利而奋斗。

位于济南商埠区的原国民党军队第 96 军军长吴化文司令部

中国人民解放军华东野战军攻城兵团于9月16日晚发起攻击后，迅速突破济南外围防线。至17日，西集团袭占匡李庄、双山头、长清等据点，进逼飞机场、腊山一线；东集团攻占城东屏障茂岭山、砚池山等要地，直扑外城。18日，西集团以炮火控制飞机场，使济南空运联系中断。19日，守卫城西的国民党军队整编第96军军长吴化文，在华东野战军特情工作部门和中共济南地下组织的政治争取下，率3个旅2万余人举行战场起义。攻城兵团抓住战机，立即调预备队第13纵队加入西集团作战。各部乘势扩大战果。至22日，西集团占领商埠，东集团直逼城垣。当日晚，攻城兵团开始攻击外城，至23日，除个别据点外，攻占外城。当日晚，攻城兵团对内城发起总攻。激战至24日黄昏，全歼内城守军，济南解放。

济南战役中，华东野战军经8昼夜激战，以伤亡2.6万余人的代价，共歼国民党军10.4万余人，其中包括起义的2万人。济南解放的消息传到俞家屯，吴崇先听到后，心潮起伏意难平。他对几位从济南一起逃回来的老乡说，幸亏逃回来，不然就成炮灰了。大家在一起唏嘘感叹。

1948年，济南战役中的激战场面

济南外城墙

弃城逃跑后的国民党第二绥靖区司令官王耀武及其位于大明湖内的指挥所

济南战役中，还有一个重大的胜利果实，第二绥靖区司令官王耀武、副司令官牟中珩和国民党山东党部主任委员庞镜塘等国民党军高级将领 23 人，都成为解放军的俘虏。

说起王耀武被抓，更有戏剧性。国民党第二绥靖区司令官、山东省政府主席兼山东保安司令、国民党中央执行委员、济南战役国民党军最高指挥官王耀武，一看大事不妙，便“跑为上策”。在几个亲信卫兵的保护下，走地道，“脚底抹油——溜了”。那地道从司令部穿过大明湖畔直通城外。王耀武逃跑不仅用了“走为上策”的“妙计”，还搞出了替身的“闹剧”。

王耀武在寿光县境内被俘。

解放军进了济南城，共活捉了 7 名“王耀武”。原来，王耀武为了不被活捉，在济南战役前事先安排十几个体态、相貌和他差不多的部下，让他们在被捉后都自称“王耀武”，为真正的王耀武逃跑赢得时间，从而亲自导演了一场“遍地都是王耀武”的闹剧。

9 月 24 日，王耀武化装后，果真混出了济南，企图逃往青岛。自以为神机妙算，天衣无缝，不料一下子露出了破绽。9 月 28 日，王耀武被寿南县公安局抓获。

王耀武是怎样被发现并抓获的呢？说来，简直就是笑话了。王耀武脱掉司令官的军装，穿一大褂，脑袋用毛巾裹好，躺在一辆马车上，装生病的小商人，让副官赶着车往青岛方向跑路。走了大半程的路了，结果在一个小地方翻了船。行至寿南县张建桥

起义后的吴化文部队营以上军官参加集训。

1948 年中秋，解放军列队进入济南。

济南解放阁

村时，遇上民兵拦路盘查，本来差点给糊弄过去，也不知是急的还是惊的，节骨眼上王耀武忽然内急了，跳下车往田地里蹲。副官大约伺候惯了，想也没想抓了把手纸就跟了过去。民兵同志看着挺稀奇，啥人啊，拉屎还用这雪白的软纸擦屁股？上前再次盘查，王耀武终于露出马脚。警惕性极高的民兵立功了。露了馅的王耀武被揪去交给了解放军。北平和平解放后，华北“剿总”第9兵团中将司令官石觉能成功逃到青岛，王耀武却栽倒在擦屁股的卫生纸上，只好认命了。

吴崇先得知王耀武被捉的详情后，添油加醋地讲给从济南逃回来的同伴们听。同伴们听了，都乐开了花。大家七嘴八舌地说:

“这老王八，逃不掉人民的天罗地网！”

“王耀武当真被活捉，解放军真神了！”

“王耀武的运气哪有咱们好。咱们没有卫兵和副官啊。哈哈！”

“他哪能跟咱们比，咱们是投奔光明，胜利大逃亡。他是败军之将，最后走进了死胡同。”

大家议论纷纷，兴高采烈，眉飞色舞，好一个开心！

这次吴崇先被国民党抓去当兵，只有不到30天的时间，没有打仗。来年，吴崇先参加了共产党的军队，他上了战场，还会有这样的好运气吗？

动员乡亲参加解放军

1946年至1949年，国共两党在胶东半岛的内战时断时续。为了补充兵源，双方都大规模地征兵。因为国民党的专制、腐败统治，军事上渐渐失利。此消彼长，中共经过土地改革等一系列措施，从根本上解决了农民的生存问题，渐渐赢得民心。

从征兵方式上，也可以看出国共两党的区别。随着国民党军队在山东战场的失败，国民党以抓壮丁的方式补充兵源。共产党则是以动员的方式征兵。

即墨的农村常常出现国民党抓人的情况。正如杜甫在《兵车行》中的描述：“爷娘妻子走相送，尘埃不见咸阳桥。牵衣顿足拦道哭，哭声直上干云霄。”战争导致妻离子散、骨肉分离，给百姓带来深重的灾难。结束了14年的抗日战争，国共内战接踵而至，即墨的各个乡村出现杜甫《石壕吏》中描述的情形：“三男邺城戍。一男附书至，二男新战死。存者且偷生，死者长已矣。室中更无人，惟有乳下孙。”夜晚官吏到村中捉人的悲剧，在20世纪上半叶的中国频频上演。

正是战乱频仍，中国的乡村形成了这样的观念——“好铁不打钉，好男不当兵”。这种传统观念根深蒂固，为征兵带来困难。

1949年1月11日，由俞家屯江成致、宋林二人介绍，吴崇先成为一名中国共产党预备党员。随后，组织给吴崇先一个任务考验他，让他在俞家屯动员征兵。

吴崇先得到任务后，连夜挨家串户进行动员。进了第一家，对方推脱说家中有老人得病卧床，需要照顾。进了第二家，对方说家中有刚出生的婴儿，离不了家。吴崇先刚开始充满热情，豪情万丈，进了几家乡亲的门后，就感觉一盆冷水浇头，心中的热情荡然无存了。第二天，当吴崇先再上门时，乡亲们纷纷给他吃闭门羹。一看是吴崇先，就像躲瘟神一样，立即关上门，无论他如何劝说，就是不让他进家门。吴崇先说破嘴皮，也没有动员到一个自愿和他一起到区里武装队报名的人。不由得一阵气恼，在家里呆呆地生闷气。忽然，他一拍大腿，想到一个妙招。

吴崇先再回到俞家屯时，他的身边多了一位穿着军装的解放军。这就是他到区里请回来的张指导员。张指导员和吴崇先先到了一位老乡家，绝口不提动员参军的事情，和老乡聊家常，问土地改革后，家里有多少地，家里有没有牛，庄稼收成如何，生活上有什么困难。讲被国民党军队残忍杀害的女烈士聂仁花，讲杀害共产党村干部及其家属的“北黄埠惨案”，讲国民党飞机扫射段泊岚村……一桩桩惨案，都是人民的血海深仇，俞家屯周边几个村庄哪个村庄没有受迫害的共产党员，这个仇一定要报。人民要武装起来，拿起枪保护土地改革的成果。张指导员又讲到山东解放区的大好形势，国民党反动派龟缩在胶济铁路一线，只有青岛尚未解放……

就这样走访了几家后，张指导员就返回区中队了。临行前，告诉吴崇先不要着急，先做好老乡的思想工作，你能把牛牵到河边，但不能强迫它喝水。思想工作做好了，消除了老乡的抵触情绪，一切就水到渠成了。

接下来，吴崇先就成了宣传员。他巧妙地将驻即墨的中解放军队和地方武装取得的重大胜利，作为动员参军的宣传材料。

1947 年 10 月，即墨县爆炸队配合地方武装插入国民党统治区，4 天内埋设地雷 23 次，毙伤国民党军 43 人，炸毁军用汽车 2 辆，受到南海军分区的通报表扬。

1948 年 12 月 11 日，胶东部队五师某团和即墨县警卫营于徐家沟村南伏击国民党五十军一〇七师三一九团，俘少校团副及官兵 460 人，毙伤 100 余人，缴获美式六〇炮 9 门、机枪 33 挺、军用物资 1 宗。

吴崇先将这些编成故事，与老乡拉家常，眉飞色舞地说解放军英勇作战，讲我军的装备越来越好，当兵不是上战场当炮灰。穿上军装，打上绑腿，枪支往肩上一跨，神气着呢。老乡对参军这件事情慢慢地了解了，对参军的误解和偏见也消失了。

吴崇先耐心细致的工作没有白费。有两位和他一起长大的小伙子积极报名，随后，几位当民兵的很干脆地要求到大部队去。他们经常在村子里埋地雷，感觉那铁玩意儿弄不好就会爆炸，太危险了。与其当民兵挖坑埋地雷，还不如去大部队扛枪上战场。万事开头难，吴崇先征兵开了头，光俞家屯就有 30 多人报名参加解放军，连周边的村庄也算上，报名参军的有 37 人之多。这里面还有瞒着家人报名的。俞振武就是其中一位。其实，俞振武早就想报名了，这里面既有答谢当年吴崇先在小东河冒着生命危险救他的成分，也有年轻人对军队和广阔世界的向往。但俞振武的媳妇仿佛看穿了他的心思，“你要去当兵，俺娘仨怎么办，大的才两岁，小的还没有断奶”。

吴崇先将俞振武等 37 人带到区中队接受简单的训练，张指导员见到他，笑眯眯地拍了拍他的肩膀，表扬说：“好小子，挺能干的嘛！有两下子！你一个人征兵，就征了一个整编排啊。”

新兵很快被分配到各个营中，最后只剩下吴崇先和另一位小个子朱广书。来领兵的各营营长，都觉得他们个子小，不愿要。张指导员看到吴崇先闷闷不乐，就说："组织对你另有重用，别看你年龄不大，征兵很有一套的，你再回俞家屯征兵去吧。"吴崇先一听，连忙摆摆手："我把大家伙带出来，我再回去，哪有脸再说征兵的事儿。"张指导员劝说他，吴崇先打定主意："不论怎样都不回去，我要参加大部队"。张指导员只好将吴崇先和朱广书两人分配到伙房，负责挑水。

新兵开始受训了，那些整天和土地庄稼打交道的年轻人，既兴奋激动，又忐忑不安，因为即将开始军营生活。其中有一个小伙子，心里好像打了退堂鼓，但又不好意思明说出来。当天晚上，地方部队为了犒赏这些新参军的战士，炊事班特意为他们下了白面条，并做了几样菜。那个愁眉苦脸的小伙子，看到饭菜上来了，也没有心思吃，可能还在想着家中的父母和老婆孩子。大家都劝他快吃，吴崇先见他不动筷子，就把一大碗白面条端起来送到他手上，然后把筷子送过去："我说，伙计，来都来了，别再婆婆妈妈的了，痛快点，快趁热吃了吧，吃了就是当兵的人了。"大家一阵哄笑，这个小伙子也有点儿不好意思，马上就吃了起来。

五天后，穿着军装的三十几个小伙子回到俞家屯，一到村子口，就感觉到父老乡亲齐刷刷的目光。他们与亲人道别，马上要随部队出发了。

本来说好的下午三点出发，就差俞振武了。大家在村口的大杨树下等他。吴崇先等了一会不见人影，就决定去俞振武家看个究竟。一进院子就看到，俞振武的媳妇儿哭得像个泪人，怀里抱的娃娃也一个劲地哭。俞振武的媳妇看到吴崇先来了，不再阻拦俞振武，哭着对吴崇先说："大兄弟，他要去当兵，俺娘们可怎么过啊。"然后咬着牙说："大兄弟，振武当兵也行，他只要敢出这家门一步，我就把孩子摔死他面前……”吴崇先一听，一阵心惊肉跳，赶紧说：“嫂子，别激动，有话好好说。”

吴崇先看着哇哇大哭的娃娃，满脸悲伤的嫂子，一步走到俞振武跟前，说：“振武哥，要不咱不去参军了吧。好好帮大嫂子照顾孩子，种好田地，多打粮食，也是支持革命。”

俞振武的媳妇儿哄好了孩子，自己的哭声也慢慢平息，擦干了眼泪。三个大人都一阵沉默，最后打破这短暂沉默的是俞振武的媳妇：“你去参军吧，别挂念家里！”俞振武听了这话，慢慢收拾行李。行李收拾好之后，俞振武和吴崇先看着满脸平静的女人，此时，好像换了一个人似的。

俞振武抱了抱大孩子，亲了亲媳妇怀中的小孩子，和吴崇先一起走出了家门。脚步刚出了家门，只听院子里一句撕心裂肺的呼唤：“孩子的爹，你一定要完整地回来——”俞振武低着头，豆粒大的眼泪“啪嗒”“啪嗒”掉下来。吴崇先也是心中百感交集，鼻子一酸，眼泪欲滴。

一行人走在路上，谁也没有说话。昏黄的太阳发出惨淡的光芒，冷冷清清的户外，呼啸的寒风发出受伤的野兽一样的叫声，风掠过原野和村庄，吹得道路两边光秃秃的树枝乱晃。每个人都有一肚子的心事，每个人都有生离死别的伤感。有的人禁不住流下泪水，很快被寒风吹走，吹干。一想到男儿有泪不轻弹，一想到建功立业，金戈铁马，气吞万里如虎，柔软的心顿时变得强大。吴崇先心中仍在回旋着俞家嫂子那句话“孩子的爹，你一定要完整地回来——”，他觉得这句对俞振武的嘱托，包含了一个女子在乱世的爱与怕；也包含了对自己的请求，自己有责任把一个完整的俞振武还给嫂子。

第一次上战场

一进入军队这个大炼炉，与俞家屯的生活完全隔离了。虽然在地理上，部队驻地和家乡相距不远，但在心理的距离上，仿佛身处两个世界。军队的生活，完全不同于在农村耕种。有规律的训练，让这些暂时脱离了土地和乡村的年轻人，有了脱胎换骨一般的变化，纪律性和战斗力，在他们身上打下双重的烙印。

吴崇先和入伍的新兵，每天由地方部队的指战员进行操练、射击、格杀等训练。具有丰富作战经验的教官，指导他们如何射击，如何隐蔽自己，如何冲锋。训练间隙期，就听教官讲挖地雷打鬼子的故事，讲胶东保卫战爆破队怎样打垮国民党的还乡团。

军队里还有文化课，几个星期下来，初入军营的小伙子们，懂得了很多道理，封闭的眼界打开了。他们的思想发生了变化，知道了为什么打仗，打仗为了谁。知道了农村之外有着广阔的天地，知道了驻扎在青岛的美国海军陆战队，知道了战乱的中国之外的世界。

1949 年的初春，与几个月前解放济南相比，山东的形势更加明朗。济南战役的胜利，使华北、华东两大解放区连成一片，沉重地打击了国民党军队坚守大城市的信心。虽然有美国海军陆战队的支撑，但在青岛的国民党军队，已被孤立，所做的只能是加强防守了。国民党军队为了保住青岛，从即墨就开始构筑防线。即墨县和即东县成为国解放军队频繁交火的地区。

吴崇先第一次参加战斗是1949年2月下旬的一天。当时的青岛乍暖还寒，战斗所在地方部队与一支国民党正规军狭路相逢。吴崇先所在的即东县区中队有二三十人，遇到国民党的侦察部队，为了掩护区中队的大部队转移，奉命狙击国民党的侦察部队。战斗在一处坟地打响，坟地的后方是一大片秋收过后尚未砍伐的高粱，枯黄的高粱秸秆仍然挺立，阵阵风吹过，飒飒作响，高粱地里埋伏着吴崇先所在的部队。

第一次上战场，吴崇先心里七上八下，心怦怦直跳，兴奋之中还有丝丝恐惧。战斗打响了，他猛地吸一口气，屏住呼吸，手指坚定地扣动扳机。当枪声一响，恐惧感就像长了翅膀，不翼而飞。飞走之后，再也没有回来。当他专注地投入到射击中，生死就置之度外了。以后多次参加战斗，大大小小，算起来有十几次，吴崇先在战场再也没有害怕过。

战斗从下午两点开始，吴崇先和战友分散开，隐蔽在不同的坟头后面，坚守阵地，打退了敌人的多次进攻。指挥战斗的高连长，命令每个人血战到底，最大限度地吸引国民党的增援部队，掩护区中队安全撤退后，再伺机撤退。

对方虽有美式装备，但几次进攻全都败下阵来，面对久攻不下的局面，恼羞成怒，发疯一般地扫射。子弹倾泻过来，打得坟头前尘土飞扬。敌人渐渐逼近，高连长一声令下，几颗手榴弹飞出，敌人倒下一片。趁敌人撤退的时候，一位和吴崇先一起参军的小伙子，名叫大壮，飞身出击，将倒地的敌人的枪支抢下来，正要回撤之时，被一个流弹击中。吴崇先见状，大叫一声“大壮”，飞身出坟头，前去接应。大壮痛苦地抽搐着，胸口鲜血汩汩地流出来……高连长命令火力掩护，吴崇先和几位战友冒着枪弹，将大壮拖回阵地。

敌人以为遇到了解放军的主力，调集枪炮向这一片坟头猛烈开火。一阵枪林弹雨过后，每个人都几乎被掀起的土块埋了起来。

此时，敌人从左右两侧开始进攻，形成三面夹击之势。二三十人，已经有七八位战士阵亡。高连长觉得已经成功吸引住了敌人的火力，已为区中队安全撤退赢得了充分的宝贵时间。于是，他命令部队分成三组撤退，后面就是莽莽苍苍的高粱地。

吴崇先是最后一拨撤离的。刚刚钻进高粱地，就听到敌人杀了过来。杀红眼的敌人步步紧追，进了高粱地还不停地用冲锋枪扫射。吴崇先和战友分散了，只好拼命向前跑，耳边是呼啸的子弹，然后是呼啸的风，高粱秸秆不停地晃动，发出刷刷的声音。人淹没在高粱地里，像逃生的野兽，被求生的本能驱使着，不停地跑。因为跑得太急，吴崇先被高粱秸绊倒，爬起来再跑。就这样不停地跑，凭着直觉向前，向前。

吴崇先跑出了高粱地，确信没有敌人在后面追击。才一下子瘫倒在松软的麦田，头上的汗滴，混合着血滴一起滴下来。吴崇先一时间没有反应过来，等狂跳的心渐渐地平静时才发现，头上、脸上，全被高粱秸秆和干枯的叶子划破了，手一摸，满是血迹。再看胳膊，两条袖子也被高粱秸秆扫得破烂不堪，身上的衣服成了一缕一缕的。腿上的绑腿一只留在了高粱地，一只全松散开来，成了破碎的布片。吴崇先一把扯下来，扔在地上。脚上的鞋子被磨破了，脚趾头露了出来，脚脖子上全是血印子。而鞋底磨破了几个洞，脚底板子被高粱茬子扎得血肉模糊。跑的时候，感觉不到一点疼，一旦停下来，全身每一处，没有一个地方不疼痛。

吴崇先检查了一下物品，手里拎着的是一支美国的枪支，腰里挂着的喝水的搪瓷缸子不见了，只剩下搪瓷缸子的把，因为有皮带连着，还在。

夜色渐渐暗了下来，吴崇先连夜摸回了转移到区部的区中队。负责狙击的战友，只回来了七八位。区中队的战友看到吴崇先衣衫褴褛的模样，都惊呆了，过来紧紧拥抱，有劫后余生的惊喜，也有对英勇狙击的赞叹。

当吴崇先得知，包括高连长在内的战友，牺牲了十三位，还失踪了三位，不由得悲从心来，眼泪潸然而下。那一夜，吴崇先第一次感受到战场的残酷。大壮胸口流血，两眼圆睁、死不瞑目的表情；大飞的肚子被炮弹的弹片击中，惨不忍睹。

这一晚，吴崇先的眼泪已经流干了，大壮和大飞，是从小一起长大的伙伴，他们英勇地牺牲了，成为了烈士，而自己活了下来。自己以后不仅仅要为自己活着，还要为了死去的战友而活。

死里逃生躲过一劫

1949年春，山东全境大部解放，只剩青岛、即墨及海上的庙岛群岛仍为国民党军所盘踞。

国民党军队大势已去，但在即墨县、即东县战斗仍然很激烈。吴崇先所在的即东县大屯区区中队，处于烟青公路的交通要冲，战斗几乎天天都有。在当地国共双方的交战中，国民党军队也很狡猾，学会了潜伏和化装，试图接近地方武装指挥部，趁机破坏。

此时，吴崇先是即东县大屯区区中队的一名战士，担任副班长。他和战友就活捉了一小股国民党军队，挫败了他们妄图偷袭地方武装的阴谋。

3月的一天，我军大部队已经到前线去了。俞家屯的一位老大娘，在集上卖火烧。这时，来了几个打扮成农民模样的人。老大娘一看，不像周边村庄的老乡，就提高了警惕。这三五个人，买了火烧，给大娘的钱，是国民党的纸币，上面印有蒋介石像，面额为五十元。还大方地表示，不用大娘找零钱了。老大娘虽然不认识蒋介石的头像，但俞家屯此时流通的是胶东军区北海银行发行的纸币。于是，对这几个人更加怀疑。这几个人买了火烧之后，打听中共在即东县的地方武装指挥部的地址，老大娘觉得更加不对劲。于是，就给他们指了相反的道路，老大娘说，过了河，就在北边的村子里。几个人听了，眉开眼笑，兴冲冲地走了。老大娘隐隐约约看到几个人腰里别着手枪。赶紧一溜小跑，迈着小脚，赶到吴崇先所在的哨所。把这个消息告诉了吴崇先。吴崇先一听，感觉像是国民党的流寇，于是火速奔往大娘所指的那个村子，让人把通往村子的道路封锁住。吴崇先带人埋伏起来，只等这几个人出现。

这几个低头丧气的家伙一出现在眼前，吴崇先就证实了老大娘的情报是准确的。等他们进入了包围圈，吴崇先带领战士跳出来，用黑洞洞的枪口对准了这几个人。他们以为神兵天降，马上吓傻了，面对这样的阵势，只好举起双手，乖乖地投降。

吴崇先活捉的这几个人，经审讯，原来是国民党三十二军二五二师的人。前不久，国民党三十二军二五二师七五四团团长方本壮、副团长张德义率该团一部在惜福镇纸房村起义，受到即东县政府的热烈欢迎和热情接待。国民党三十二军二五二师的顽固反动军官恼怒无比，想出这么一个“妙招”——派人装扮成农民，深入即东县，找到地方武装指挥部，打算进行破坏。他们的如意算盘，没有料到被一个卖火烧的老大娘看出破绽，赔了部队又折兵。吴崇先受到地方武装上级组织的通报表扬。

吴崇先心中的喜悦还没有完全散尽，随后发生的一幕，让吴崇先再次感到战斗的残酷。

国民党军队派出了一个小分队，配备了优良的美式武器，流窜到即东县。在一次战斗中，吴崇先和战友撤退到一个村子里进行休整。他们都不知道，一个多小时后，国民党流窜的这个小分队悄悄地跟踪而至。吴崇先和战友简单吃过饭后，装备战斗物质，然后，十几个人在一个大院里休息。

吴崇先抱着枪靠着墙根打盹。战友们也在明媚的阳光下，沐浴着和煦的春风，有的席地而坐，有的找来一些麦秸铺下，干脆躺在院子里睡上一觉。院子里有一棵桃树，迎着春风怒放，桃花灿若云霞。树枝在春风中微微摇曳。吴崇先打着盹，忽然醒来，仰头看到满树繁花，透过枝条，看到蓝莹莹的天空，像宝石一样透明，像是在梦中。吴崇先眨了眨眼睛，桃花和天空顿时模糊了。他又睡着了，感觉几瓣桃花，悠悠地落在头上，又滑落到衣服上。

忽然，枪声大作，子弹呼啸着在院子上空飞。吴崇先醒来，大叫一声，“不好，敌人袭击！”话音未落，一枚炮弹在院子里爆炸，两个战友被炸得血肉模糊，其中一人的一条腿被炸断，蹦到吴崇先面前，只有一米多远。炸弹掀起的泥土，打得吴崇先的身体一阵疼痛。吴崇先一个箭步，赶到战友身边，其中一个已经牺牲，被炸断腿的战友，以坚定的声音说，“敌人袭击，赶紧撤退，不要管我了。”

他们拉起受伤的战友，一边撤退，一边还击。一阵激烈的战斗过后，吴崇先和战友摆脱了敌人的追击。在这次敌人的偷袭中，两位战友牺牲，三位重伤，两位轻伤。吴崇先的头部被炸弹掀起的一块小石头击中，擦破了皮，渗出鲜血，经过包扎，幸无大碍。吴崇先朝夕相处的战友，早上还是一个活生生的人，到了中午就瞬间凋零。一个个年轻的生命，未来的画卷尚未打开，就永远地离开了人世，长眠于地下。

吴崇先直到现在，都忘记不了这一幕。那两位被炸弹击中的战友，血肉模糊的惨烈场面，多次出现在他的梦中。其中一位让自己带领战友撤退，壮烈牺牲前那悲壮的神情，岁月的流水非但带不去，反而在时间的长河中，愈加清晰。之后，在东北的长白山脚下，吴崇先每次看到儿女们的笑脸，总觉得自己的命够硬。与他一起参军的俞家屯的小伙子，在战斗中牺牲了六七位，而他活了下来。吴崇先觉得这是上天对他的眷顾，他格外珍惜平淡的生活，远离人世间的纷争，厌恶政治，他觉得退伍之后一辈子当农民，就是最大的幸福。吴崇先觉得，那些牺牲的战友，本来也是即墨大地上的农民，他当农民种地为生，一辈子和土地、庄稼打交道，就是完成那些死去的同伴们在战争年代奢求的梦想。

吴崇先躲过这一次劫难后，他即将迎来一生中最为波澜壮阔的一幕。

1949 年 4 月，即东县独立团和即墨县独立团分别改编为华东警备第四旅第十一团、第十二团。两县分别重新组建县指挥部。这种调整是为了迎接解放青岛的青即战役而开展的。

为解放青岛，华东军区根据中央军委的命令，将胶东前方指挥部所属新五师、新六师和炮兵团，组成中国人民解放军第三十二军，谭希林任军长，编入第三野战军序列，归山东军区指挥。山东军区以三十二军 6 个步兵团、1 个炮兵团，华东警备四旅 3 个步兵团，警备五旅 1 个步兵团，以及胶东军区 2 个基干团、1 个榴炮营，滨海军分区独立团，并有部分县区武装配合，担任解放青岛的任务。吴崇先所在的即东县地方武装部队，参加了青即战役。

在解放青岛的青即战役中，吴崇先是即东县区中队副班长，虽然不是高级军官，但作为解放军中普通的一位战士，他是青即战役的亲历者，见证者。参加青即战役是他戎马生涯的高潮，也成为他一生的骄傲和荣光。

第二章

青島1949

大战来临的春天

1949 年，这一年的春天，对于 19 岁的吴崇先来说，充满了生与死的考验。那一颗炸弹，在他咫尺之间爆炸，死神曾经离他是如此之近，然后又离开他如此之远。这次死里逃生躲过一次大劫后，战场上激动人心的捷报，接连而至。

4 月，即东县独立团和即墨县独立团经过整编，地方武装成为了正规军部队。部队装备提高了，武器弹药充足了。部队秣马厉兵，蓄势待发，马上要解放青岛了，每个人都跃跃欲试。部队在休整期间，一片欢声笑语，每个人脸上都洋溢着明朗的笑容，战士们斗志昂扬，战斗力勃发。当吴崇先等人在即东县休整时，决定青岛命运的重大决策，正在中共高层中运作。

1949 年 4 月 25 日，在百万解放大军突破长江天险后的第五天，山东军区向毛泽东主席及中央军委递交了进攻青岛的作战方案。毛主席收到方案后，并未立即批复，将方案搁置了，一直在思虑。

目前尚没有关于毛主席思虑具体内容的有关记载，但从他日后的批复文字及相关史料分析，毛主席显然与山东军区前线指挥官们想到了一起。

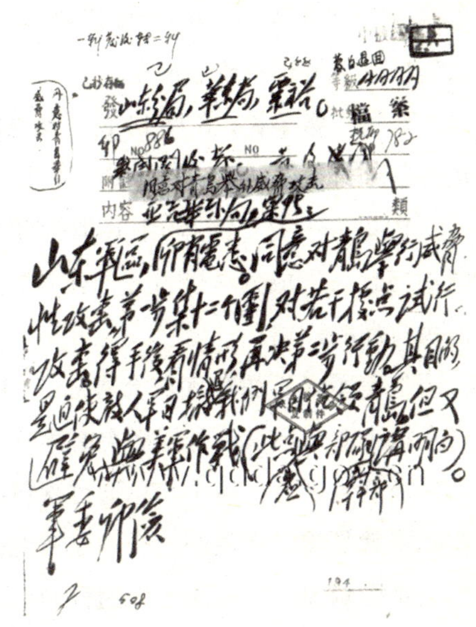

毛泽东亲笔起草的电令

除了考虑到青岛是一座美丽的海滨城市，有众多的工厂和商店，要尽量使其避免战火殃害外，毛主席着重考虑的是驻青岛的美军。日本投降以后，美军正式登陆青岛，将其拓为自己的军事基地。史载：“1946 年 10 月 11 日一天，即有飞机 110 架，海军陆战队员近 2.7 万人登陆青岛……”

其实，驻扎青岛的美国民党军队正在静观国共内战的大势，根据双方胜败的军事力量对比做出是走还是留的判断。

1947 年 4 月，解放军山东兵团发动春季攻势，胶济铁路被从中切断，国民党势力只限于济南和青岛，济南、青岛均成为孤立之城。美国驻军青岛的决心也日趋动摇。此种形势下，驻青美国西太平洋海军舰队总司令白吉尔两次紧急致电海军作战部长登菲尔德，并对解放军进攻青岛时美军将如何行动提出 4 种方案：A. 援助国民党军队保卫城市及重要的城郊设施（飞机场及水上设施）；B. 美国单独承担保卫重要设施的责任；C. 必要时迅速撤退全体工作人员；D. 美国沿岸设施及非战斗队员立刻撤离，武装部队继续留在附近舰上。

经过一番争论，6 月 14 日，参谋联席会议通知白吉尔，“废止 A 行动方案的执行，视形势需要执行 C 行动方案”。

1948 年 9 月 24 日，中共华东野战军攻占济南。驻青岛美军留撤问题再次成为美国讨论的热点。10 月 19 日，美国决定执行撤军青岛的计划。

但美军又不想彻底放弃青岛。1948 年 11 月 4 日，白吉尔由青岛抵上海访问，召开记者会时声称，美国西太平洋舰队并无放弃青岛基地之意。这个消息通过次日的《中央日报》刊登出来，实际上就是美国释放的一个不会撤退的烟幕弹，达到维护美国威望及不影响国民党军队士气的目的。

但是蒋介石政府在内战中的表现使美国不得不做出了撤军的决定。1948 年 9 月至 1949 年 1 月，中国人民解放战争进行了具有决定意义的三大战役。在不可逆转的形势下，国民党控制的青岛地区，刮起一股达官贵人南逃、工厂企业南迁之风。

驻青美军也感到青岛危在旦夕，并做好了撤退准备。

经过三天的深思熟虑后，1949 年 4 月 28 日，毛泽东主席提笔拟写了《同意对青岛进行威胁性攻击》的作战命令：

> 同意对青岛举行威胁性攻击，第一步集十二个团，对若干据点试行攻击。得手后，看情形再决定第二步行动。其目的，是迫使敌人早日撤退，我们早日占领青岛，但又避免与美军作战（此点应与部队干部讲明白）。

中央军委当即向山东军区转达了作战命令，任命山东军区副司令员许世友任总指挥。许世友即于 4 月 30 日由济南乘车抵达指挥部。

解放青岛的最高指示层层传达到各作战部队。吴崇先所在部队接到通知后，战士们摩拳擦掌，进行充分的战斗前准备工作。得到命令的那一天晚上，吴崇先忽然想起了在青岛的姨夫一家，一晃，几年不见，不知他们过得好吗？这些念头，像流星一样，划过脑海。随后，大战前的兴奋和期待，在心头慢慢散开。

国民党在青岛的防线

山东大势已去，国民党驻青守军第十一绥靖区司令刘安祺已经根据蒋介石下达的“相机撤离青岛孤岛，转进台湾待命”的密令，对在青的防守和撤退作了研究和部署。自即墨至青岛设置了“三道防线”，用以抵抗解放军的进攻，为自己伺机撤退争取更多的时间。

所谓“三道防线”，第一道防线是以即墨城为中心，沿马山、盟旺山、莲花山、四舍山、铁骑山等制高点组成以支撑点相连接的防线；第二道防线西起女姑口经城阳、流亭沿白沙河东至海边；第三道防线西起沧口经李村至沙子口。刘安祺把地方保安推到外围第一道防线当炮灰，而将其所谓主力部队布置在第二、三防线上。这样，他既可以牵制解放军，保存实力，又可以控制主要方向和内层重要地点以观变化，也可在美军掩护下随时从海上撤退。“三道防线”南北纵深近 50 千米，集结着国民党 6 个师 3 万余众，布满钢筋水泥构筑的明碉暗堡和大小 28 个军事据点。

关于国民党军队在青岛即墨构筑的三道防线，当年刚满 17 岁的张曾泽亲身经历过。1949 年春天，张曾泽属于国民党驻青岛青年军陆军独立步兵第六团，是一名新入伍的通信兵，他跟着青年军坐在火车货车厢，夜行军准备到青岛最前线——即墨附近的南泉，体验战场生活。

张曾泽后来在台湾写文章回忆：

> 天亮后我们才下车，极目所见，尽是防御工事，铁丝麻袋搭盖的掩体，比比皆是，连墓地也挖成了掩设的洞穴，我们被安排驻扎在距第一线最近的村落里。
>
> 此地为三十二军及五十军防区，枪炮声清晰可闻，我们赶忙把电台架好，并试通，完成后，随时准备前进和后退，虽无正面接战，但每天听着枪炮声，看着伤兵一个个被抬着，心情还是蛮紧张的。

除了在即墨一带严密布防，1948 年 10 月，刘安祺为了撤退安全，以其嫡系精锐第五十军第三十六师，攻占了薛家岛。

杨义敏在《回到海西——一位知识分子七十年的沧桑记忆》一书中，以亲身的经历、个人的记忆，详细写到国民党军队杀回海西时，给人民带来的深重灾难：

> 1948 年 10 月的一天，忽然听说“国民党”来了。我妈二话没说，拽着我就往外跑。只见公安局的人、各机关的人，也纷纷往外撤，大部分店铺都关了门。我们从镇子东头刚出去，眼瞅着国民党兵从镇西头进来了，形势非常危险。母亲领着我先跑到野外的沟底躲起来，到黄昏时，才投奔到小殷家一个我叫姨姥姥的人家——后来才知道，这些国民党的兵是由驻青岛的 106 师和青岛警备旅的人员组成，共一万多人。他们从青岛桃园出发，途经胶州、红石崖，直奔薛家岛，实际上是为最后

撤离大陆做准备的——三天后，国民党的队伍占据了薛家岛，红石崖已经平静下来，我和母亲才回到镇上。当时的情景令人目不忍睹：镇东头那座曾经做过学校的大庙被彻底烧毁；庙内大院中存放的大批量的花生油连同花草树木被烧得精光；一幢石砌的钟楼竟然被大火烧得粉碎。所有机关被砸，粮库被抢，大街上到处是丢下的生米、大豆和其他杂物。一般村民家，凡是在这两天逃出去的，大都被抢劫，我家也没能幸免。仅仅两三天的时间，红石崖这个繁华的码头、漂亮的小镇，就被“还乡团”搞得百孔千疮，破烂不堪。

薛家岛位于青岛市西南方向，距青岛市区最近处为2.26海里（约4.2千米），扼制着胶州湾出入口，是一个战略要冲，对市区、港口、海湾的安全有着重要战略意义。后来保安二旅辖五、六两个团驻扎薛家岛，五团有兵力2000余人，六团有兵力2400余人，共同担负防守任务。

孤立在青岛、即墨，没有援军，这些布防是不堪一击的。蒋介石密令青岛第十一绥靖区司令刘安祺，“保存有生力量，力避就歼，随时准备撤退”。1949年4月11日，刘安祺为此召开第十一绥靖区高级军官会议，研究青岛的防卫部署，制定了撤离计划。一方面，在青岛周边布上三道防线，延缓解放军进攻，为撤离争取时间；另一方面，在沙子口修建码头，并在报纸上放风说是以备撤离之用，实施“明修栈道，暗度陈仓”的计谋，防备解放军进入青岛后直接封锁他撤退的后路。

1949年5月，中国人民解放军发动青即战役之后，在青岛驻防的美军太平洋舰队和海军陆战队开始撤离青岛。其实，早在1948年，国民政府驻美大使顾维钧就得到美国副国务卿洛维特的明确答复："如果中国共产党进攻青岛，美国海军将不负责防卫责任。那要由中国当局进行抵抗以保卫该市。这个原则也适用于上海或南京。"

5 月 9 日，美国驻华大使司徒雷登致电国务院，建议"对西太平洋海军继续使用青岛基地立即予以重新考虑"。5 月 13 日，国务卿艾奇逊回电，"中国人民解放军一旦占领上海，美国海军陆战队立即撤离青岛；如果上海打不下来，就再等一阵。"但美军暂时的犹豫很快就被解放军军事进攻的胜利所打破。

5 月 17 日，美海军西太平洋舰队司令白吉尔组织美军撤离。5 月 19 日，青岛外围已经全部被解放军控制，白吉尔迅速将仍在岸上的全部美军机构设施转移到舰上，只等上海的消息。

5 月 24 日，美国驻华大使司徒雷登在日记中简单记录了这么一句："上海仍然继续遭受解放军围攻中。美国海军撤离青岛。"5 月 25 日，中国人民解放军解放了苏州河以南的上海市区，整个上海即将易主，白吉尔立刻发出了最后撤离命令。下午 4 时，全部美国海军撤出了经营达 4 年之久的青岛基地。青岛港外汽笛声响起，这一天，美国民党军队事力量驻扎中国大陆的历史，走到了终点。

刘安祺指挥国民党军队撤离青岛，几乎与美军撤离是同时进行的。为保障船只安全撤离青岛，刘安祺部署了其撤退计划：一是在灵山岛设立水上指挥所，统一指挥集结船只，并予以区分，待命入港；二是成立火力协调中心，进行炮火掩护；三是成立通信指挥中心，为船只配备通信器材和人员，以保证大规模船队的通讯联络；四是重兵把守薛家岛，以保障胶州湾出入口的安全；五是为了不重蹈上海撤退时因超载和夜行未开夜航灯碰撞而沉没的太平轮的惨剧，运管处对所有船只进行安全检查。

美军拍摄的青岛外海国民党准备撤退的军舰。

1946 年，刘安祺任青岛绥靖区司令兼行政长官。1949 年，青岛解放前夕，刘安祺奉蒋介石之命，率青岛国民党军政人员撤退到台湾，得到蒋介石的褒扬。

青即战役外围之战

4 月 30 日，以人民解放军第三十二军为主力的攻城部队，兵分三路，自北向南推进。三十二军第九十五师为西路，围击胶济铁路两侧的敌军；三十二军九十四师为中路，向即墨城北烟青公路以西的敌军防御围击；华东警备四旅和警备五旅 1 个团为东路，向即墨城以东沿海一线守敌进击，并积极向南发展，采取逐步压缩、分割包围的办法向青岛市区推进。吴崇先所在的部队承担东路进攻的任务，因熟悉即东、即墨一带的地形，他在南海独立团当向导。

青即战役的序曲是外围之战，从 5 月 3 日攻击灵山开始的。东线部队进军神速，首战灵山。灵山位于即墨城北约 15 千米处，是即墨城北部屏障，为敌军外围的重要据点，有敌三十二军七六四团一营驻守，山上碉堡林立。华东军区警备四旅一部，利用有利地形，沿灵山东北侧迅速迂回到灵山南侧，对敌形成南北夹击之势。守敌在人民解放军强大攻势下，慑于被歼，弃山南逃，灵山被收复。人民解放军乘胜追击，追到林戈庄时，与从即墨城赶来接应灵山守敌的敌三十二军七〇四团和绥靖区一部相遇，激战 1 小时，该敌大部被歼。首战告捷。

从发起冲锋到结束，只用一个小时就取得了灵山首战的胜利。虽然是短短的一个小时，但战斗双方动用了大炮。根据吴崇先的回忆，并参照相关史料，复原灵山战役的细节。

攻击灵山的战斗发生在5月3日的拂晓，战士于凌晨时分就携带武器，悄悄出动，埋伏在灵山脚下的麦田里。天色渐渐明亮，有早晨起来看庄稼的农民，发现了隐藏在过膝高的麦子地里的解放军。战士用眼神示意——“赶紧走开，回村子里去，免得潜伏的军队暴露。”那时，农民都已心向共产党的军队，看懂了眼神，连忙若无其事地回去。当敌人换防时，解放军发动了攻击，撤防的敌人刚下山，接防的敌人还没上到战位。交战双方用的都是大炮和机枪。枪声密集，就像滂沱大雨，战士投入到战斗中，置生死于度外。战斗过后，山上的很多大树都被炮火削去树冠甚至主干。

敌军溃退时，我驻军马上出动，和追兵一起，对溃败之敌进行夹击。敌人一度逃进灵山南侧的林戈庄村，之前敌人在该村修建了工事，借此对我军进行了反扑，我军的一个排伤亡惨重。

灵山于当日攻克。上疃之战却遇到敌军顽强抵抗，直打到5月15日，敌守军败逃。吴崇先回忆当时战况惨烈，说到一个细节，是史料上迄今未曾记载过的：国民党军队使用了火焰喷射器，他几十个战友瞬间就被火焰吞没。敌军也是杀红了眼了，也拼刺刀。

火焰喷射器是美军的装备，1944年，中国远征军在滇西收复腾冲、松山的战役中大量使用，起到了出奇制胜的效果。为了在“九一八”国耻纪念日前收复腾冲城，美军第一次为中国远征军提供了火焰喷射器。远征军战士利用火焰喷射器向日军所占的民房喷射火焰，烧死大量日军。在那次巷战中仅有一名日军幸存。而中国远征军在攻打松山屡次受挫时，面对飞机轰不烂，大炮炸不垮的松山地堡，为了配合第八军副军长李弥的战术，美军调来最新式的武器——火焰喷射器。这次火焰射入敌堡后，引起堡垒内物体燃烧，弹药爆炸，日军窒息而死亡。这次火焰喷射器出现在国共内战中，兄弟相残，可见青即战役之残酷和惨烈。

吴崇先晚年回忆起青即战役，常常说着说着，眼泪会情不自禁地流出来。战争是反人性的，即使时过境迁，即使时间已流逝了六十年，战争给幸存者仍然留下伤害，在岁月中无法弥合。

鏖战铁骑山

1949年5月19日，上疃国民党守军见增援无望，慑于被歼，乘隙仓皇南逃。至此，青即外围战即告结束，国民党军在即墨城外围设置的据点全被拔掉。

外围之战结束后，部队经过几天休整，自5月26日开始向国民党军第一道防线发动了全线进攻。

在人民解放军炮火的强烈攻势下，26日，即墨城、盟旺山、马山、南泉、大庙山一线国民党守军全线溃逃。人民解放军解放了即墨城东至海边、西至胶济铁路长达百余里的大片土地，拔掉了国民党军大小据点20余个，摧毁了国民党军的第一道防线。

突破国民党军第一道防线后，人民解放军乘胜追歼逃敌，向国民党军第二道防线冲击。突破第二道防线时，铁骑山之战，令吴崇先记忆深刻。

解放军东路大军在向崂山挺进途中，来到铁骑山下。

铁骑山，位于惜福镇东5千米，是东部山区国民党军队最重要的据点，一个兵家必争的战略要地。

铁骑山古称“不其山”，历史悠久，因为在原始社会末期，其周围生活着“不族”和“其族”两个部落，故称“不其山”。

东汉末年，经学大师、北海郡高密县人郑玄（郑康成）在不其山下选了一处山清水秀的地方，构筑康成书院，招收弟子传授经学。在《三国志·崔琰传》中，就记有崔琰拜师郑玄，黄巾军攻破北海郡时，郑玄曾携门人在此避难。郑玄为崂山带来一层人文色彩，崂山一带流传着一些他的传说。如据《三齐记》记载："郑玄教授此山（不其山），草生如薤（一种多年生草本植物，叶子细长），长尺余，坚韧异常，号康成书带。"据说，郑玄以此草用来拎书。"相传崂山不其，皆康成讲学之地，文墨涵濡，草木为之秀异……"

不其山不仅是一座带有人文色彩的山，还是历代的军事重地。从峰顶居高临下，山下隘口、要道一览无余。相传，唐太宗李世民东征时，率大军途经此地，就在此筹备粮草，以乘船东渡大海。在山坡上安营扎寨后，把统帅三军的帅旗插在山顶，以便随时指挥大军行动。后来，人们便将此山称为"铁旗山"。远望此山，恰似一匹佩鞍挂蹬的大马，后名称逐渐演绎成了"铁骑山"。

从历史中绵延而来的铁骑山，到了 1949 年见证了国共的一场鏖战。

1949 年 5 月 27 日下午，攻打铁骑山的战斗打响。由于解放军对铁骑山国民党军队情况侦察不细，没有发觉守军已由二二五师取代了青岛保安旅，对国民党军队兵力估计不足，开始进攻受阻。打了半宿后的第二天，我军采用炮轰工事设施、步炮协同的战术，十几门大炮齐向敌人阵地射击，敌人的阵地顿时成为一片废墟。事先埋伏在山脚下的步兵发起冲锋，一举夺取了敌人的阵地。

国民党军队不甘心失败，用重金收买了一群亡命之徒，组成敢死队，冲上铁骑山，向我军阵地偷袭。铁骑山上的我军某连正在开饭，由于疏于警戒，全连伤亡 80 余人，但剩下的 30 余人坚守阵地，勇猛反击，弹药用尽后，与敌肉搏，终于打退了反扑的"敢死队”。随之，国民党又调上一个营向铁骑山反扑。我军30余人又与敌一个营展开肉搏，但终因众寡悬殊，不得不撤下铁骑山。

当晚，解放军调来炮兵部队，重新组织兵力发起进攻，重炮猛轰山上国民党军队地堡，同时派部队绕到敌阵地后面，前后夹击。一阵硝烟火海，一阵飞沙走石，猛烈炮击之后，解放军向铁骑山发起冲锋。解放军与国民党军队展开了拼刺刀、肉搏战。经过激烈的战斗之后，国民党军队狼狈溃逃。

在人民解放军三十二军、华东警备四旅的连续攻击下，国民党军队第二道防线全线崩溃。人民解放军收复黄埠水源地、城阳、女姑口车站及该线以北的广大农村。人民解放军三路大军进展疾速，直逼国民党军的最后一道防线——沧口至李村一线。东路部队由铁骑山、华阴、毕家村、沟崖，分两路向张村、沙子口挺进，于6月1日攻占了张村和沙子口，切断了青岛国民党军队东退之路，使国民党军队陷入人民解放军弧形包围之中。

中路部队在攻克丹山以后，于6月1日上午又夺下丹山南部的二六四高地。然后，大部队经夏庄、石门庙、佛儿崖向李村进军，当晚到达指定地点。

6月2日拂晓，国民党军队残余从沧口开始全面溃逃，奔向市区，青岛外围第三道防线全部攻克。6月2日上午8时，解放军先遣部队攻克水清沟南山国民党军队据点，大部队开始向市区挺进。途经四方车站时，截获了国民党军队满载弹药的卡车，占领了火车站的地堡，将国民党军队压缩到海岸一带。这时，四方港口里停泊了三艘汽船，竞相逃命的国民党军队汇集到港口，冲上汽船，甲板上挤得满满的，均被解放军截获俘虏。

国民党青岛败退

1949 年 6 月 2 日正逢端午节，从青岛撤离的国民党军队的船只分五个时段从青岛大港驶往外海。青即战役战场上被击溃的国民党残兵，劫持了一些小舢板划到外海，登上在那里等候的船只。时任第十一绥靖区司令、青岛行政长官刘安祺乘坐招商局台北号轮船驶离大港码头，在国民党军舰的护卫下，与其他船只一起驶往台湾。

英国驻青岛总领事馆习惯写日记，他记载的这一天，不带感情色彩，不带观点立场，如同大港码头上空的摄像机，忠实地记录了国民党军队撤退共产党军队入城的实况：

刘将军大约在九点四十五分启航，留下了两千人的部队在码头上，无法上船。爆发大规模的骚动。

10:30 共产党进入四方区。

12:00 共产党抵达码头，占领海关，骚动立即终止。

13:30 更多共产党穿过高尔夫球场……

14:00 得报告，两千被遗弃之国民党军队强迫一挪威籍运煤船载送国民党军队离港，本领事馆居中协调，与该国民党军队指挥官谈判，拖延时间，以便共产党有足够时间进城，问题自然解决。

16:00 共产党占领中国银行与中央银行。

16:30 共产党从四面八方涌入青岛。

18:15 共产党占领政府大楼，但尚未将国旗降下……

显然他们没想到占领青岛如此迅速，他们人还不是太多。这是不可思议的安静、和平的占领。

对于刘安祺的军队从青岛撤离，蒋介石感到满意，“毫无损失，深感幸慰”。国民党认为，青岛完成撤离，除了第十一绥靖区司令部准备周全，应付得当之外，还有海上美国白吉尔将军所率领的舰队所给的一种精神支柱的作用。

刘安祺撤退青岛之前，蒋介石密令刘安祺尽可能多地将物资运往台湾。据刘安祺回忆录称，青岛撤退用于运输的商船有七八十艘，其中包括青岛当局扣押的从天津、秦皇岛等处来青岛港加油、加水和装卸货物的商轮 36 艘，这些商轮的载货量从 5000 吨到 2 万吨不等，仅以每船平均万吨载货量计算，这次青岛撤离运走的货物量当在 70 万吨以上。

据刘安祺晚年回忆，当时运载的物资有中纺公司的棉纱，还有一些机器设备，比如啤酒厂的生产线。而价值更高的，当属国民党中央银行青岛分行储备的大批黄金。

即将撤离之时，国民党军队开始疯狂抢夺物资，据青岛市档案馆馆藏档案记载，1949 年 6 月 1 日晨 6 时，国民党军队闯入青岛市警察局仓库抢走 7 卡车被服等。1949 年 6 月国民党撤退后，青岛大港码头清点了遗留在大港仓库里的货物，包括粮食、农副产品、机械、生活用品等多种，这还只是一些包装破损或是来不及运走的。可以说，从青岛撤离之时，国民党军队将能搜刮到的重要战略物资搬运殆尽。这批根据蒋介石命令从青岛搬运走的物资，对台湾经济发展具有十分重要的影响。青岛啤酒厂的生产机械设备运到台湾后，台湾公卖局啤酒厂用其生产的啤酒，就是被称为台湾最畅销的啤酒品牌——台湾啤酒。国民党政府运到台湾的黄金，是台湾 20 世纪 50 年代稳定物价和经济发展重要的资金来源。

刘安祺 (1903—1995)，字寿如，山东峄县（今枣庄市）人，黄埔三期毕业。在青岛撤退前，将 320 名“主和”的社会人士一律押上船，投海溺毙，以示决战之志。国民党军队从大港码头登上军舰时，码头上有保护港口的工人和中共地下党员，刘安祺为了保障国民党军队安全撤离，又抓捕了一批人，就地枪决。

自刘安祺接到蒋介石奉命撤退青岛的指示，国民党军队开始在青岛及其占领区域，大肆抓捕青壮年作为兵员补充部队。

青岛东郊田家村，村民管运虎听到国民党军队到村子里抓捕壮丁，他的老母亲，急忙用毛巾包了一个用玉米面、豌豆面做的大饼子，让他带着赶紧跑。管运虎和村子里二十多个小伙子，跑到了村子东北角的山上。平时管运虎常在这里砍柴，对地形很熟悉。国民党军队发现后，向山上追来，不时开枪。管运虎就和其他四位伙伴，跑到了麦田深处。结果抓壮丁的大兵，扛着枪，在麦田里来回趟。管运虎和四个伙伴无处可逃。6 月 2 日，管运虎和同伴被逼着，为国民党军队肩挑炮弹，他挑着四发炮弹，在经过海泊河桥时，不小心摔了一跤，被吓得半死，还以为炸弹要爆炸。国民党大兵上来，“啪啪”给了他两个耳光。就这样，管运虎和他的同伴登上了开往台湾的军舰，离开了码头，离开了家。他的老娘，还以为他很快就会回来，谁知，骨肉分离，一别六十年。

管运虎到了台湾后，成为一名诗人，他写了一首思乡的诗歌，入选台湾的中学教材，很多中学生都会背诵，但谁又能通过这样一首诗歌，抵达诗人内心世界的悲怆。

荷

那里曾经一湖一湖的泥土
你是指这一地一地的荷花
现在又是一间一间的沼泽了
你是指这一池一池的楼房
是一池一池的楼房吗?
非也，却是一屋一屋的荷花了

世事沧桑，如今青岛田家村一带，池塘、荷花、山头，早已消失得无踪迹，高楼林立，宁夏路上空的快速路一期连接东西，大润发超级市场熙熙攘攘，谁知城市繁华的背后，竟然隐藏着1949年6月2日骨肉分离的历史创伤。

当年参加过青即战役的吴崇先，晚年生活在青岛，他的小儿子吴永学住在田家村附近的一套高层公寓里。吴永学夫妇每逢节假日，总会把父亲接到田家村附近的家里。像吴崇先这样亲身经历过青即战役，感受过青岛的历史伤痛、知晓青岛的历史沧桑的人，并不多了。有时，吴崇先面对孙女要求讲打仗的故事，他不知从何讲起。

1949年6月2日，国民党退败青岛。对于家住中山路的国民党士兵张曾泽来说，这一天的经历，刻骨铭心。那一天，枪声在青岛沧口和四方等地响起，国民党军队仓皇撤退。张曾泽赶去码头之前，坐着吉普车，全副武装赶回家与家人道别。只见平时繁华的大街上行人稀落，商铺、住户门窗都紧闭着。张曾泽心情复杂地走到家门口，看到门窗一样紧闭着。

张曾泽晚年在台湾撰文回忆与父亲道别的情景：

我抬头仰望，父亲从玻璃窗内望见是我，立即从三楼跑下来，我看看父亲，他一向是个很严肃的人，他站在那里看着我一直没说话，我也不知道该说什么才好。

我只注意到，父亲的嘴唇都起泡了。站在父亲后面的母亲频频拭泪，站在母亲身旁的弟弟则愣愣地看着我。就这样，我与家人没说一句话就分手了——这一离开就是四十年，这也是我见到父亲的最后一面。

张曾泽离开家后，直奔大港码头，加入号称十万人的青岛大撤退。此时大港码头上人群混乱，船停满了港内，张曾泽下了车，直奔分配乘坐的台北轮。

这样的生离死别，在张曾泽的记忆中，每一个细节都格外清晰，并没有淹没在历史的烟云和时间的流水之中，他晚年写道：

船已经起锚，我被拉上扶梯，刚抵舱面船已离开了码头。但见岸上的人群声嘶力竭挥手喊着：早日回来啊！船上的人也激动的回应狂叫，我的心更在这一片嘶喊保重声中激荡沸腾！

船一艘艘地出港了，但见每个舱面上都挤满了人，台北轮舱里、舱面都是部队及眷属，人挤人寸步难行。

在船上，我们清楚地看到，掩护我们撤退的王连长，带着他的部队边打边撤到小青岛，再转船上了大船，大船在外海停泊下来。面对这夕阳下的故乡，红瓦绿树，碧海蓝天，何等凄怅啊！……

在外海静静的海面上，我也清楚地看到了十一绥靖区司令部所在地建筑的特征，因为它的隔壁就是我家。

> 我的家是在三楼，海上眺望清晰可见，我的家人此刻一定也正在注视这我们升火待发的船，我眺望着家园，满脑子离情别绪……

在随国民党军队从青岛撤退到台湾的军舰上，还有这样一家人，他们是郎咸平的父亲母亲。郎咸平书中谈到1949年他父母从青岛撤退的情形：

> 我的父亲和母亲曾在张学良先生创办的东北大学读书，父亲读的是经济系，母亲读的是化工系。他们毕业的时候已经是1949年了。我的父亲随即加入国民党刘安祺将军的部队26军，他一参军即被授予上尉军衔。国民党大势已去后，26军从青岛撤退，大概有二三十万山东人撤退到台湾，所以在那里山东人特别多。撤退的时候每一个军官一般都带一箱子的黄金、白银，但我的父亲这个人特别有趣，他带了一箱青岛啤酒、三块大洋和我的母亲就上路了。那时，母亲还怀着我的哥哥，父亲花了两块大洋给母亲买了一个床位，供她睡觉。在台湾的基隆，他们下了船，因为第一次看到香蕉，所以父亲又花了一块大洋，买了一串香蕉。从此，他身无分文，就到部队里去报到了。以后，父亲就一直在台湾，始终没有脱离部队。

从青岛撤退到台湾的国民党军政人员到底有多少？刘安祺的回忆录中说是“几十艘大船，一二十万军民”。其中，撤出政、教、交通、学者专家、青年学生等方面的人才约九千多人。那么国民党军队在青岛抓捕走的壮丁到底有多少人？

据青岛市档案馆馆藏档案记载，1949 年第十一绥靖区制定的《1949 年度征募兵额实施办法》规定，根据国民党国防部指示征兵 1 万人，后又根据十一绥靖区需要增加到 1.6 万人。但实际上，1949 年第十一绥靖区征兵应在 1.6 万人的一倍以上。刘安祺原有兵力 5 万人，青即战役一战损失了 7000 余人，而刘安祺带到台湾的部队有 8 万余人。因此，刘安祺在青岛增加的兵员应该是 3 万多人，这和刘安祺在晚年回忆中称“新增加 3 个师兵力”是相吻合的。如此大规模的兵源从何而来？据 1948 年青岛《民言报》登载，青岛市警察局以清查户口的名义挨家挨户搜查，一夜之间抓获千余人，凡是符合征兵年龄又无保人的壮丁一律羁押在警察局，成为征募的兵员。1948 年前，征兵还有年龄限制，20 岁到 35 岁的男子才征。到 1949 年临近撤退之时，为了凑数，从十几岁的孩子到五六十岁的老人都抓。

吴崇先所在的解放军部队开进崂山时，他亲眼目睹了抓壮丁给百姓带来的苦痛。家里失去了顶梁柱，一些白发苍苍的老人，仿佛垮掉了一样，悲恸万分，颓然地坐在家门口，号啕大哭。吴崇先看到这一幕，内心非常伤感。吴崇先和解放军战士把这些无助的乡亲好言相劝，送到家中。

1949 年 6 月 2 日，青岛解放，这个美丽的城市获得新生。吴崇先所在部队，驻扎在崂山傅家埠。吴崇先就在崂山三区区中队，在傅家埠住了三个月。

9 月，崂山行政区划变动。为便于工作，中共崂山工委和崂山行政办事处将下辖的 3 个区撤销，改划为 8 个区。原夏庄区划为一区（区机关驻流亭）、二区（区机关驻夏庄）、三区（区机关驻惜福镇），原崂东区划为四区（区机关驻王哥庄）、五区（区机关驻晓望），原崂西区划为六区（区机关驻沙子口）、七区（区机关驻南宅科）、八区（区机关驻乌衣巷）。

1949年6月2日，青岛解放。图为在市政府门前举行的庆功检阅大会。

人民解放军三十二军九十五师进入青岛市区。

第四章

驻防崂山与流亭机场

在崂山抓特务

1949年6月2日，青岛解放，《大众日报》进行了大量报道，刊发了消息、社论、通讯，“昨日的新闻就是今天的历史”，在岁月中发黄的报纸，真实地记录了青岛的这一历史巨变：

> **胶东二日二十时急电** 中国沿海第一良港，华北重要工商业城市——青岛市，经我军连续进击下，于今日十二时宣告解放，残敌从海上逃窜。至此，山东内陆完全解放。当我军进入青岛市区时，群众夹道欢呼“毛主席万岁！”“中国人民解放军万岁！”各工厂由于员工英勇护厂，战事结束，水电立即恢复供应，入晚全市即大放光明。

6月2日，中国人民解放军青岛市军事管制委员会、青岛市人民政府宣告成立，向明任军管会主任委员，马保三任人民政府市长。中共青岛市委员会进入市内办公，薛尚实任市委书记。青岛市军事管制委员会成立财经委员会、政务委员会、治安委员会等部门，按系统开展接管工作。

青岛发电厂下午开始送电。青岛市人民广播电台成立，当晚8时开始播音。城市设施完好，社会秩序井然。青岛52万市民开始了恢复经济、重建家园、振兴青岛的事业。

青岛虽然解放了，城市的安全和人民政权的稳定仍然受到很大的威胁。国民党军队败退青岛之前，刘安祺安插了很多特务，隐藏在城市的各个角落；在崂山还有很多武装的土匪和零散的国民党军队。

在青岛解放后最初的3个月时间里，人民政权在驻青岛人民解放军和全市各界支持下，维护社会治安，打击残存的反动势力，共收容处理国民党散兵游勇7975名，收缴各种长短枪842支，搜捕特务分子192名、武装匪特161名、盗匪93名，登记管制特务分子643名。

解放军在进入崂山剿匪前夕，崂山各区党政机关进驻各辖区开展工作，崂山行政办事处辖区下设夏庄、崂东、崂西3个区。夏庄区辖现在的流亭、惜福镇、夏庄3个镇的大部，机关驻夏庄，由王立群任分区委书记，徐敬斋、左言仁任副书记，徐敬斋兼任区长。崂东区辖现在的王哥庄镇大部和惜福镇的一部分，机关驻王哥庄，由纪庆玉任分区委书记，辛士连、徐学道任副书记，辛士连兼任区长。崂西区辖现在的沙子口镇全部和北宅乡的大部，机关驻南九水，由王启文任分区委书记，李允明、宫良贤任副书记，李允明兼任区长。

各项行政工作顺利开展后，为迅速肃清残余匪特，维护社会治安，警备四旅和南海军分区调动部队数千人，对崂山山区进行全面清剿。为统一指挥，成立了军政委员会，由警备四旅旅长兼政委邓龙翔任书记，南海军分区司令员杨介人任副书记，崂山工委书记张超等为委员。为便于指挥，警备四旅旅部进驻毕家村一带。警备四旅十团驻北九水，负责崂山西部；警备四旅十一团驻王哥庄一带，负责崂山东部；警备五旅十五团（临时由警备四旅指挥）驻沙子口村、大河东村一带，负责崂山南部；即东县指挥部3个连驻葛家夼、鳌山卫一带，负责崂山北部。另有崂山指挥部一个连及南海军分区侦察队专门负责山色峪一带。

吴崇先所在的部队，承担了深入崂山剿匪的重任。这一次他们面临的是新的任务。

崂山方圆百里，重峦叠嶂，突兀起伏，石怪林密，坡陡涧深，光叫得上名来的山峰少说也有上百座。过去指挥部队打仗，是明对明刀枪相见，而现在钻进林海峰涛中去打土匪，先从哪里下手呢？土匪到底有多少？藏在什么地方？心中一点数也没有。

承担剿匪任务的部队，认真分析民情、地情和敌情。决定充分发动群众，军民结合，拉开大网，逢山就搜，就是大海捞针也要把这股土匪捞出来。崂山剿匪部队从各连挑选了几名精干战士，化装成农民、渔民、樵夫混杂在村民之中，又派5名排级干部化装成道士，由七连长万子卿带领，暗地里与崂山白云洞庙住持联系好，装作念经进香，为保证安全，又派岗哨严密监视来上香的善男信女。

此时，吴崇先担任崂山县第三区中队一个班的副班长，吴崇先这个班，根据侦察队提供的情报，抓获了一个特务头子——张麻子。

青岛解放后，张麻子为首的特务人员，隐匿在崂山深处。他们与国民党军队的散兵游勇，以“打游击”的方式，常常趁夜黑风急的深夜出动，四处骚扰，抢夺百姓的粮食，抓捕、杀害地方干部，严重威胁基层新政权的安全。张麻子从小学武术，会打螳螂拳，有一身功夫。他性格暴戾，好勇斗狠，左眼角边有一颗麻子，麻子上长着几根毛发，右脸上有条刀疤。在崂山一带，臭名远扬，可谓一霸。自从投靠国民党军队后，更是有恃无恐，无恶不作。惜福镇一带，如果晚上有孩子哭闹不安，大人说一句，张麻子来了，孩子吓得立马就不哭了。

8 月的一个晚上，吴崇先接到上级的命令——抓捕张麻子。根据南海军分区侦察队的情报，张麻子的娘死了，要回家奔丧，给他妈送葬。上级指示利用这个机会活捉张麻子，一定不能出现任何意外。吴崇先接到命令，他们这个班 18 个人全部出动，连夜出发，分别埋伏在村子的各个路口，有的潜伏在庄稼地里，有的埋伏在村口的柴禾垛上。吴崇先和两位战士带着枪，隐藏在村子外的土地庙里，机警地监视着通往村子小路上的一切变化。一张紧密的大网撒开，只待猎物的出现。

吴崇先等人一连几个小时都没有合眼，清晨 5 点钟左右，一个戴着青色大帽子的人出现了，他不时左右观望，还时常回头望望。猎物出现了，吴崇先等人用眼神交流，确定应该就是此人。吴崇先兴奋起来，心脏怦怦地跳。他们屏住呼吸，等其慢慢走近土地庙。这人放慢脚步，鬼鬼祟祟地走过来，趁他背对土地庙一刹那，三个人如同下山的猛虎，以迅雷不及掩耳之势，扑向此人。这人还没有来得及反应，就被扑倒在地，毫无还手之机会。吴崇先一把揪下此人的帽子，一颗麻子露了出来。吴崇先大喝一声，“张麻子，还想往哪里逃！”抓捕他的两位战士，一听确认了身份，将张麻子的手臂反剪，为了稳妥，两人一使劲，只听“咔嚓”一声，张麻子的胳膊被扭断了。

全班的战士集结在一起，押送张麻子回军队驻地。然后，战士们又到张麻子的家中，经过严密的搜索，搜出枪支武器、电台、收音机。

吴崇先这个班，干净利索地活捉张麻子，将其连同在他家中搜索出来的枪支和收音机，移交崂山公安局。

继活捉张麻子之后，捷报又传来。这一次立下大功的是崂山公安局，全歼“崂山剿共第三纵队”。反动道会门正觉佛教会道首赵庆德和保长徐守祥（化名刘治民），在何家村（现属王哥庄镇）纠合十余人，组成“崂山剿共第三纵队”，密谋策划到村中征粮，抢劫粮库，袭击崂东区公所，杀害区村干部。20日，该股匪特拉进山里，在王哥庄村南小石屋子一带活动。崂山公安局经过严密侦察后，于21日拂晓一举将该股武装匪特全部歼灭。当场击毙匪首徐守祥等2人，生擒该“纵队”参谋赵庆德等15人，缴获枪支及印章等物品一宗。

经过3个多月的剿匪，崂山终于安宁了。

10月1日，中华人民共和国成立。30万军民在北京天安门前举行开国大典，毛泽东主席亲自升起第一面五星红旗。崂山人民和全国人民一样，热烈欢呼，中国从此进入新的历史时期。

崂山海防

1950年，新中国成立的第一个春节，吴崇先是在部队度过的。经过此前几个月的崂山剿匪，隐藏在崂山的国民党散兵和特务，已经被歼灭得干干净净。老百姓终于可以安安稳稳地过日子，再也不用提心吊胆了。

吴崇先驻防崂山，看到了蒸蒸日上的新气象，感受到老百姓翻身做主人的喜气洋洋。除夕夜，吴崇先和战友一起包饺子，放鞭炮，欢乐祥和的气氛，遍布崂山的各个角落，海边的渔村，山坳里的山村，随处可见红红火火的春联，平添了一股新年的喜庆劲儿。每逢佳节倍思亲，吃过年夜饭，吴崇先想起了爹爹、大哥和小弟，不知道他们是否吃过了饺子、燃放了鞭炮，但他知道他们肯定像自己一样想念亲人。即东县俞家屯离崂山惜福镇虽然不算远，自从1949年加入即东县地方部队，到地方部队整编参加青即战役，再到进入崂山剿匪，春夏秋冬又一春。这一年时间过得可真快啊，青岛变化也真大呀。春节的欢乐之中，空中缭绕着燃放鞭炮之后的烟火气息，还多了一丝思念亲人的气味……

春节过去后，部队主要以学习为主，白天上课，学习马列主义；晚上讨论，从国家发生的大变化，到部队里取得的各种成绩。

在此期间，有一位战士，不知什么原因，从部队不辞而别。大家猜测，他很可能溜号回了老家。于是，部队又开始学习政策，提高战士的文化修养和政治水平。有一天晚上，吴崇先在班级的谈论会上，读了一则《大众日报》的报道。这篇报道是青岛解放后不久刊发的。

1949 年 6 月 11 日《大众日报》头版通讯：

进驻青岛解放军
执行政纪秋毫无犯

胶东电 进驻青岛的人民解放军，执行城市政纪，成绩优良，表现了人民军队的本色。入市前各部都反复深入地讨论了城市纪律，提出："遵守政纪和作战同等重要，争取作战、遵纪两胜的模范"，每人都制订了计划。某团二营在执行入城纪律中，开展了互相监督、互相检查和互相批评。某连虽经七天追击战，入市后仍个个精神饱满，认真负责看管仓库。某部初入市时，驻地未调整好，战士们就在街上露营。派往保护山东大学附属医院的解放军某部，不顾两昼夜追击敌人的疲劳，婉言谢绝了该院让房住宿、烧水、做饭的招待，都在大院里的树下露营，院方再三要求部队到护士坐班室休息，又再次为战士谢绝。在追击逃敌时，曾负轻伤的王玉茂、宋万福都忘了疼痛，兴奋地说："艰苦点算什么，露营是光荣的！"某营一连住在伪警察所旧址，屋里存有很多"哈答呢"，但没有一个战士去动用的，都就地伙铺睡觉，并互相勉励说："进城不是为了个人享受，是为

了解放人民、建设城市。”由于解放军秋毫无犯的严明纪律，全心保护城市，并积极宣传城市政策，市民均纷纷赞誉。一位铁道工人说：“我没看到过这样好的军队，这才真是我们自己的队伍！”

吴崇先读过之后，大家纷纷讨论，你一言，我一语，非常热烈。

经过一段时间的学习之后，1950 年 4 月，吴崇先所在部队升级为南海军分区海防二营三连，吴崇先在三连担任副班长。部队升级为海防营，是因为斗争形势变化的需要。崂山剿匪胜利后，新的情况出现了：在台湾的国民党派特务在海边登陆，试图重建敌特组织。

这一阶段，青岛对国民党斗争取得了一次重大胜利——在大珠山下剿灭登陆的国民党特务。在这次斗争中，生生活捉了特务头子郭立茂和江振钰。

郭立茂，原籍胶南县小珠山北部的西郭家沟村。日伪时期长期盘踞小珠山一带。抗日战争期间，曾为抗日做过些事情，但他在解放战争中上了国民党的贼船。1949 年 5 月，郭立茂加入了国民党保密局，被委任为“国防部东海地区人民剿匪义勇总队第三支队”支队长，在青岛收罗了旧部 22 人从事特务活动。青岛解放前夕，郭立茂逃往台湾，被委任为“保密局华北站青岛郊区流动组”上校组长。

1949 年下半年，郭立茂曾经几次派人到青岛地区从事特务活动，都被查获。

江振钰，崂山惯匪、兵痞。曾参加过“青保”。后来自己组织了一支土匪队伍，被编入国民党青岛警备区保安总队。在解放青岛战役中，其部被解放军歼灭，随国民党军队逃往台湾。

郭、江二人在台湾被国民党保密局编入所谓的山东地区反共救国民党军队。在台湾接受特务训练以备潜入大陆，收集旧部，扩充实力，配合国民党当局“反攻大陆”。

1950 年 5 月 11 日，这伙匪特由国民党海军军舰运送至舟山群岛，后分坐“精忠一号”和“精忠二号”炮艇，拖带一艘劫来的宁波船，由舟山地区徐公岛窜到大珠山以东海面。国民党舟山城防副司令张守业命令匪特登上劫来的宁波船，即率炮艇返航。郭、江二人本来打算在崂山登陆（崂山有青岛保安大队遗留下来的设施和秘密藏身点），结果因海上雾大，迷失航向，漂流到大珠山附近。郭立茂和江振钰在登陆地点问题上发生争执。江振钰坚持按原计划驶往崂山沿海登陆，说：“先师李先良偕青保总队在崂山敌后坚持抗战，终获美誉凯旋。崂山崇山峻岭，易于坚守，我等当负青保盛名。”而郭立茂却坚持说，既已到达大珠山，就应在此登陆。声称他对大珠山的地形非常熟悉，登陆后活动方便。众匪特在海上漂泊了3天3夜，吃尽了苦头，不愿意在海上受罪了，一致同意郭立茂的意见。于是，匪特们临时决定在大珠山登陆。

郭立茂登陆前，曾联系了潜伏在青岛的手下。可这消息早早地被我反特机关掌握。所以，郭立茂等人登陆不久，就被当地下海捕鱼的村干部发现，并迅速报告到乡里。民兵乡队部一面派人监视敌人的行动，一面向海防部队及县公安局、武装部报告。海防部队、公安武装和民兵互相配合，对郭立茂的游击组展开围剿。

5月14日凌晨三四点钟，匪特被南小庄下海捕鱼的渔民发现，仓皇逃到五台山。我海防部队、公安部队、民兵在山东军区胶州军分区增援部队的配合下，经过五台山战斗、木岭山战斗、浮台囱战斗全歼匪特，生擒郭立茂和江振钰及其手下 84 人。

南海军分区海防二营三连向全体解放军官兵传达这次胜利的消息时，大家纷纷表示，郭立茂和江振钰即使在崂山登陆，也会陷入天罗地网。吴崇先大声说：“只要匪特胆敢在崂山沿海登陆，定让他们插翅难逃，全部覆灭。”吴崇先话音刚落，同班的战士纷纷鼓掌。

为了打击敌人的破坏活动，巩固新生的人民政权，经上级批准，青岛市人民法院于 1950 年 10 月 15 日将郭立茂、江振钰等 25 名罪大恶极、不杀不足以平民愤的匪特判处死刑，分别在青岛、胶州、胶南执行。

经历抗美援朝

1950年，面向世界站立起来的中国，百废待兴。国家独立了，但战争的阴影尚未散去。

5月1日，人民解放军解放海南岛，歼灭国民党薛岳所部3万余人。人民解放军向华南、西南等地和沿海岛屿的国民党军队残余力量展开最后的围歼，到1950年6月，解放了除西藏、台湾和少数几个岛屿以外的广大国土。

6月23日，毛泽东在政协第一届全国委员会会议上致闭幕词，他宣布："战争一关，已经基本上过去。"这句话只是对国内而言。

6月25日，朝鲜战争爆发了。从6月30日起担任中国驻朝鲜大使馆政务参赞的柴成文将军，后来这样描述那一天的情形："火热的夏夜，朝鲜半岛上空乌云密布，惊雷滚滚，西太平洋卷起的狂风暴雨，笼罩着朝鲜半岛三千里锦绣江山。暴雨过后，茫茫白雾填满了天空。夜色还没有完全褪去，浩渺无垠的海面上，荡起了层层涟漪，金色而美丽的早晨即将来临——时值1950年6月25日，当地时间凌晨四点钟，然而，与黎明一同降临朝鲜半岛上的，却是一场惊动世界的朝鲜南北双方的战争。"

朝鲜战争爆发，美国随即宣布参战。27日，美国派出海军

青岛市职工抗美援朝保家卫国示威游行大会

和空军武装干涉朝鲜内政，扩大朝鲜战争，并命令海军第七舰队向中国领土台湾沿海集结，决定以武力阻止中国人民解放军解放台湾。28 日，周恩来代表我国政府发表声明，强烈谴责美国政府侵略朝鲜、台湾及干涉亚洲事务的罪行。

朝鲜战争爆发时，吴崇先还在驻防崂山，是南海军分区海防二营三连的一名副班长。他那时还不知道，发生在朝鲜半岛上的这场战争，对中国会产生怎样的影响，也不知道这场战争会带来什么。6 月 28 日，吴崇先和战士在崂山脚下的海面巡逻，他伫立在一块突出的礁石上，望着脚下波涛汹涌的大海，望着大海卷起的海浪，拍打着礁石，卷起千堆雪。他和战友们一起，关注着山东半岛斜对面朝鲜半岛上空的战争风云。

9 月 15 日，美军开始在朝鲜半岛仁川登陆，朝鲜战局发生重大转折，战火很快烧到鸭绿江边。毛泽东身边的工作人员后来回忆说："考虑出兵不出兵的朝鲜问题，他不作声，一个礼拜不刮胡子，留那么长。想通以后开了会，大家意见统一了，毛主席就刮掉了胡子。”

10月上旬，鉴于美帝国主义不顾中国政府的一再警告，把战火烧到我国东北边境，严重地威胁我国安全，中共中央根据朝鲜党和政府的请求和祖国安全的需要，做出了抗美援朝保家卫国的战略决策。8日，毛泽东发出《给中国人民志愿军的命令》，命令中国人民志愿军“迅即向朝鲜境内出动，协同朝鲜同志向侵略者作战并争取光荣的胜利”；并任命彭德怀为中国人民志愿军司令员兼政治委员。19日，中国人民志愿军到达朝鲜前线。

25万名中国人民解放军，赴朝作战，奔赴硝烟正浓的战场时，他们坚信这一战，不但将捍卫年轻共和国的安全与尊严，而且是中国人民站起来的一次有力诠释。

一时间，风云激荡。“雄赳赳，气昂昂，跨过鸭绿江！保和平，卫祖国，就是保家乡。中国好儿女，齐心团结紧，抗美援朝，打败美帝野心狼！”这激昂的歌声，是新中国成立之初5万万人民的胸膛所发出的共鸣；这回荡在神州大地的歌声，是那个年代爱国的激情。这在岁月中流传下来的歌声，成为吴崇先那一代人刻骨铭心的记忆。这首歌所传达的其实只有简单的几个字：“为了祖国，可以牺牲一切！”

为了祖国，先后有207万人奔向了朝鲜战场。为了祖国，共和国缔造者毛泽东带头将自己的儿子送到了前线；为了祖国，彭大将军横刀立马，临危受命，勇挑重担；为了祖国，已复员的营长曹玉海揣着刚结识的恋人的情书，奔波近千米，赶上了出征的老部队；为了祖国，皖北凤台县57岁的蒋阎氏大娘先后让3个孩子参加志愿军；为了祖国，豫剧演员常香玉不辞劳苦，带着“香玉剧社”，半年内巡演170场，把全部演出收入为志愿军购买战斗机……

当“保和平，卫祖国，就是保家乡”的歌声在军营响起，吴

青岛举行抗美援朝大游行

崇先和所有的战士一样，热血沸腾。在爱国主义的强大力量的驱使下，他和班长一起，毅然咬破手指，呼喊着“抗美援朝，保家卫国”的口号，一笔一画，写下血书，要求到朝鲜战场。每个连队，每个班级，都有主动请缨去朝鲜战场参战的战士，无须做任何动员。考虑到南海军分区海防二营燃烧的爱国之心，军队领导挑选了两个班开赴朝鲜战场，吴崇先他们这个班，没有被挑选中，他和班长感到有点失落。

此时的吴崇先，虽然身在崂山脚下，守卫着青岛海湾的一片蔚蓝，却无法想象鸭绿江中流动的江水。

“我曾在一个资料电影中看到过鸭绿江，但是现在，当我从近处看时，我发现它跟我想象中的不同。它没有我想的那么宽，却要汹涌澎湃得多。它浪花四溅，充满漩涡，水的颜色微微泛绿。一个在街上卖五香南瓜子的老人告诉我，夏天的鸭绿江经常泛滥，冲击岸上的庄稼、苹果树和房屋，有时泛滥的江水还会淹没牲畜和人。”当年一位军人随从部队到丹东，准备跨过鸭绿江时，在高处的营地仔细观察这条后来在歌谣中出现的大江后回忆道。

1953年7月27日，美国在《朝鲜半岛军事停战协定》上签字，至此，抗美援朝战争取得胜利。这次胜利沉重打击了美国的侵略政策和战争政策，保卫了朝鲜的独立和中国的安全，中国的国际地位空前提高，并由此为中国的经济建设和社会改革赢得了一个相对稳定的和平环境。

历史的走向难以预测，谁能料到中国取得朝鲜战争的胜利。中国出兵朝鲜曾让世界强烈震惊。因为在当时，即使是最精锐的中国步兵部队，使用的仍是缴获来的口径不一的步枪，年轻的中国空军只有百余架飞机，甚至还不具备作战能力……更何况，经历了百年内忧外患的旧中国，留给新中国的是一个百废待兴的“烂摊子”：一半人处于饥饿之中；全国半数以上的省份匪患未平；1949年的钢产量仅为15万吨，不及美国的1/500……而几乎已经占领朝鲜全境的对手，不仅拥有1100多架先进的战斗机、装备最精良的陆军和海军，还有世界第一强国的生产能力，以及刹那之间就可以让世界上任何一个城市变成废墟的原子弹……

人生的走向同样难以预测。吴崇先后来闯东北，来到长白山脚下，定居在“长白山第一县”安图县的农村，在这里生儿育女，人生的半辈子在安图度过。安图南部与朝鲜民主主义人民共和国接壤。就这样，吴崇先的人生与朝鲜战争，与朝鲜，都有了无法绕开的联系。

在流亭机场当警卫

1950年10月，一个秋风飒飒的日子，晴朗的秋日高远蔚蓝，但因为白云点缀，天空之蓝色比大海的蓝色多了几分缥缈和透明。

吴崇先结束了在南海军分区海防营的关防任务，调到了一〇〇师十二团二营三连，升为班长。部队的领导找吴崇先谈话，让他多注意学习，加强组织性和党性，并告诉他，年仅二十，像他这样年轻的党员，是部队重点培养的对象，一定要克服个人主义的倾向。

二十岁的人生，有无限之可能，就像一条大道通向远方，充满了未知，也令人无限憧憬。

几个月后，吴崇先的军旅生涯面临着一次转折。1951年2月，他被调往青岛流亭基地警卫三连，担任班长。

流亭机场今属城阳。城阳是青岛的一个区，在历史上沿革繁复，可谓人文胜地。城阳历史悠久，境内发现的城子龙山文化遗址，已确认远在4000多年前，人们就在这里居住生息。商、周时期，城阳属莱夷之地。鲁襄公六年（前567年），“齐侯灭莱”，城阳归属齐。

秦始皇二十六年（前221年），秦统一中国后设琅琊郡不其县，建不其城于城阳，县治设城阳，使城阳成为一方之政治、经济和文化中心。

西汉时期，扩建了不其城，并在城内建行宫驻跸，汉高后吕雉封其族人吕种为不其侯。汉光武帝建武六年（30 年），东汉在不其县内置不其侯国，封大司徒伏湛为不其侯，食邑 3600 户。之后，伏氏七代袭爵不其侯，前后 185 年。

曹魏建国后，不其县改属东莱郡。唐宋时期，城阳隶属关系未变，仍属莱州即墨县。

明朝建立后，域内城阳社、北曲社、不其社属即墨县里仁乡，温良社属即墨县仁化乡。明洪武太祖二十五年（1392 年），即墨县里仁乡设军屯 5 处，城阳社设军屯 1 处置军户。明洪武（1368—1398）至永乐（1403—1424）年间，云南等外地移民迁城阳立村者甚众。

1897 年德国侵占青岛后，白沙河以南及红岛等地划入德国租界。1914 年，日本驱逐德国取而代之。1929 年属国民党南京政府青岛市。期间，白沙河以北仍归属即墨县里仁乡、仁化乡。

城阳是进入青岛的门户，地处交通要冲。在青岛近代史上，城阳这块土地被留下了沉痛的殖民烙印。日本在第二次侵占青岛期间，修筑了流亭机场。流亭机场亦称白沙机场、女姑口机场，南邻白沙河，北毗安乐、台上诸村，西接胶济铁路女姑口站，东北靠流亭、夏庄，东南连仙家寨。

吴崇先对流亭这个地名并不陌生，在他的记忆中，一提起这个地名，那些隐藏在他童年的记忆，那些带着血泪的苦痛就会迸发出来。

1937 年 12 月末，国民党青岛市政府实行“焦土抗战”策略，火烧四沧一带的日本纱厂，顿时烈焰腾空，浓烟滚滚。也正在此时（约农历十一月廿六日），流亭集上人群熙来攘往，有一迎亲花轿在黄家坊子（饭店，以下同）门外大街上停留。大集上热闹非凡，突然，一架日本飞机自北而南低空掠过。只听“轰”的一声，一枚约50磅的炸弹落地开花，顿时血肉横飞，当场炸死三人，还有被炸断胳膊和大腿者，有被弹片击中者，流亭大集成为人间地狱。这个惨案发生时，吴崇先才七八岁，他听爹爹说起此事，印象深刻。

即墨、城阳一带的老人说“大艰不艰，大乱不乱，就怕倭狗（日本鬼子）上岸。”老人的担心，很快成为冰冷的现实。1938年1月10日，日军海军在山东头登陆，再次侵占青岛，流亭的一场灾难降临了。

1月17日，以汉奸赵琪为首的“青岛治安维持会”成立。就在这一年，维持会贴出布告，强令小赵村（亦称东赵村）、白沙河、官泊村的村民全部迁走，占地修建军用飞机场。故土难迁，村民们自知失去土地，如拔根而起的大树，难以为生，迟迟拖而不动。日伪军、汉奸步步紧逼，无可奈何之下，村民只得扶老携幼，含泪离开故土家园。多数人去即墨投亲靠友，安家度日，当时吴崇先生活的俞家屯村，就有流亭失去土地的农民前来投靠。流亭一带少数人久久不愿离去，在机场北部的安乐桥附近扎起窝棚栖身，渐渐形成了今日的安乐村。

在随后的十几年间，驻扎在流亭机场的日本军队、美国民党军队以及国民党军队，都是匆匆的过客。在流亭建起的飞机场，成为这块土地的标志性符号。1951年，吴崇先随军队驻守流亭飞机场。

1951年2月28日，在山东流亭机场正式组建中国人民解放军空军第16师。下辖空46、空48团，该师师部及所属团团部以原青岛流亭基地、第7军第20师第58、60团为基础合编组建。3月26日，开始飞行训练。在吴崇先的记忆中，一提起流亭，条件反射般耳朵里就会飞机轰鸣声，这庞大而强悍的声音，成为流亭飞机场的主宰，把其他的声音覆盖、淹没和吞并。

吴崇先前往流亭飞机场担任警卫时，仍然是寒冷的天气。青岛的二月，寒气逼人。从胶州湾上空涌动的强烈的寒风，让人寒彻骨头缝。每天晚上，吴崇先和战友手持冲锋枪，身穿棉大衣，带着厚厚的棉帽子，站在安放飞机的大屋子外放哨。站岗时，一站就是几个小时，长时间在户外，人仿佛掉进冰窟窿，肆虐的寒风，带着无孔不入的寒意，把人冻得难以忍受。正是在这样艰苦的环境中，吴崇先感觉军队就像一个大熔炉，锤炼意志，磨炼斗志，挑战身体的忍耐极限。下了岗哨，也暖和不到哪里去。守卫飞机的警卫连，分散开，睡在安放飞机的大屋子里。偌大的屋子，没有暖气等任何取暖设备，打地铺，能够勉强睡觉。

好在春天慢慢降临，冰雪消融，春寒料峭已经是强弩之末。慢慢的，天气回暖，万木抽出绿色的嫩芽，小草悄悄钻出地面。一两个星期过后，地面上的绿意星星点点，枝头上的嫩芽悄悄舒展。到了三月下旬，青岛的花季开始了。迎春花、连翘、桃花、杏花、梨花，陆续开放，明媚的阳光，和煦的春风，警卫连的战士们渐渐脱下笨重的冬装，小伙子个个精神抖擞。

当樱花怒放之后，渐渐凋零，风一吹，片片花瓣簌簌地落下来，落在绿茵茵的草坪上，看上去非常美丽。在这个季节，流亭飞机场迎来一批秘密武器。5 月 15 日，流亭机场接收苏军驻青岛 1 个空军师的全部装备，米格 -15 飞机 44 架，雅克 -17 飞机 9 架。

一批前苏联的空军飞行员开始培训中国的空军飞行员，如何驾驶苏制战斗机。当时中国空军的飞行员有一批是接收了国民党的空军飞行员，另外是自己培养的。但培养飞行员并不是一朝一夕可以完成的。

战斗机起飞和降落时，警卫班的一个排的战士，乘坐军车，随时待命，以应对突发事件。

1951年6月9日，空16师第46团米格-15飞机发生二等事故，高压油管破裂，前轮放不下，着陆时处置不当，偏出跑道，触地起火。

险情出现，在军车上待命的一个排的警卫战士，飞一样地冲向出事地点。飞行员非常机敏，快速反应，处理得当，下了飞机，招呼人员速来。飞机已经开始冒出滚滚浓烟，处于非常危险的境地，吴崇先和战士们冒着生命危险进行灭火，一架飞机对刚刚成立的新中国来说，就是一笔宝贵的财富。着火的飞机随时有爆炸的可能，警卫战士、机场工作人员以及消防队，一起配合灭火。大火终于扑灭，吴崇先和警卫战士，有的被烧了头发，有的被烧了衣服，有的被火烧伤，一个个被烟熏火燎的，脸上黑一块，胳膊上红一片。幸好没有人员伤亡。

1951年夏天，流亭机场起飞的一架战斗机，在训练中出了事故。在胶南一条河流的河滩上紧急迫降，飞机受到严重损伤。流亭机场派出一个警卫排，任务是将迫降的飞机拆下，运回流亭飞机场。

吴崇先等人风驰电掣开往飞机失事地点，等他们赶到事故地点，他看到胶南当地政府已经派出民兵将飞机团团包围，并进行警戒，以防漏网、残余的国民党特务破坏。

与警卫排的战士一起同来的，还有驻流亭机场的苏联的技术人员，战士配合着苏联的技术人员，投入到紧张的飞机零件的拆卸中。飞机重要的零件拆卸下来，当地政府组织农民负责搬运。战斗机拆开了，但对一些庞大的构件，由于飞机迫降在河滩上，拖拉非常困难，眼看着暮色四起，当地政府到附近的村子，召集了大量农民，一起用绳子捆绑，然后用杠子一起抬。就这样，将拆卸的飞机构件，装到了陆续开来的车中。

从中午到黄昏，吴崇先和战友一直在河滩里，帮助苏联技师拆卸飞机零件。午饭没有吃，肚子饿得咕咕叫。大家都是如此，在河滩上拖泥带水地工作，忘记了饥饿和劳累。太阳下山了，暮色渐渐逼过来，西天燃烧着晚霞，几抹亮丽的霞光，在暮色四起的田野，格外亮丽。晚霞倒映在清清流淌的河水上，此时，吴崇先和战友们终于完成了任务。

晚风习习，河流上的波纹荡漾。吴崇先在河边上洗洗手、洗洗脸，紧绷着的心情放松了，看着暮色渐渐淹没了远方的庄稼和村庄，心里突然想起了即东县的俞家屯，俞家屯的小东河，这样的场景格外的熟悉，忽然击中了他内心柔软的一面。虽然离家乡很近，但没有假期回乡探望父亲，不知弟弟长多高了，也不知家中的老黄牛还健在否。

这样的思乡之情一闪而过，吴崇先在军营生涯的锤炼中，形成了乐观、爽朗的性格，既有一名战士的坚强和勇敢，也有一位农民的淳厚和朴实。这时，组织农民兄弟帮忙的村干部，让村民送来了白面馒头。战士们不好意思吃老乡的粮食和食物，但村干部热情无比，让来让去，最后，村干部人火了：不吃不喝就走，就这么看不上我们农民兄弟吗。

大家推脱不过，怀揣着感动，大口大口地吃了起来。来帮忙出工的农民，还有村干部，看到这一幕，脸上乐开了花。20世纪50年代，吴崇先深深感受到那种军民之间的鱼水情深。

这次飞机事故后，吴崇先和流亭机场警卫连的战友随后又经历了两起此类事故。

1952年1月12日，空16师第48团米格-15飞机发生二等事故，原因不明。

1952年11月22日，空16师第48团米格-15飞机发生二等事故，空中停车迫降，冲出跑道。

在流亭机场当警卫的日子，吴崇先见证了苏联战机飞临，目睹了飞行员驾驶战斗机的军事训练。当然，还有一些时代的细节，历史的风云，一起留在他的人生年轮之中。

苏联专家

吴崇先在驻防流亭机场当警卫时，大批苏联空军飞行员以及技师也生活在流亭机场。他们培训中国空军飞行员，指导如何驾驶战斗机，如何排除机械故障。新中国成立初期，中苏友好，苏联的军人和专家在中国的大城市可经常见到。

吴崇先和苏联军人打过交道，印象最为深刻的就是，个别军人军纪很差，经常骚扰流亭周边的群众。20 世纪 90 年代，有关苏军在东北的野蛮行径被披露。苏军在东北期间表露出的傲慢，他们以“战利品”为名义大肆劫掠东北的战略物资等被遮蔽的历史真相，在公开出版物中披露出来。

当时，吴崇先和董战士不懂这一些。

20世纪50年代，中苏关系密切，苏联是中国人民心目中的“老大哥”。但吴崇先看到的“老大哥”形象是另外一面。青岛流亭机场的领导，为了尽量减少苏军和技师对附近村庄和村民的骚扰，常常组织他们去青岛市看电影。

1951 年冬天，吴崇先在流亭机场看到一辆带帐篷的吉普车。不一会儿，苏联的空军飞行员和技师，鱼贯而入，他们有说有笑地乘坐上去，看样子很开心。他们上车后，由流亭机场警卫连的战士全副武装陪同。

吉普车开往青岛，随后开到了青岛的繁华街——中山路，此时的中山路，是青岛的商业、娱乐中心。青岛解放前，民间艺人多在劈柴院演出，地方戏剧、相声曲艺，杂耍魔术，各种小吃，这里热闹异常。中山路上有两座闻名的电影院——红星影院和中国影院。青岛的电影院设施和放映的电影，在 20 世纪 30 年代，在全国是引领风骚的。那时，好莱坞的电影可以在青岛看到，几乎是和美国同时上映。有时，影院里有专门的英语翻译，为观众翻译台词，以便观众欣赏。

原来，流亭机场的领导，担心苏军无聊生事，专门拉他们来中山路的电影院观看电影，又担心他们在中山路惹是生非，于是就出现了这样的局面：苏军和技师到青岛中山路看电影，机场的警卫战士全副武装“护送”。看电影之前清点苏联人的人数，看完电影后，要保证苏联人全部回到流亭机场。当苏联人在电影院看专门为他们放映的电影，有的警卫陪着看，有的就在车上等候。

有时警卫“护送”苏联人到中山路的影院看电影，有时“护送”他们到中山路 1 号“中苏友好协会”餐饮、娱乐。

中山路 1 号，可谓青岛历史的一个缩影。中山路 1 号位于青岛市老商业中心中山路最南端，坐拥栈桥蔚蓝海景，为“青岛国际俱乐部”旧址。在 20 世纪初，德国海军部派驻的管理当局在青岛修建了一条最早的马路——中山路。早在 1904 年，中山路 1 号就被定为修建俱乐部的用地。主体建筑为 1910 年德国设计施工建造的百年老楼。建筑师德国人库尔特·罗克格曾以设计青岛亨利王子饭店音乐厅而一举成名。建筑为德国青年派风格，充满精致华丽的典雅之美。这栋建筑作为德国人在青岛修建的第一个俱乐部，有舞厅、餐厅、酒吧、台球室等设施，是上层人士的社

20世纪20年代的青岛国际俱乐部（中山路1号）

交场所，后改作国际俱乐部，成为各国富商、官员和名人们的聚会中心。1949年青岛解放后，国际俱乐部停办。1950年中苏友好协会在这里办公，并建立中苏友好馆。中苏断交后改为青岛市科协和科技馆。

近百年里，中山路1号一直保持着一个老式贵族的矜持和尊贵。它铭记着历史，从过去绵延到现在。中山路1号虽然是一栋德式老楼，但它留下了德国民党军队人、日本军人、美国民党军队人、苏联军人的身影。100年来，他们都是过客，那些狂妄的、酒酣的欢笑，都已经消逝得无影踪。沉默的德式老楼，以及院落里高大蓊郁的树木，无言地见证了这一切变化。

20世纪50年代，中国与“老大哥”在外交上是蜜月期。吴崇先回忆说，1953年的时候，就连栈桥著名景点回澜阁都改名，变成了“中苏友好阁”，匾额还是请郭沫若题写的呢。

那时，青岛湛山附近还有个“苏联公民协会”，起初为在青

1912年的中山路1号。20世纪50年代，青岛中苏友好协会在此，经常放映电影。这座老楼，历经百年沧桑，可以说是历史的见证者，无声地述说着百年来的风云变化。

岛的一二百名普通苏联公民服务，这些苏联人分两部分，一部分是民国时期流亡来青岛的侨民，他们大都依靠开酒吧、饭馆为生，另一部分就是聚集在流亭机场的50多名苏联专家，青岛友协的一些活动就包括邀请他们参加一些活动。吴崇先仍记得，这些在流亭机场的苏联人经常参加“苏联公民协会”的活动。

晚年吴崇先定居青岛，他曾在儿女们的陪伴下，重游中山路。几十年的往事像大海的潮汐一样涌到，记忆中的苏联军人的形象、笑声和深情，突破时空而来，让他感慨万千。老楼依然在，在岁月里，更显沧桑。而当年来此娱乐的苏联军人今安在？回首前尘，吴崇先不胜感慨。

第五章

驻防蚌埠机场

在蚌埠机场当警卫

1951年冬天，吴崇先驻防青岛流亭机场。山东青岛与安徽蚌埠，相距一千多里。吴崇先没有想到，他的军旅生涯会转战到安徽蚌埠。

蚌埠市，简称蚌，别名珠城。涂山禹王宫、和氏璧发现之地、霸王别姬的垓下古战场，都在蚌埠境内。蚌埠临近凤阳、南京。由于古代盛产河蚌，从而得名“珠城”。蚌埠是全国重要的水陆交通枢纽，经济腹地十分宽广，被称作两淮重镇、沪宁咽喉。跨中国南北分界线，拥有千里淮河第一大港口。

1951年9月15日，在安徽省蚌埠市以原华东军区教导总队机关和警卫营及苏南军区等单位组成中国人民解放军空军轰炸航空兵第二十师，下辖空58、60团和空20基地场站，代号为中国人民解放军三二〇部队。1953年8月30日，空二十师由蚌埠、开封调防南京大校场，同时接收南京大校场基地。

1951年12月，青岛基地48供应大队调归空二十师建制，于1952年1月与空58、60团之团属供应大队、教导总队后勤处和蚌埠基地航空站合并组成空20基地场站。就这样，吴崇先从岛城到珠城，一个是黄海之滨的港口城市，一个是淮河穿城而过的水陆交通枢纽。此时的吴崇先属于安徽蚌埠空军第二十师警卫五连，他已经从副班长升为班长。

蚌埠市飞机场要追溯到民国时期。1928 年秋冬之际，南京国民党政府军政部在蚌埠境内原长江巡阅使署所圈农田上建筑东、西营房，在东、西营房中部（今市体育场及周边位置）修建军用机场。蚌埠机场建设历时 3 年，至 1931 年建成。初建的蚌埠机场具有简易机场性质，随着草创的中国空军不断发展，简易机场显然难以适应要求，国民政府航空署于 1934 年又在蚌埠东营房以东新选飞机场址，并动工修建。新址占地 800 亩（其中官地 300 亩，农民地 500 亩），至当年 10 月 28 日竣工。此后，蚌埠机场新址启用（旧飞机场址于抗战胜利后的 1946 年辟为体育场）。从机场向西，越过蚌山南面，都属于军事基地。

1937 年 7 月 7 日“卢沟桥事变”发生后，上海也处于战火一触即发之势，为防患于未然，当时的中国空军第九大队 8 月 12 日由河南信阳进入蚌埠机场待命。该大队下辖第 26、第 27 中队，

民国时期蚌埠火车站老照片

装备有美国制造的寇蒂斯 A-12“伯劳鸟”攻击机 20 架。“八一三”淞沪抗战开始后，第九大队攻击机即从蚌埠机场起飞，出击侵犯上海的日军。旋即，第九大队出击根据地前移至浙江曹娥机场，但蚌埠机场仍为中国空军的常备加油站，不少战机仍时常由此升空作战。

从 8 月中旬起，日军连续出动飞机空袭蚌埠机场。据日本海军中佐阿部信夫 1939 年所著图书记载：仅日本海军航空兵就于 8 月 17 日、10 月 1 日两次空袭蚌埠机场及火车站。为保护机场内我方战机的安全，蚌埠人民积极协助机场人员秘密制造了一批形象逼真的假飞机，并用绿色帆布遮盖其上，排列在机场上以迷惑日军飞行员视线，致使敌机数次轰炸劳而无功，白白浪费了大量炸弹，而我方却有效地保护了停在机场上的真飞机。

1938 年 2 月 2 日，蚌埠沦陷。在此之前，中国空军已将在蚌战机全部转移，并在撤退前对机场设施进行了破坏。

中国空军在蚌埠沦陷后的一段时间内对盘踞日军的多次轰炸，不仅明显牵制了日军的行动，给其造成了较严重的损失，也有力鼓舞了中国民党军队的斗志。据当时《大公报》记者范长江在淮河前线的采访报道，2 月 7 日，中国空军 6 架轰炸机在完成轰炸蚌埠敌阵地任务后，“又飞至淮河北岸我们阵地上空，盘旋数次，机中战士在伸手向我阵地上战士招呼，表示慰问。地上将士每日受尽敌机的欺侮，今见我机雄姿，大家抑郁心情，顿时为之减少”。

为了打击日本空军的军事力量，中国空军 1938 年 5 月 17 日，从江西南昌起飞，到达蚌埠飞机场上空，炸毁了这里日军的十几架飞机、一千多桶汽油，迫使他们把机场改作骑兵部队的养马场。

1943 年，中美空军混合联队连续四次共出动飞机十余架次，轰炸蚌埠火车站和机场等军事目标，炸毁火车机车 1 台，铁路桥梁1座，毙伤日军数十人。

抗战胜利后，国民党军队又在这里重新开始修建军用机场。

新中国成立后，蚌埠这座城市回到了人民的怀抱。为了加强我国的国防力量，蚌埠机场作为人民解放军的空军机场，得到了继续修建。

蚌埠机场修建与中国人民解放军空军轰炸航空兵第二十师驻防有直接关系。吴崇先回忆说，当时大量的苏联重型轰炸机在蚌埠机场起飞、降落，机场的跑道损毁严重，师部决定将原来的土质机场跑道，改建高标号、高质量的混凝土的标准跑道。

当年参加过修建蚌埠机场的工人回忆说："你们知道机场的跑道是怎么浇混凝土的吗？我们用的河沙不仅没有含泥量，就是石子也用清水反复地淘洗，最后检验人员还会拿起一粒石子，放在嘴里含一会儿，如果感到碜牙，都不准用，比家里淘米还讲究！"用料干净到如此程度，确实是一般建筑工程所少见的。因为只有这样才能保证飞机降落时，不会因机轮突然着地的爆发性摩擦，发生任何故障。

吴崇先说，蚌埠机场修建时，所有的飞机都飞往南京军用机场，暂时栖息在那里。等蚌埠机场修建完毕，苏联空军驾驶着重型轰炸机，稳稳当当地降落在蚌埠新机场，落地后，苏联飞行员冲着在蚌埠机场担任警卫的吴崇先跷起大拇指。

机场空军部队作为蚌埠解放后最早的驻军，与这个城市建立了亲如一家的军民关系。刚从战争年代过来的人民群众，对战斗英雄怀有崇敬的心情，特别是在抗美援朝期间，志愿军成为最可爱的人。驻扎蚌埠的空军部队对面，是安徽省蚌埠卫生学校，两个单位，恰好互补。每到周末，举办联欢活动。卫生学校中的一些女教师和毕业生，与部队军人建立恋爱关系，然后结婚成家。

在吴崇先的记忆中，机场空军部队大礼堂就是当时最大的演

民国时期的蚌埠铁路桥

出场馆。每逢国庆节，大礼堂就会有精彩的文艺演出。1950 年，这里接待了我国著名京剧表演艺术家梅兰芳演出《霸王别姬》和《贵妃醉酒》。他从念唱作打到机关布景，都被人们津津乐道。梅兰芳这次演出时，吴崇先还没有到蚌埠，他来到后，经常听起蚌埠的战友谈起，梅兰芳的演出一票难求，蚌埠的京剧爱好者，为了能够买到票，出现了半夜排队买票的盛况。

每当空军二十师的老兵退役，空军会表演跳伞，为驻防蚌埠机场的老兵送行。吴崇先对这一幕，记忆尤其深刻。空军驾驶战机翱翔蓝天，随后打开舱门，在万里晴空纵身跳下，打开降落伞。跳伞队员向绿色的大草坪徐徐飘来，降落时如同祥云般飘落。勇武的天兵轻松着陆，动作纯熟，一气呵成，受过蓝天洗礼的他们，个个精神抖擞，气度非凡。跳伞表演吸引了大批蚌埠市的市民前来观看，而退役的战士激动地与跳伞队员在草坪合影留念。

驻防在蚌埠机场，有难忘的场景，欢笑的泪水，也有沉痛的记忆。1952 年 10 月 1 日国庆阅兵训练中空 20 师出了起大事故。1952 年的国庆节，为参加空中受阅，空军 10 师 1 个师的兵力不够，要空 20 师抽 1 个大队参加国庆检阅。空 20 师就选了第 60 团 1 大队。八月份，1 大队到唐山集中，进入大编队训练。在一次预演过程当中两架飞机相撞坠毁，有八位同志牺牲。不幸的消息传到蚌埠机场，吴崇先脑海中浮现出两位战友的音容笑貌，都说男儿有泪不轻弹，只是未到伤心处。吴崇先的军旅生涯经历过太多的生死离别，但这一次事故，让他心情非常悲痛，独自一人的时刻，有一种想哭的冲动。

亲历“三反五反”运动

吴崇先从青岛流亭机场转到蚌埠机场后，恰好赶上“三反五反运动”。

1951年11月30日，中共中央根据同年秋季全国工农业战线开展的爱国增产运动中揭发出的大量贪污、浪费现象和官僚主义问题，向全党指出：必须注意干部的贪污行为，注意发现、揭发和惩处。12月1日，中共中央做出《关于实行精兵简政，增产节约，反对贪污、反对浪费和反对官僚主义的决定》，把反贪污、反浪费、反官僚主义作为贯彻精兵简政、增产节约这一中心任务的重大措施，要求普遍检查贪污、浪费和官僚主义问题。12月8日，中共中央又发出《关于反贪污斗争必须大张旗鼓地去进行的指示》。此后，一个全国规模的“三反”运动普遍地开展起来。1952年1月4日，中共中央发出《关于立即限期发动群众开展“三反”斗争的指示》，要求各单位立即按限期发动群众开展斗争。很快，在全国出现了一个群众性的检查和揭发的高潮，“三反”运动进入高潮。为配合“三反运动”的深入开展，又发动了“五反运动”。“五反运动”指的是反对行贿、反对偷税漏税、反对盗窃国家财产、反对偷工减料和反对盗窃国家经济情报。

“三反五反运动”是新中国成立初期的政治运动之一，它与土地改革运动，镇压反革命运动，抗美援朝运动形成一个系列。

“猴皮筋，我会跳，三反五反我知道。反贪污、反浪费，官僚主义也反对。”“一二三四五，上山打老虎，老虎不吃饭，专吃大坏蛋，大坏蛋，贪污犯……”这是20世纪50年代流行的儿歌，反映的是“三反五反”运动这一历史事件。

在运动中，各地揭露了一批严重的贪污盗窃案件，并先后召开了坦白检举大会或公审大会，对于犯罪行为较严重的犯罪分子依法严惩。最典型的例子是依法判处大贪污犯、原中共石家庄市委第一副书记刘青山和原中共天津地委书记张子善死刑。刘青山和张子善是“三反运动”中被揪出的“大老虎”。

1952年1月25日，毛泽东在《转发志愿军十九兵团党委三反报告的批语》中指出“打老虎”的具体办法：“在运动中，兵团、军、师、团、营各级干部必须人人向群众作反省检讨，即所谓人人下水洗澡，以及限期展开、指名坦白等项方法”。

1952年春天，全军开展了轰轰烈烈的“三反”运动。“打老虎”有指标，上级分配给安徽蚌埠机场驻军，必须在短时间内揪出两只“老虎”。要求领导干部亲自挂帅，层层发动群众，从党内到党外进行动员，揭发检举，深入细致地狠挖，一个不漏。发现线索要穷追猛打，领导干部决不能心慈手软、犹豫不决，否则就要“搬石头”（惩戒）。

1952年2月，一个乍暖还寒的日子。驻蚌埠机场的空军二十师，召开“三反运动打老虎”动员大会。部队集合起来，先把枪支弹药全部上缴，空手去参加大会。吴崇先和战友来到机场空军部队大礼堂外，马上感觉气氛明显和往日不一样，有军队荷枪实弹巡逻站岗，岗哨里三层外三层，包围着大礼堂，另外还有很多便衣警察。吴崇先心中非常纳闷，这是怎么回事？今天一定会有大事发生。战士在大礼堂就座后，主席台上的蚌埠市的领导、空军二十师的领导，鱼贯而入，在主席台就座。

在严肃的气氛中，领导宣布开会，宣读中央的决定，开始“三反运动打老虎”。文件宣读完之后，只见上来几个便衣，立马逮住蚌埠机场场长（军队正师级干部），上了脚镣手铐。主席台的领导宣布逮住了“大老虎”。会场上所有的人，对这突如其来的一幕感到无比惊愕。

场长参加会议时，穿着擦得乌黑发亮的皮鞋，雪白的袜子，上了脚镣手铐后，被拖上台，脚脖子立马被拖出了血，红殷殷的。会议上，领导宣布蚌埠机场场长生活腐化，有严重的贪污问题，立即逮捕。

机场有这样一个“大老虎”，吴崇先和战友都感到不可思议。随后传出，这个场长的罪行真不少，而很多的罪行是他的老婆造的孽。战士在私下里议论，机场场长的老婆是干部管理处处长，正团级干部，被称为“女将军”。解放后，她生活严重腐败，竟然用牛奶洗澡。大家都感到义愤填膺，这些经历过抗日战争和解放战争的战士，不知道有的人生活腐化到这个地步，他们说，这个女人真该死，她是继国民党蒋介石的老婆宋美龄之后，第二个用牛奶洗澡的人。还有人传说，机场场长家中，光各种各样的水就有八种，有山泉水、矿泉水、有海水、有河水，竟然还有收集而来的露水……有的洗澡，有的饮用，有的浇花，有的养鱼……

那几天，战士们议论纷纷的就是机场场长和他的夫人的生活问题。更让人感到不可思议的是，机场场长有一个警卫员，为了让她的妹妹参军并提拔，把亲妹妹送给机场场长当情人，并且怀了孕……更可怕的是，机场场长的老婆并不反对。

大老虎被揪出，这是蚌埠机场驻军“三反运动打老虎”的序曲。于是，揪出隐藏着的“小老虎”，成为接下来的工作。

运动之中各单位都遇到难攻的重点，感到束手无策。空军二十师后勤处财务科长、卫生科长、管理员、保管员等等都被看作隐藏着的“老虎”。师部的政委还到其他军队取经，学习打“虎”经验。

“打虎”运动层层深入，从营长、连长、排长、班长到每一位战士，都要做思想检讨，进行深刻的自我批评，检讨自己在军营中和生活中到底有没有浪费现象。自己检讨完毕，让所有参加会议的战士，进行评议，如果过关了，就没有了“老虎”的嫌疑。

吴崇先在做检讨上，检讨自己吃饭时浪费了一小块馒头，不小心掉在水里，应该捡起来吃掉。从生活的点点滴滴，深挖自己有没有贪污浪费的事情发生，深挖自己有没有骄傲自大的不良倾向。很多战士在检讨时，说着说着就痛哭流涕。

“贪污分子你睁开眼，两条道路由你挑。一条活路，一条绝路；一条光明，一条黑暗。想想吧，看你走向哪一条？彻底坦白，从宽处理，拒绝坦白要严办。”这是当时宣传政策的歌曲。这样的歌曲从早晨放到晚上。让每一位战士进行灵魂深处的革命。

在这样的情况下，从青岛流亭机场转到蚌埠机场的一位老连长，胶东海阳人，姓刘，曾参加过抗日战争打过鬼子，在胶东一带打过游击。他没有文化，大字认不了一箩筐，是老实巴交的人，但他当过管理员，经手军需物资。刘连长管理军需品一向严格，由于脾气耿直，可能得罪过一些人。在这样的情况下，被当作“老虎”打。刘连长百口莫辩，一着急就骂人。更是被认为态度恶劣，被要求老实交代贪污罪行。

刘连长在战争期间落下了胃病，再加上运动期间，精神高度紧张，郁闷得胃病发作，胃疼得满脑门子沁出豆粒大的汗滴。但是，斗争毫不含糊。有一次，刘连长被要求跪在八仙桌上交代罪行。经过一番折腾，刘连长被关了禁闭，吃住都在一个烧水房里。他吃不下饭，睡不着觉，瘦得只剩下一把骨头。有一次，吴崇先收党费，去了他栖身的烧水间，只见房间里贴满了大标语，密密麻麻的，上边的标语更是具有震慑的力量：“老虎，快交代罪行！！！”“低头向人民认罪！！！”吴崇先见了形销骨立的刘连长，在床上快爬不起来了，不知道说什么好。吴崇先说：“刘连长，我来收党费了……”刘连长一听，眼泪都要出来了，“一班长，我，我……”。刘连长从身上摸索出几毛钱，对吴崇先说：“我身上只有这些钱了，这是我全部的财产，全部交给党，就当最后一次党费吧。”

吴崇先心里很不是个滋味，从刘连长的烧水间走出来。脚步格外沉重，这样老实巴交的人怎么是“老虎”呢？

最后，实在没有办法了。刘连长就招了，他“贪污”了一个茶缸子两条毛巾。而去刘连长老家做外调材料的人也回来了，他的问题基本查清了。他老婆从老家来到蚌埠机场看他，见了他哭得一把鼻涕一把泪。驻蚌埠的空军第二十师的处理决定马上下发了，宣布释放刘连长，不撤职，只降级。

经受住这次严峻的考验后，刘连长被委以重任，过了几天，一道调令来了。否极泰来，刘连长被调到蚌埠市公安局，担任局长。

“三反五反”运动取得了胜利，然而运动中也存在斗争扩大化倾向，即使中央及时采取了一些措施，仍难免造成一些冤假错案。

吴崇先晚年回忆起这一幕，感慨万千。像刘连长这样被逼造成的冤假错案，都给平反了。但是，也有很多人，政治运动在心灵上留下了难以愈合的伤疤。

一不留神，进了转业大队

吴崇先在军队的时候，有好几次面临升迁的机会，但都错过了。在驻扎城阳流亭机场时，吴崇先被组织安排学发电知识，机场里需要发电装备，急需技术人才。但阴差阳错，机会溜走了。在蚌埠机场，“三反运动”前夕，营部打算提拔吴崇先为排长。因为运动中吴崇先的检讨，在一位领导看来，不够深刻，这个提干机会也错过了。

吴崇先对自己在军旅生涯的前途也不明确，晚年回忆起来，自己评价说“瞎胡混”。

正是没有清晰的前途目标，才有了走到哪里算哪里的心态。由于吴崇先性格耿直，做什么事情都是直来直去，连长也许早就对吴崇先有看法，就这样，吴崇先稀里糊涂地转了业。

1952 年 5 月的一天，连队来了一辆绿色的吉普车，后边的车厢带绿色的帐篷。连长下命令，一班长吴崇先听命令，根据上级的指示，请你收拾好你所有的行李上车，上边有命令对你调动。吴崇先满心狐疑，不知道要把自己调往哪里。军人的天职就是服从命令，吴崇先二话没有说，三下五除二麻利地收拾好行李，打了个包。然后与朝夕相处的一班的所有战士道别，把行李往车上一丢，上了车。

绿色的吉普车开出了蚌埠机场，连队渐渐地远了。吴崇先此时还未意识到，这是与战友最后的告别，这是人生的又一个转折点。

在车厢里的吴崇先，随着绿色的吉普车晃动，他根本不知道前面就是部队转业大队，要转业复员的人在此过渡。当绿色的吉普车在转业大队的营房停下来，吴崇先顿时意识到怎么回事。原来自己稀里糊涂到了转业大队，感情要转业回老家啊。吴崇先的心头，涌上一股复杂的感觉，先是兴奋又期待，马上可以回到阔别三年多的家乡了；随后感觉迷茫而伤感，就这样转业回家了吗？

吴崇先带着随身行李，被安置在一个大号的宿舍。这个房间里住着十几位老兵，他们热情地说，又来了一个。“兄弟，你老家是哪里的？想家了吧，咱们马上都要回家乡看爹看娘了。”吴崇先连忙回答自己是山东即东县人，话音刚落，思乡之情如滔滔江水将他淹没，想起自己的爹爹，想起自己的大哥，想起小弟，感觉归心似箭，马上就要回家见到亲人啦。简单几句话，撩拨起吴崇先思念亲人的强烈感情，在这股感情的驱使下，他对自己的人生前途更没有什么明晰的规划了。

吴崇先安顿好之后，一打听，住在这个房间的转业军人，大多数都是营长、连长的级别，有的过了十几年的军旅生涯，少的也过了五六年的军营生活。论职务，吴崇先最低，是班长；论年龄，吴崇先才22岁，年龄最低。吴崇先心想，人家都到了营级了，还一心马上转业回家呢，自己也没有什么好留恋的了。

第二天，空军二十师副政委在转业大队办公室，看到了吴崇先的档案资料，又从连队了解了吴崇先的情况后，感觉这么年轻的战士，而且还是党员，转业太可惜了。于是，叫通讯员去叫吴崇先到自己的办公室谈话。一群兴高采烈地要转业回家乡的人，

吴崇先的复员军人证件（一）

依据《军人抚恤优待条例》，经审定符合享受复员军人定期定量补助待遇，特发此证。

山东省民政厅

吴崇先的复员军人证件（二）

七嘴八舌地对吴崇先说："找你谈话，肯定是留队。你自己要有主见，人都到这里了，哪个不归心似箭啊。"

吴崇先进了马政委的办公室，双脚立正，对着马政委做了一个标准的军礼。马政委点了点头，示意吴崇先坐下。

过了一会儿，马政委看着吴崇先说："小吴，你的情况我大致了解了，今天叫你到这里，是想征询一下你的意见。组织打算调你去蚌埠市直属部队运输排当排长，你觉得怎么样？"

也许受到同宿舍的一帮人心理暗示，也许思乡情浓。吴崇先没有一丝一毫的犹豫，连考虑都没有考虑，连忙说道："马政委，如果我在机场警卫连连队，您想调我去哪里，我就去哪里。我已经在转业大队了，您还是让我转业复员回老家吧。"

马政委详细地问了吴崇先故乡亲人的情况，端着茶水缸子喝了一口水，慢慢地说道："我希望你考虑一下我的意见。你这么年轻，在军队里有纪律约束着，有助于你成长，对你将来的发展也有好处。一旦转业到了地方，没有了军队纪律的制约，年轻人血气方刚，容易冲动，说话做事直来直往，弄不好要犯错误啊。"

吴崇先听了马政委语重心长的一番话后，低下了头，不敢直视马政委的眼睛。心想，自己也没有在部队发展的明确目标，一直都是走到哪里算哪里，又想起刚出门时，那一帮要转业的人对自己说的话，车到山前必有路，还是转业算了。想到这里，吴崇先对马政委说："谢谢组织对我的信任，我还是转业回家乡吧。"

马政委听了，顿时无语，这种情况，他还是第一次遇到。沉吟了片刻，然后说道："转业到地方，也好……"马政委接着说，"希望你转业后，像在军队一样，戒骄戒躁，严格要求自己。不论做什么工作，都是为社会主义革命服务，拿出解放军战士的气魄和能力，做出一番事业，别辜负部队组织对你的期望。"

吴崇先连连点头，表示牢记马政委的殷切关怀和谆谆教导。

此时，吴崇先哪里会意料到，军队的领导看人是非常准确的。如果吴崇先选择留在军队，那是另外一条人生道路。如果转业回乡后，能够牢记马政委的教导，克服自己的弱点，也肯定会一帆风顺。但是，不幸被马政委言中，吴崇先犯了错误。

人生如戏，戏如人生。吴崇先转业回乡后，没有了军队的纪律约束，真的“瞎胡闹”，以至于走上了另外一条人生道路。人在年轻的时候，无法确定未来的道路，也无法预料人生的道路将如何在脚下延伸。未知的一切，慢慢到来。无论怎样的人生，都应了那句名言，性格决定命运。你选择了什么，就成为什么。

光荣转业回家乡

在吴崇先选择转业时，还有一次机会摆在他的面前——复员转业到蚌埠市。在吴崇先开进转业大队的第二天，他遇到了吴乃辉排长。吴乃辉，即墨灵山岛人，和吴崇先同姓，也是即墨老乡。两人早就相识，不料又在此时此地遇到。吴排长在解放战争期间留下了病根，胃病特别严重，吃过饭常会呕吐。

两人谈到转业何去何从的问题。吴乃辉告诉吴崇先，他面临着这样一个选择——转业到蚌埠市麻袋厂担任厂长，并征询吴崇先的意见。吴乃辉也把自己的想法明确地告诉吴崇先，自己想转业到蚌埠市麻袋厂，并希望吴崇先一起留下来，两人都转业麻袋厂。吴崇先说，自己想回家乡。第二天，吴乃辉翻来覆去想了一夜，告诉吴崇先最后的决定——自己也要转业回家乡。

吴乃辉还兴奋地和吴崇先谈起自己的打算："俺娘会做火烧，可好吃啦。俺转业回家后，用转业军人的补助，买个毛驴子，回家和俺娘一起做火烧，上集市上卖火烧。俺爹就卖了一辈子火烧，七里八乡的乡亲都认俺家的火烧。"

1952 年 5 月 7 日，吴崇先踏上了复员回乡的火车。火车站专门开了一列复员回乡军人的专列，为服役结束的解放军战士送行。当部队的领导和战友，把胸上别着大红花的吴崇先送上火车，当与朝夕相处的战友紧紧地握住手时，吴崇先心头涌上来一种从未体验的感情——那是对军旅生涯的眷恋，对军营生活的留恋，对亲如兄弟战友之情的依依不舍。

离别的站台，满是挥舞的手，真挚的情，时间仿佛在此定格。可是，分离的一刻来临，当火车缓缓开动，看着火车窗外的战友越来越远，吴崇先猛然醒悟，这就是分别，从此天涯海角，有可能一辈子不再相见。正如杜甫的诗，“人生不相见，动如参与商。……明日隔山岳，世事两茫茫。”想到这里，那种怅然若失的感觉，悄然袭上心头，军营中难忘的记忆，像镜头一样，在脑海中一一闪现。就这样，火车越来越快地向北行驶，蚌埠已经是吴崇先人生中的一个背影……

铁路只在意起点和终点，风景似乎成为“铁路的副产品”。20 世纪 50 年代的绿皮火车，是那种蒸汽机车，火车一路向北，喷发出一股股浓烟。锃亮的铁轨在火车飞速的车轮之下，无限延伸。火车疾驰在大地上，窗外绿油油的农田，白练似的河流，原野中伫立的大树，这些转瞬消失的风景，似乎没有进入吴崇先的眼睛，更没有进入他的内心。转瞬即逝的风景，又连绵延续而至。吴崇先的心中，充满了无限的憧憬，想象着家中的一切。

火车一路奔驰，吴崇先看着窗外，感觉厌倦了。朦朦胧胧的睡意袭来，他陷入了意识停顿的迷糊状态。眼皮仿佛越来越沉重，睁开一下，然后又闭上了。窗外的风，涌进来，掀起他的头发，吹拂着他的绿色的新军装，他就像儿时被奶奶搂着，进入香甜的睡梦之中。这是一场人生旅途上的酣睡，他忘记了自己身在何处，忘记了自己从哪里来，要到哪里去。这场睡眠浓得好像化不开的大雾，他看不清自己的过去，也看不到自己的未来。突然，一丝光亮，好像太阳冲破了迷雾。他看到娘随着太阳的光亮变得逐渐

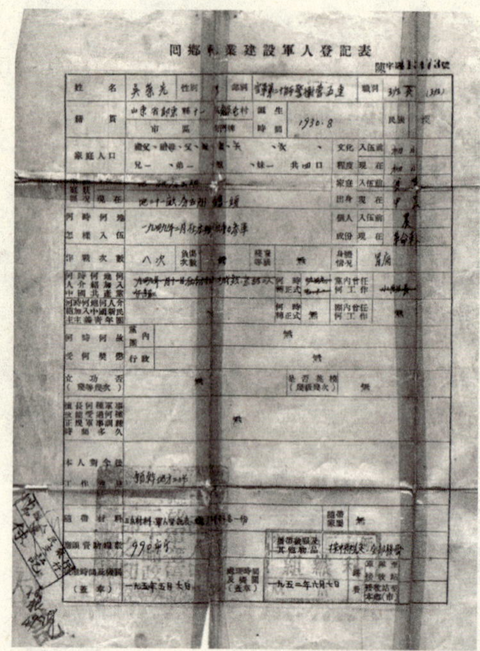

回鄉轉業建設軍人登記表

姓名	吴崇先	性别	男	部别		職别	
籍貫	山東省	誕生時間	1930·8	民族			
作戰次數	八次	負傷次數	無	殘廢等級	無	身體情况	

一九五二年六月七日

1952 年 6 月部队为吴崇先颁发的转业军人登记表(一)

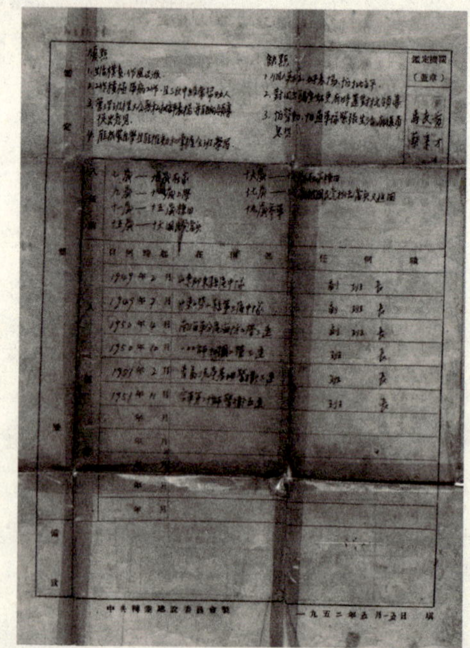

一九五二年六月七日

1952 年 6 月部队为吴崇先颁发的转业军人登记表(二)

清晰，娘还是那样慈祥，那样好看，有一股神圣的光辉。娘和太阳越升越高，吴崇先奔跑，不停地奔跑，刚见到娘的狂喜，叫娘时的开心，此时，变成一丝丝的焦虑。然而娘仿佛冰雕的一般，飞向太阳，离开吴崇先越远，融化得越快。吴崇先不停地奔跑，奔跑，他大喊，娘，等等我，我当过兵，打过仗，现在我转业回家乡了，你等等我啊……

娘的形象消失了，吴崇先的心跌落到深渊，他感觉自己像羽毛一样轻盈，不断地飘落，飘落。他落到一个深山的大谷地，这里长着茂密的森林，他迷失了方向。在林中摸索着，听到小溪潺潺的流水声，他走到小溪边，低头喝水，忽然，看到小溪中有一个人影在晃动，他抬起头，高兴地跳了起来，一下子抱住那人："弟弟，你长这么高了，你怎么在这里？"弟弟说："爹爹让我来，接你回家的。"

吴崇先和弟弟携手，制作了一条小船，两人踏上去，开始漂流……忽然一阵大风，把小船吹得飘摇起来，情况非常危险……吴崇先随着火车的一阵晃动，头从靠着的椅背上滑落下来，他睁开眼睛，梦境消逝了。他眨了眨眼睛，看到车厢坐满了穿绿色军装的战友，顿时清醒过来，原来是一个梦……

"前方到站——济南，有下车的乘客做好准备……"火车的播音响了，原来马上就要到济南了。吴崇先愣了一会儿，忽然想起一段往事：1948 年 8 月，自己在家乡被国民党抓捕，然后被飞机运送到济南，在泺口待了一段时间，趁机溜了，逃跑回到家乡……今昔对比，吴崇先不胜感慨。当年要是没有跑掉，说不定自己早就命丧解放军解放济南的炮火之下了。也就是从济南逃跑回来之后，渐渐开始了军旅生涯，参加青即战役，驻防崂山沿海，驻防流亭机场，然后到了蚌埠，现在又回到济南，人生真是一个奇妙的循环往复。

火车从济南开出后，一路向东，向东，向着大海的方向开去，吴崇先心底涌出轻快的声音：回家喽，回家喽！

第六章

在即东县大屯乡工作

吴崇先回来了

吴家的二小子回来啦！这消息像长了翅膀，在俞家屯传开了。吴崇先在一群乡亲的拥簇下，走进了阔别三年的家门，心里相当激动，一群孩子叽叽喳喳，有的光着屁股，在他身边又蹦又跳，大声喊“解放军叔叔”。近乡情怯的丝丝不安早已经不翼而飞，取而代之的是兴奋，以及回到家乡的安定感、踏实感。

吴崇先一迈进家门，就看到爹从堂屋里出来，对着吴崇先笑，激动得已经说不出话来。吴崇先眼睛一热，叫了一声“爹”，吴显福欢喜的眼泪就流出来了。吴崇先仔细端详爹的模样，几年不见，吴显福更显苍老，鬓角灰白，脸上出现了皱纹，高大挺拔的身躯，在岁月的沧桑之中，有了明显的弯度。在吴显福一旁，站着的是妹妹，吴崇先当年参加解放军时，妹妹还是一个瘦小的孩子，转眼已经是一个亭亭玉立的大姑娘了。

当天晚上，一家人团聚了。吴崇先得知，大哥已经在大屯乡供销合作社当营业员，妹妹在大屯乡当妇代会主任，弟弟上学时断时续，耽误了几年，现在读初中。

久别重逢，家人团聚，有说不完的话。吴崇先问弟弟，将来有什么打算。弟弟说，我想考学，想考大专，将来当一名工程师，建设国家。

吴崇先和弟弟躺在炕上，两人说着话，就迷迷糊糊地睡着了。初夏的乡村，夜晚非常宁静，风拂过大树发出哗哗的声音，窗外的月光皎洁，月光被树的影子打碎。对于吴家来说，这是一个美好而又踏实的夜晚，吴显福一辈子操劳，如今看到儿子转业复员回家乡，这小子也算给咱老吴家增光了。吴显福感到无比欣慰，睡着了。

吴崇先转业复员回家，为家庭带来了精神上的变化，也带来物质上的富足感。转业时，军队特意为复员军人发了一套衣物，有崭新的被褥，一套新军服，一双新皮鞋。值得一提的是，军队还给了 50 尺布。再加上原来的军服，这些衣服和衣料，够吴崇先穿上好几年了。更重要的是，国家为复员军人提供了粮食方面的生活保障，部队为吴崇先开了 700 斤小麦的粮票。

几天后，吴家带着军队发放的粮票，去了当地政府的粮站，兑换了 700 斤小麦。吴显福看着拉回来几麻袋小麦，心里乐开了花，脸上笑开了花，他用双手捧着颗粒饱满的小麦，心里一个劲地叹息：“孩子他妈，你看到了吧，这些都是二小子带回来的。咱家过上了好日子，只是为难了你，当初你要是不得病多好啊……”

20 世纪 50 年代最初的几年，吴家的日子过得比较顺，苦尽甘来啊，有小麦可以磨白面吃，孩子们个个有了出息，乡亲们提起吴家，口气里掩饰不住的羡慕。

冲动的代价

吴崇先转业复员后，即东县县委安排他先到党校学习。吴崇先接到通知后，就简单收拾一下行李，去了店集镇——即东县政府驻地，到即东县县委党校报到。

这次到党校学习，由段村区党委副书记带队。吴崇先报到后，了解到这次学习要四十多天，他决定好好利用这次机会，学习马列主义等书籍和理论，不辜负组织对自己的期望。

一个月过去了，学习内容安排得并不是很紧张，吴崇先感觉自己学习到很多东西。而且，每天和学员朝夕相处，互相认识了，彼此熟悉了，最初的那种陌生感消失后，大家在一起经常玩一些简单的游戏，欢快的笑声，常常在他们休息时，爆发出来。就在这样轻松愉悦的气氛中，吴崇先做了一件自毁前途的傻事。

那是一个下午，大家学习完了，学员们有男有女聚在一起。都是朝气蓬勃的年轻人，大家会开一些玩笑，或者一起做游戏。当天讨论完之后，是休息时间，在党校的大院里，大家三三两两地坐在一起，玩游戏消遣时间，等待晚饭开饭。

吴崇先和一位叫秀云的女青年玩手心手背的游戏。这个游戏的玩法就是甲方伸出手，手掌打开，手心向下；乙方把手掌打开，手心朝上，用五指轻轻地触及对方的五指。然后，乙方飞快地从下面撤出，翻飞，轻轻打甲方的手背。甲方则飞快地躲闪，躲闪成功，甲方就做乙方。甲方躲闪不成功，被乙方打中；乙方继续有打甲方手背的机会。就这样循环往复。本来这个小游戏有利于来党校学习的学员们互相沟通，增进友谊。但吴崇先出了意外。

叫秀云的女青年反应敏捷，吴崇先就屡打不中。而秀云打吴崇先的手背呢，屡屡打中。好不容易轮到吴崇先打了，吴崇先佯装打，秀云飞快地躲闪，其实吴崇先是按兵不动麻痹秀云的，等秀云再伸过来手时，吴崇先以迅雷不及掩耳之势，“啪”的一下，猛地击中了秀云的手背。吴崇先使的劲儿太大了，这一下，打的秀云太疼了，这个姑娘一下子号啕大哭起来。吴崇先一看这样，连连道歉，并哄秀云。谁知，越哄秀云哭得越厉害，仿佛窦娥遭遇了天大的冤情。围观的学员纷纷劝说秀云，秀云一看这样的阵势，立马站立起来，身子一转，腰一扭，回宿舍了。

到了晚饭的时间，和秀云一个宿舍的姑娘，姓王。王姑娘叫秀云去吃晚饭，秀云哭着不动。王姑娘只好自己去吃饭，并帮秀云打回饭来。而秀云还是不吃晚饭。

吴崇先这一巴掌，不知打得秀云多疼，让她产生了敌意和仇恨。当天晚上，秀云哭一阵，骂一阵，从吴崇先本人骂起，然后骂吴崇先的爹娘，直至骂到吴崇先的祖宗十八代。秀云如此做法，同屋里的王姑娘看不下去了，觉得秀云蛮不讲理、胡搅蛮缠。

王姑娘是吴崇先的妹妹的干姐姐，听了秀云一晚上骂街一般的泼妇骂人。心里很不痛快，第二天，王姑娘找到吴崇先，悄悄地说：“往后你别和这样小气的人打交道，你昨天打疼了她的手背，她昨晚骂了你一晚上，又骂爹又骂娘，骂的话语非常难听，有的话非常恶毒。这样的人，还到党校学习！”

吴崇先自幼丧母，一听秀云骂自己的娘。不由得火冒三丈，气咻咻地闯到秀云的宿舍，看到秀云在镜子前梳洗打扮呢。逮住秀云，就是一个耳光，愤怒之下，这个耳光用的劲，肯定比昨天打手背用的劲儿还足，结果，秀云脸上留下红红的指印。秀云还没有等到火辣辣的痛感在脸上蔓延开来，就号啕大哭了，马上跑出宿舍，大哭大叫："快来看啊，吴崇先打妇女！救命啊，吴崇先耍流氓了！"

吴崇先打人事件闹得沸沸扬扬，段村区的书记第一时间赶到，气得把吴崇先好一个批评。这位书记说话口吃，愤怒时，说话更加不顺溜，他气得满脸通红，脖子僵硬，手指着吴崇先说道："小小小吴，你，你，你……这是干什么，组织送、送、送、送你来、来、来、学习，你，你，你惹出这么大的乱子来……"段村区的书记后来告诉吴崇先，本来他要调往即墨县县委组织部，段村区党委书记一职，打算在1953年换届时，由吴崇先担任。

吴崇先捅了这么大一个娄子，组织原来重点培养的计划被他这冲动的一巴掌打飞了。吴崇先从即东县委党校，还没有毕业，直接到了县纪律监察委员会，去那里好好反省写检讨去了。

在闭门思过期间，吴崇先忽然想起转业时马政委说的话，马政委的教导还在耳边，自己怎么就当作耳边风了。他为自己的冲动感到后悔，但这后悔里面，仍然有一丝丝倔强，"秀云要是不骂俺的亲娘，俺就不会打她"。

打人事件平息之后，吴崇先交了检讨。组织的任命下来了，他被任命为大屯乡武工队队长，相当于乡镇政府的武装部长，负责区里的征兵、民兵训练等业务。后来，这个武工队队长肩上又多了几个担子——兼职担任信访办主任、治保主任。

巧遇王秀珍

1943 年 8 月，由山东省东部的即墨、海阳两县析置即东县，属南海专区，下辖井山区、店集区、汤泉区、汤鳌区、巉山区、雄崖区、华山区、王村区、王圈区、段村区等 14 个区。1949 年 6 月初，根据南海专署指示，即东县政府改称“即东县人民政府”。当月，进行区划调整，原 14 个区改划为 13 个区。1956 年 3 月撤销即东县，其辖区划归即墨、海阳两县。

20 世纪 50 年代，即东县政府下辖 13 个区，每个区下辖乡，乡下辖村庄。大屯乡下辖俞家屯、赵家庄、王家庄三个村庄，行政管理属于段村区。

吴崇先在大屯乡政府工作，大屯乡政府驻地就设在俞家屯。虽然离家近便，但作为复员转业的军人到地方工作，大屯乡政府的领导干部非常重视吴崇先，也很关心他的生活。大屯乡党委书记刘某某，也是在战争中摸爬滚打出来的干部，个子不高，但非常有精神，讲话也很有特点和气势，常常重复一句话的后半句，加以强调。

吴崇先在大屯乡政府工作，恰好和党委书记刘某某住一间宿舍。生活上，刘书记对吴崇先也非常照顾，就连食堂的大师傅都看得出来，因此在食堂打饭时，吴崇先的饭菜总是满满当当的。

1953年一个春天的上午，和煦的春风吹拂大地，万物萌发出勃勃生机。吴崇先去段村区开会，道路上的柳树垂下缕缕绿色的枝条。在去开会的路上，他遇到一位姑娘，高挑的身材，齐耳的短发，矫健的步伐，透着一股英武之气。最初，吴崇先没有注意到她。两人都是步行，吴崇先不快不慢地走着，不知不觉中，这位姑娘走到了自己的前面。吴崇先看着前面的姑娘的身影，身着一件花布上衣，一条蓝色的裤子，看着她迈着匀称的步伐大步向前，感到有一股说不出的美感。这位姑娘，虽然没有像青岛市或蚌埠市的姑娘一样穿着色彩漂亮的“布拉吉”裙装，看不出玲珑的曲线，但透着健康和青春的气息。吴崇先盯着她的背影看，不由得脚步越来越快，不一会儿，走到了这位姑娘的前面。

吴崇先不好意思回头看人家姑娘，走到姑娘前面好远一段路后，于是，放慢了脚步。心里慢慢地感知，这位姑娘离自己有多远，自己慢慢地走着，感觉到姑娘要和自己平行了，于是，吴崇先拿眼睛的余光，飞快地扫了姑娘一眼，姑娘没有觉察到，就走到了吴崇先前面去了。

看着姑娘的背影离自己越来越远，吴崇先没有闲情看道路两边泛绿的小麦，也无心看柳树之间呢喃的燕子。看着姑娘的背影，不由得加快了脚步，快追上姑娘时，吴崇先又用眼睛飞快地扫了人家一眼。只一眼，就让吴崇先感觉到一种前所未有的感觉，俊秀的脸庞，由于天暖走路，姑娘的额头上有一层细细的汗珠，她的脸红扑扑的，眼睛忽闪忽闪的，像飞舞的蝴蝶。吴崇先害怕和姑娘的视线接触，不由得飞快地走过。然后，又缓缓地放慢脚步。

就这样，两位年轻人，走在春天的大路上。姑娘看到吴崇先几次超过自己又放慢脚步，似乎意识到什么。两个人变成了你追我赶的竞赛。心有灵犀，又有那么一点默契。

快到段村区政府所在地了，吴崇先看着那姑娘的身影走进了政府大门。他暗暗称奇，难道这姑娘也是来段村区政府开会的，她是哪个庄的人呢？两人一路同行，你追我赶，最后走到了一起，来开同一个会议。段村区政府的一位工作人员看到他们前脚后脚进入会场，连忙问，你们是一起的吗？那位姑娘停了下来，看了吴崇先一眼，说道："谁和他一起的？"接着，另一位工作人员余干事来了，看到这位姑娘，连忙打招呼，看到吴崇先，也打招呼。余干事看到这位姑娘和吴崇先互不理睬，于是热情地介绍："王秀珍同志，我为你介绍一下。你们两位都是大屯乡的，怎么能不认识呢？这位是吴崇先同志，去年转业复员，现在在大屯乡工作，当治保主任、武装队长。你们往后工作中会有一些合作。"王秀珍回过头来，朝吴崇先伸出手，吴崇先连忙伸出手，两人握了一下手。王秀珍大方地说："你好，吴同志，今后多向你学习！"吴崇先拘谨得一句话说不出来，朝王秀珍笑了笑。算是打招呼。

会议开始了，吴崇先坐在座位上认真地听，记录上级传达的有关指示。但是，和平常一样的聚精会神中，又有一些和往常不一样的心思。吴崇先的眼光，有时停留在前边两排王秀珍的背影上，然后，又看向主席台。王秀珍留着齐耳的短发，从后面看，非常的柔顺，她低头记录时，耳朵前的一缕头发就变成了弯弯的样子……

会议结束后，吴崇先和王秀珍一起回家。两人走在路上，虽然是并排着走，但中间隔着明显的距离。最初，两人没有话，就一起默默地走。打破沉默的是吴崇先，问王秀珍："王同志，你是王家庄的吧。"王秀珍听了，很惊讶地说："你怎么知道？"吴崇先说："大屯乡就三个村庄啊，我是俞家屯人。"两人初次相见的拘谨和局促慢慢地不见了，两个村庄隔着三五里地，都有熟悉的亲戚在对方的村子里。

聊着聊着，王秀珍就问吴崇先何时参军，都在哪些地方当兵。吴崇先把自己的从军经历告诉了王秀珍。两人就这样，越聊越投机，最初明显的距离，也缩小了一些。

吴崇先向王秀珍讲述在军队的见闻，讲着讲着，猛地发现，到了俞家屯。回来的路怎么这样短，感觉一眨眼的工夫就走完了。王秀珍向吴崇先挥了挥手说：“我要先回王家庄传达会议精神了，再见！”吴崇先站在那里，没有动，也向王秀珍挥了挥手。看着王秀珍的背影越走越远，吴崇先才转身回到大屯乡政府。

有情人终成眷属

几天过去了，吴崇先在日常工作中仍然那样认真负责，只是，大家突然听不到他爽朗的笑声了。大屯乡党委书记刘某某，和吴崇先在一个宿舍休息，看到吴崇先闷闷不乐，好像有什么心事，就关切地问："小吴，有啥心事吗？"吴崇先摇摇头，然后笑一笑。

其实，吴崇先心里有一个姑娘的影子，挥之不去。自从在去段村区开会见到王秀珍之后，只要吴崇先一静下来，王秀珍的一举一动、一笑一颦，就会像放电影一样，在他的脑海里清晰起来。在随后的日子里，他也曾见到过王秀珍两次。见到了，莫名的喜悦，甚至莫名的激动，好像有满腹的话语，想和王秀珍说，但又无从说起。吴崇先见到王秀珍是欣喜，见过之后，就感到莫名其妙的怅然若失。随后，又充满了期待和向往。

在一个夜晚，窗外的梨花朵朵盛开，春风从半开着的窗户微微吹来，有几片梨花的花瓣飘进吴崇先的床上。吴崇先忽然从梦中醒来，再也无心睡眠，起身坐着，窗外，皎洁的月光，照进寂静的房间。一树梨花如雪，在圆圆的月亮之下，万物都是宁静的。在这样的夜晚，这样一个春天的夜晚，月亮是圆的，梨花是盛开的，一个忽然忧伤的年轻人，想起了一位身材高挑、模样俊秀的姑娘，难道这就是爱情？吴崇先意识到，自己爱上了这个叫王秀珍的姑娘。对于吴崇先来说，他不知道什么是一见钟情，什么是一见倾心，但他知道自己悄悄地喜欢上王秀珍。这样前所未有的感觉，就像春潮滚滚，无法躲避，把自己淹没。他无法欺骗自己，再也回不到原来的生活状态。

吴崇先坐在床上想了好长时间，通过几次的见面，他觉得，王秀珍对自己应该有一些好感。于是，他想到一个办法：托俞家屯的乡亲，向王秀珍提亲。

第二天是一个星期天，吴崇先从大屯乡政府驻地回到自己的家里，把自己的心事说给了吴显福。吴显福听后激动地一拍大腿："崇先，男大当婚，女大当嫁，这是个好事情。爹找村子里的媒人，到王家庄给你提亲去！"吴崇先得到爹爹的表态，脸上乐开了花。此时，妹妹走进堂屋，看到坐在炕上的二哥和爹爹都笑嘻嘻的，很好奇地问："爹，二哥是不是有啥喜事啊？"吴显福当然知道这事情八字还没有一撇，不好张扬，连忙一挥手："小孩子一边去，大人在说事情。""爹，我都19岁了，你还当我是小孩子啊。"说着，妹妹腰一扭，出了堂屋。

吴崇先看着妹妹，心里感慨，一晃，都成了大人了。他心里想着爹爹说的话"男大当婚，女大当嫁"，不知道提亲会是什么结果啊。

几天后，吴显福从俞家屯找到一位乡亲，当然是能说会道的，和王家庄的王秀珍家有拐弯抹角的亲戚关系。吴显福精心准备了厚礼，另准备了一份特意送给媒人，指望着人家到王家给说说好话。

一天，媒人带着礼物去了王秀珍家。把吴崇先的情况向王秀珍的爹娘介绍了一下，媒人的嘴，说起来可是天花乱坠。但吴崇先家的情况，的确有可以说道的地方。媒婆说，俞家屯吴家可真是忠厚人家，人家那二小子吴崇先从青年就参加革命，不光参加过青岛解放战争，还在流亭、蚌埠飞机场当过警卫班长，人家可是见过大世面的。现在在咱们大屯乡当治保主任，很有前途的小伙子，现在吃国家粮，将来要当大官的……

媒婆口若悬河说完了，王秀珍的爹娘说，“现在是新社会了，新人新气象，等我问问秀珍愿不愿意”。媒婆回到俞家屯之后，连忙向吴显福邀功——等着那边的喜讯吧，十有八九要成了。

吴显福高兴地嘿嘿直笑，连忙又送了媒婆几包点心。几天后，媒婆捎来王家的信儿。王家说了，王秀珍还小，现在还不想谈亲事。

满腔希望，犹如一盆冷水浇到头上。吴崇先心里一阵懊恼，一阵失望。原来美好的希望如同吹起的五彩斑斓的气球，被现实尖锐的“针”一扎，就破了。

这一天，吴崇先坐在一个僻静的角落，看着太阳慢慢西下，看着原野里一片寂静。身后的村庄被夜色笼罩，他如同大理石雕像一样，一动不动，坐得又酸又麻。

当吴崇先起身时，由于长时间未动，腿脚麻木，他一个趔趄，差点摔倒在地。吴崇先在快要倒地的那一刹那，心里有一个声音说，你不能这样轻易放弃，太不像一名战士的风格了。现在希望看似破灭了，但争取一下，可能黑暗就会过去，或许能看到新的希望的曙光。

在大屯乡的一次会议上，吴崇先远远地看到了王秀珍，反而变了一个人似的，很爽朗地向她打招呼。王秀珍也像变了另外一个人似的，扭扭捏捏，看到吴崇先脸上一红，害羞地低下了头。开完会议之后，吴崇先找到王秀珍，两人一起出了大屯乡政府，走在田间的一条小路上。

路两边开着无数的野花，有一些像蓝色的小蝴蝶，星星点点地点缀着茵茵绿草。吴崇先鼓起勇气问起媒人提亲的事情，王秀珍说："俺爹不同意这门亲事，俺爹说，你要是在军队干得好好的，就不会转业复员……俺爹说，你一定得了什么毛病……"吴崇先向王秀珍耐心地解释当时转业复员的过程，并且强调："我什么毛病都没有，身体健康着呢，在军队还查过身体。"

王秀珍低着头，听得很认真。吴崇先解释过后，站住了，深情看着王秀珍说："这件事情，你是什么态度。你是不是瞧不上俺……"王秀珍听了，摇摇头："是俺爹不同意，给媒婆捎话，说俺年龄还小，不着急成亲……"

这一次谈话之后，吴崇先像军队作战一样，把得到的各种消息进行综合分析，得出以下结论：一、王秀珍内心希望和我交往，她的态度尤其关键，如果她不愿意，基本上就没有戏了；二、他的爹爹固执，认为我身体有什么毛病才在部队干不下了，复员转业回到地方，这可以以事实推翻他爹爹的猜想；三、道路是曲折的，前途是光明的，不放弃，总会有和王秀珍喜结良缘的那一天……

后来的发展果然不出吴崇先所料。两人都是单身，都有热心人为他们各自介绍对象，当然，都没有成功，因为两人心中都有一个对象的影子，好像都在等待着对方，等待着机缘的到来。

三年后，王秀珍的父亲得了一场急病，意外身亡。王秀珍说，那天，爹在庄稼地里锄地，忽然感觉头痛，于是，回到家中，躺在床上，还没有来得及送到医院，就不治身亡。父亲去世后，生活的重担就落在了王秀珍的肩膀上，家中有一个弟弟两个妹妹，弟弟妹妹小，每天，王秀珍天刚刚亮，就起床，去挑水，把家中的水缸灌得满满的。

吴崇先得知王秀珍的家庭变故后，经常默默地支持王秀珍。有几次，王秀珍起床后，看到家中的水缸里已经满满的清水，倒映出她满是疑惑的脸。她在纳闷中，忽然想到了吴崇先，难道是他给挑的水。到了大屯乡后，吴崇先看到王秀珍，憨厚地笑了笑。

王秀珍也笑了笑，低下了头，心里都明白了。

终于，有一天，王秀珍鼓足了勇气，向吴崇先说，从大屯乡找一个人，找俺娘给咱们提亲……这一次，水到渠成，两人定了亲。两人喜结良缘不仅经历了时间的考验，还经受了种种波折，两人结婚成亲时，都已经是大龄青年，而且是在东北举行的婚礼！

人生的转折点

1955年7月的一天，吴崇先以大屯乡信访办主任的身份，去段村区区委区政府开会。开完会议后，区委的有关领导接待了他，并将一个装有人民来信的重要资料亲手交给吴崇先，并向他悄悄地叮嘱了几句。

吴崇先手握着文件袋，心情顿时沉重起来，感觉有千钧重。他一步一步地走出段村区政府驻地，虽然表面上像往常一样，但这一次，回去的步子却是那样的沉重。原来，文件袋里的材料是人民来信，检举大屯乡党委书记刘某某的历史问题。

抗日战争期间，刘某某在胶东一带参加了游击队打日本鬼子。从履历上来看，是一位不折不扣的老革命。但他在解放战争期间，有严重的问题。

1948年3月，即东、即墨两县抽调百余名干部赴南海专署驻地集结，准备随军南下，接管新解放地区。但接到组织南下接管解放地区的命令后，刘某某犯了个人主义的错误，拒绝服从命令，他躲到一个无人的角落，用手枪对着自己的左腿开了一枪，谎称在战斗中受伤。当时部队准备南下，对刘某某受伤一事并没有深入调查，本着救人要紧的原则，把他送到军队医院治疗。伤好之后，刘某某的左腿瘸了，拖拉着左腿走路。

刘某某出院后，为了自己以后的生活着想，犯了更严重的错误。当时国民党与共产党在即墨、即东一带进行拉锯战，刘某某出卖了一次情报，导致共产党的军队在一次作战中，损失惨重。他以卖情报所得的钱，买了一个织袜子的机器，离开了部队，以织袜子卖袜子为生。1949 年，国民党大势已去，刘某某又混入共产党的部队中，后来，居然当上了大屯乡的党委书记。

新中国成立后，刘某某的严重历史问题无人知晓。但是，在镇压反革命运动中，国民党军队中的一个军人落网，在公安机关的审讯中，交代出刘某某出卖情报的罪行。20 世纪 50 年代，刘某某和一位亲戚在一起喝酒，喝得有点醉了，讲出了自己的 1948 年拒绝南下自残一事的经过。他的这位亲戚，马上跑到段村区委进行举报，引起了组织上的高度重视，开始调查刘某某。

吴崇先手中的文件袋里，就装着刘某某历史问题的重要材料。吴崇先心事重重地回到大屯乡政府，由于这件事情，他对朝夕相处的刘某某态度有了明显的变化。

第二天晚上，两人都在一个宿舍休息，刘某某仿佛察觉到了什么，就拉拢吴崇先。先是对吴崇先好一个表扬，并许诺要向组织推荐提拔吴崇先。吴崇先听了，冷冷地说，如果人有历史问题，当多大的官都不会安心。刘某某听了，一阵干笑。

笑声过后，两人有点尴尬，而刘某某却推心置腹地说："小吴，我平时待你不错，咱们都是兄弟。你昨天去段村区委开会，带回来的材料给我看一下吧。"吴崇先听了，泠然一惊，忽然意识到，可能有人给了刘某某什么消息，否则他不会这样说。

既然话说到这个程度，吴崇先说："刘书记，昨天开的会议，组织上让保密，文件袋里的材料，要公布的话，也要按照组织上的指示，在大屯乡开全体党员会议和群众会议的时候再公开，那时也不迟。我是一名党员，党性要求我现在要保密。”看到刘某某的脸色猛地一变，变得非常严峻，吴崇先毫不客气地说：“刘书记，咱两个认识的时间也不短了，我劝你一句，一个人的历史问题，想隐瞒是隐瞒不了的。有什么问题的话，趁早向组织坦白交代，争取组织的宽大处理。”

吴崇先的话音刚落，刘某某没好气地说：“天不早了，睡觉吧！”他猛地吹灭了桌子上的灯，房间里顿时一片黑暗。两人温暖、明朗的关系，随着刘某某“噗”的一下也吹灭了。进入了一个紧张对立的状态，两人都有心事，都到了子夜才迷迷糊糊地入睡。

随后的几天，吴崇先没有意识到，刘某某开始反扑了。一方面通过广泛的人脉和人际关系，进行四处活动；另一方面，在大屯乡营造声势，通过拉拢的方式，孤立吴崇先。

刘某某在大屯乡放出风来，吴崇先对他进行恶毒攻击，污蔑他有历史问题，并扬言说：“即使我有问题，即东县也处理不了！更何况咱没有任何问题，我是抗日的老革命！”

吴崇先和他进行针锋相对的斗争，拿出了杀手锏，在一次党员大会上，将段村区委的材料公布出来。刘某某顿时没了脾气，从态度嚣张一下子变成了精神萎靡，就像霜打的茄子——蔫了。这一招是致命的，把刘某某打击得六神无主，产生了自寻短见的念头。他拿着一根绳子跑了出去，哭着闹着要上吊自杀，被大屯乡的通讯员俞少保发现，救了下来。

这个事情闹到了段村区委，段村区上报到即东县县委。段村区委书记下了指示，要求吴崇先先把这个事情压下。随后，即东县公安局的鲁部长，也出面把这个事情压下来了。

“最初让我开会，交给我刘某某历史问题的材料，让我主持召开群众大会……现在却把问题压下来？这是怎么一回事？”如此反差，吴崇先感觉奇怪，百思不得其解。后来，有人很含蓄地给吴崇先透露了一个消息，检举刘某某的那个亲戚，出尔反尔，撤销了对刘的检举，“说自己和刘发生了矛盾，为了泄私愤，故意找茬，检举他”。再加上刘某某解放前在南海专区根深蒂固，他在抗日战争中的功绩被放大。吴崇先不知道的事，刘某某的历史问题被即东县委书记批示，在没有确凿证据之前，不予处置。

此后，吴崇先在大屯乡逐渐被排挤了，处于一个非常尴尬的处境之中。本来是吴崇先应该到段村区、即东县开会，但是参会通知却被刘某某压了下来，刘某某另安排人前去参加会议。原来和吴崇先关系非常亲密的人，有一些人渐渐对他疏远，吴崇先感觉到一切都变了，他被孤立、被冷落了。在大屯乡政府，就像一个多余的人。虽然是夏天，吴崇先第一次感到一股寒冷之气，将自己包围。那些日子，吴崇先闷闷不乐，看不清未来的前景。

有一天，即东县武装部一行十余人来到大屯乡政府，他们全副武装，如临大敌，将吴崇先隔离了，把他隔离在一所学校的一个办公室里。

吴崇先感到不可思议，乡长周光书很同情吴崇先的处境，悄悄地告诉吴崇先，刘某某整了一份吴崇先 1948 年在俞家屯的材料，材料中有不少诬陷，最可怕的是罗织罪名——吴崇先是国民党特务，长期潜伏在革命队伍中。

随后的几天，段村区的组织委员，一个戴着眼镜的中年干部，要吴崇先老实交代自己的历史问题，限期一个星期，什么时候交代了，什么时候解除隔离。吴崇先竭力表白，1947 年自己才 17 岁，是青救会的指导员，参加了革命工作，搞土改，斗地主。1948 年被国民党抓走，在济南当了十几天国民党的兵，这个事组织上早已认定。几次辩解无效，吴崇先听到“眼镜”诬陷自己是国民党特务，怒不可遏，拍案而起，一把把桌子掀翻，一拳把“眼镜”打翻在地。眼镜掉在地上，“眼镜”满地乱摸，不打官腔了，连话都说不利索了："小吴，你这是干什么，我是奉上级命令来调查的。"

"调查个屁，老子一身清白，我有什么问题。我不干了，什么干部身份，我统统不要了。不当干部，我照样活得好好的！"

吴崇先说完，破门而出，扬长而去。那天下午，吴崇先在俞家屯附近的一个小山坡上，面对人生的困境，回想自己人生中重要的时刻，他如同一尊雕像，一直坐到夕阳西下。他考虑今后将何去何从？当暮色四起，有三个字出现在他脑海里——"闯关东"，天无绝人之路，抱着船到桥头自然直的想法，他终于下定决心，离开家乡去闯荡。

多年之后，吴崇先在东北的长白山下，为"闯关东"这个决定感到无比的庆幸。他清楚地认识自己，这就是命运——一生当农夫。只不过生逢其时，在民国乱世，他被卷入时代潮流之中，阴差阳错，当了几年兵。当兵为他的人生增加了传奇的色彩，而当农民种地是他一生的本色和本分。种地多好，"种瓜得瓜，种豆得豆，"只要你用汗水去浇灌，地不会欺骗人，种地没有尔虞我诈，耕种没有钩心斗角。即使短暂的斗争和革命，如同风吹过，折腾一阵子，地还不得照样种。播下种子，庄稼就长出来。辛勤耕耘，就会收获更多的粮食。这就是吴崇先的人生哲学，正是他抱着这样朴素的信念，以种田为生，反而躲过诸多政治运动，躲过时代的狂风暴雨。吴崇先到了晚年，多次慨叹，如果当年一直在军队，或者在政府机关，自己耿直的性格，肯定会在运动中被整、被批、被斗，只因为耕种的人生，生活才更加安稳、踏实，不仅能保全性命，还能接济整个家族度过大饥荒。

第七章

闯关东在路上

筹集路费

吴崇先产生闯关东的想法，不是凭空产生的。

自晚清开始，一直到民国期间，山东人闯关东成为移民中的一股大潮，汹涌澎湃，不可遏止。山东人闯关东实质上是贫苦农民在死亡线上自发的悲壮的谋求生存的运动。日本人小越平隆1899年在《满洲旅行记》中记载了当年真实的历史画面："由奉天（今沈阳）入兴京（今新宾满族自治县），道上见夫拥独轮车者，妇女坐其上，有小儿哭者眠者，夫从后推，弟自前挽，老媪拄杖，少女相依，踉跄道上，丈夫骂其少妇，老母唤其子女。队队总进通化、 怀仁、海龙城（今梅河口）、朝阳镇，前后相望也。由奉天至吉林之日，旅途所共寝者皆山东移民……"

民国期间，即墨县、即东县闯关东的农民一直从未停歇。那些失去了土地或者为生活所迫的人，离乡背井，踏上一条动荡的闯关东之路，到地广人稀的东北三省谋生。

1941年夏天，即墨县三伏不雨，井塘干涸。庄稼歉收，许多人去东北三省谋生。当时俞家屯就有闯关东的，多年之后，在吉林省安图县落地生根，在长白山下生息繁衍。其中在安图县生活的就有吴崇先的一个邻居。闯关东产生了很多悲欢离合的故事。

但对吴崇先来说，闯关东是生活和事业失意，因为人际关系不合，远走他乡的无奈之举。

当吴崇先将自己的想法告诉给吴显福时，开始吴显福坚决不同意。吴崇先只好将自己的困境说给吴显福听，吴显福慢慢地接受了儿子的选择，但是在情感上实在舍不得。在吴显福心中，因为孩子的娘过早地去世，他对孩子们有一种愧疚感。总觉得自己欠孩子们一份母爱。吴崇先从青少年起就参加革命工作，参军入伍离开家乡好几年，复员回家三年的时光一晃而过，如今又面临骨肉分离，他心中有一份牵挂和眷恋。朴素老实的中国农民，最大的梦想就是儿女成行，三代或者四代一个大家庭团团圆圆、和和美美。美好的希望终究抵不过残酷的现实。吴显福经过一个难眠之夜，悄悄地对吴崇先说：“‘儿大不由娘’，你愿意去闯关东就去闯荡吧！”

吴崇先看着爹爹落寞的神情，苍老的面容，灰白的头发，心中似有千言万语，但又不知从何说起。

此时，吴家酝酿着一个秘密，吴崇先要去闯关东。在一家人开的家庭会议上，三弟吴勇先知道二哥要闯关东时，突然很兴奋地说道：“二哥，你带上我吧，我和你一起闯关东。”

吴显福听了，很不耐烦地摆了摆手：“勇先，你就不要给你二哥添乱了。再说，你今年刚报考了山东铁路专科学校，你还要在家等录取通知书呢。”

“爹，我考试考砸了，一定考不上，反正也要面临走上社会谋生的问题。就让我和二哥一起去吧，我们两个还有个照应。再说，我又不是小孩子了。”

吴勇先的话说完，家中一阵沉默。吴崇先看了看爹爹，然后说：“爹，要不让三弟跟我一起去吧。到外面闯荡一番，好歹也比待在家里强。”

吴显福叹了一口气说："说得轻巧，你们兄弟两个闯关东，要盘缠啊。出门在外不容易，一分钱难死英雄好汉。"

是啊，如何解决盘缠问题，令人头疼。大哥当天就送来二十多元钱，至少还需要五十元钱，才能上路啊。这天上午，吴崇先感到很苦恼，那时，到东北吉林省的花费一个人要 30 多元钱。

正当吴崇先感到一筹莫展时，院子角落的猪圈里发出"哼哼"的声音，原来两周前刚下了一窝猪崽子，7 个小猪睡醒了，一哄而上去吃母猪的奶。母猪发出幸福的"哼哼"声，好像在和猪崽子们交流。猪圈里的这头老母猪，是三年前吴崇先的一个朋友送的。这位叫俞少杭的朋友，看到吴崇先转业复员后，家里有了 700 斤小麦，手头一宽绰，就花钱如流水似的，一点也不过日子。于是，俞少杭就送给吴家一头母猪，让吴家好好养着，生了猪崽子，可以换钱补贴家用。这头母猪一年多后产了一窝猪崽子，这是第二次产崽。吴崇先起身走到猪圈前，看着母猪和 7 个粉兜兜、胖乎乎的小猪，兴奋地一拍手，说道："有了！"

当猪圈里变得空空荡荡、冷冷清清时，吴崇先的手中有了 80 块钱，这是卖掉母猪和猪崽子的所得。吴显福贱卖了一窝猪，但急着用钱，也不觉得心疼。吴崇先决定留给家里 30 元钱，吴显福说什么也不肯要："你们把这些钱都带上吧，穷家富路，出门在外，盘缠充足点好，没有钱寸步难行啊。"

这几天，吴家悄悄地准备着闯关东的行李。东北天寒地冻，因此要多带一些衣物。吴崇先和三弟一起准备冬天的棉袄被子，两人趁天晴的时候，晒好，然后叠整齐，用绳子捆绑好，装进麻袋一样的大布袋子里，捆成行李卷。两人紧张地准备着，把所有的东西都收拾利索了。

这一天深夜，吴显福躺在炕上。两个儿子来到炕上和爹告别，吴显福心里一阵难过，眼角湿润，但他害怕儿子看到，于是，说道：“爹不送你们两个了，让你大哥送你们去城阳火车站，路上多注意点。到了吉林安图县，就给家里写封信，报个平安。”吴崇先也很伤感，连忙说：“爹，您多保重。我们走了。”吴崇先趁爹爹不注意，悄悄地往爹爹的枕头边塞了30元钱。兄弟两个都离开家闯荡，怎么能把钱都带走。

一弯新月在半空，吴崇先兄弟“起了黑漂”闯关东了。大哥送行，两人悄悄地离开了俞家屯。

吴崇先当然没有告知大屯乡政府。用今天时髦的话说，他炒了大屯乡刘书记的鱿鱼。而在大屯乡和段村区来看，这个吴崇先也太无法无天了，一名国家的基层干部，一点组织性和纪律性都没有。

从城阳到吉林

苍茫的夜色下，火车在胶济铁路上奔驰。半开的车窗下，从原野涌进来的风吹动着吴崇先和三弟的头发。又一次离开家乡，又一次远行。吴崇先尽管有过军旅生涯的经历，对于闯关东，对于未来，仍然是一片迷茫。吴崇先看着火车远离了城阳，远离了即墨，忽然心头涌起一阵感伤，不知今生何时能再回到家乡？而未婚妻王秀珍亭亭玉立的形象，在他的心头挥之不去。不知今生还能否见到她？

三弟第一次远行，对未来充满了想象和憧憬。他的眼睛，投向火车的窗外，铁路旁，有迷离的灯光；铁路外围，是玉米田。玉米已经长高了，吐出了穗子，原野的风，带着田野植物的气息，迎面扑来。三弟无法想象关外是什么样的风景。在这个“年少不识愁滋味”的年龄，他眼中的未来，就像一幅锦绣的画卷，在他的脚下连续展开。

随着火车的晃动，两人迷迷糊糊地睡着了。火车到了济南，一路北上，家乡远了，兄弟两人都变得高兴起来，感觉自己仿佛雄鹰飞向更高的天空，可以毫无束缚，自由飞翔了。火车上有各种各样的人，火车里服务员推着小车兜售各种各样的小食品。吴崇先看到弟弟眼馋，就慷慨解囊，买了让弟弟品尝。

火车出了山海关，火车服务员开始检票。火车上有一个十六七岁的男孩，没有买票，不知道是怎样偷偷地溜上火车的。乘务人员开始检票后，这个男孩，一看不妙，撒腿就跑，结果自投罗网，一头撞在火车乘警的身上。这个男孩没有票，火车到了下一站，被乘警提溜着揪下火车，而那个男孩，手脚挣扎着，大喊大叫："放下我，我要去长春找我爸爸。"这一幕场景，吴崇先和弟弟看到，感到挺滑稽可笑的。

两人在火车上胡吃海喝，一点都不会节约着花，到了吉林省吉林市，两个人只剩下一元多钱了。三弟开始后悔了，吴崇先宽慰弟弟："车到山前必有路，有哥哥在，你不用担心，我们先找个旅馆住下再说。"

两人在一个简单的房间住下，同一房间里还有一位身材魁梧的军人。吴崇先看到他，感觉很亲切，于是和他攀谈，原来这位军人是排长级别，正好要转业，刚回到吉林市。吴崇先告诉他，自己也是转业军人，三年前从蚌埠空军第二十师转业。而这位要转业复员的排长老家是山东海阳，两人越聊越投机。排长问吴崇先来吉林市干什么，吴崇先把自己的处境和排长说了。这位排长很豪爽地说："你到安图县干什么，你干脆跟我一起到吉林市转业军人安置办公室报到，那里就给你安排工作了。"吴崇先有顾虑地说："我还有个弟弟，他又不是转业军人，我不能撇下他不管，不好办啊。"待转业的排长痛快地说："老哥，包在我身上了。我家里有缝纫机，让他先住在我家，有缝纫机，先学个技术，做服装多好啊，保证有钱赚。"

吴崇先觉得这个主意不错，和弟弟商量，可是，弟弟怎么也不听，觉得此行的目的地就是安图县松江乡的杨木桥子，除了这个地方，哪里也不肯去。

看到两人执意要去安图县，了解到两人没有钱买火车票的苦恼后。排长说："这个好办，我明天送你们到吉林市火车站，火车上有穿黄军装的乘警，我去跟他们说一声好了。你是转业军人，不用买票就可以到安图。至于你弟弟，假装是送行的好了，先混上车再说。"

三弟对无票上车被乘警揪下车那一幕印象太深刻了，死活不同意排长的安排。吴崇先对排长的好意表示感谢，对排长说："天无绝人之路，我带了好多值钱的行李和物品，我明天卖上几件，就可以上路。"

排长说："这样也好，明天一早，你们两个到街上摆摊，卖东西。我在一旁看着，保护你们，别有人看你们人生地不熟欺负你们。"

吴崇先第二天一大早起床，把装行李的口袋取来，用随身带的钢笔，在口袋上写了几个大字："转业军人遇到困难，低价甩卖行李。"吴崇先和三弟、排长一起，来到吉林市繁华的大街，在人行道上摆了一个摊子，把大哥送吴崇先的一件新毛衣、自己转业时带回来的一双高高的皮靴，一块手表，一支钢笔，摆在上面。毛衣是新的，从没有穿过。靴子也是新的，没有穿过。手表是吴崇先转业回家后，有一位朋友借了钱，还不上，就用手表抵债。钢笔呢，是美国的派克钢笔，在当年是奢侈品。吴崇先转业后，领取了700斤小麦，这支钢笔，是他用小麦换来的。

行人路过此处，看到摆出的东西，毛衣和靴子，手表和钢笔，感觉很有吸引力。再加上吴崇先的转业军人证件，毛衣和靴子很快卖掉了，卖了20元钱。

吴崇先领着弟弟和排长道别，挥挥手，看着排长消逝在人海。吴崇先打心眼里觉得东北人真好，耿直、善良、爽快、热心肠。

两人用20元钱买了从吉林市到安图县的火车票，就这样顺利地到达了安图县。

安图奇遇记

吴崇先和弟弟一出火车站，就感觉到东北夏日特有的凉爽。出火车站的时候是下午三点多钟，那种凉爽，是山中的清新与清凉。与一出青岛火车站遇到的大海的凉爽，感觉还不一样。

兄弟两人出了火车站，在火车站附近的一条马路上，坐了下来，有种很神奇的那种感觉，几天前，两人还在黄海之滨的青岛，从山东即墨到吉林安图，不仅仅是地理方位的变化，更重要的是心理感觉的不同。此时，兄弟两人身处异乡的街头，身上的钱又快花光了。举目无亲，那种漂泊无着的动荡之感，涌上心头。弟弟对吴崇先说："哥，还有多远才能到杨木桥子啊。"吴崇先说："等一会儿我问问吧。"

吴崇先带着弟弟，在县城的一个供销社的门外遇到一群坐着马扎子乘凉的人们。其中一位老者，慈眉善目的，留着山羊胡子，胡须有点白了。吴崇先停下来："老爷爷，我们要到杨木桥子，请问还有多少里路啊。"

"杨木桥子，在松江乡啊，很远啊，小伙子，还有二百多里地呢。"周围的人们很好奇地看着这两位风尘仆仆的年轻人。其中有一位乘凉的方脸的汉子，问道："小伙子，你们从哪里来啊？"

吴崇先答道："我们是山东人，老家在即墨一带，家里遇到点事，我们来闯关东，到杨木桥子去，投奔熟人。"吴崇先和这位好心的大汉聊了起来，方脸大汉得知吴崇先当过解放军，是复员转业的军人，了解到兄弟两人的处境后，热情地指导吴崇先："你是转业的军人，怕什么，你明天一早去安图县民政局，找民政局的有关人员，他们一定会给你帮助。没有钱可以找他们，没有车去杨木桥子也可以找他们。"

吴崇先觉得这主意不错，即使民政局不能提供交通工具，找他们借点钱，还是行得通的。于是和弟弟商量，谁知，弟弟死活不同意。弟弟觉得，人在他乡，要是被人拒绝了，多么尴尬啊。

没有更好的办法，于是，吴崇先和弟弟商量，把棉衣卖了吧，换成干粮。没有吃的，怎么上路啊。弟弟听了，眼泪都要流下来了，"咱们的行李就剩下被子了！"吴崇先看到弟弟急得要哭了，连忙劝慰："现在棉衣穿不着，卖了就卖了。等咱到了杨木桥子，还可以再置办棉衣啊。再说了，英雄好汉还有落难的时候呢，当年秦琼还把马卖了呢。哥哥身上还有值钱的东西呢，手表和钢笔都在身上带着。还有二三百里地，就按照你说的办法，咱们走着去，用不了三天就到了。"

弟弟听了吴崇先的一番话，马上不哭了，仍是闷闷不乐的模样。吴崇先说，天已经晚了，今晚找个小旅馆先住下来。然后，把棉衣换成干粮，不然，光背着，也怪沉的。这棉衣是吴显福找俞家屯的邻居新做的，包含着吴显福对儿子的关爱。但到了这般田地，也只好先把棉衣卖了。

从安图县到杨木桥子还有二三百里路程，有的地方是森林的边缘，有黑瞎子（指黑熊）和狼出没，身上没有钱了，如何到达目的地，对他们兄弟来说，真是一个天大的考验。

第二天一大早，兄弟两个就上路了。

安图县位于吉林省东部，素有长白山第一县之称，地处长白山北麓，境内群山起伏，沟壑纵横，长白山脉由南向北延伸。安图县森林覆盖率达 85.1%，到处是绵延的青山，放眼望去，满目苍翠。山坡上，红松、长白落叶松、鱼鳞松、长白松（美人松）亭亭玉立；河谷旁，春榆、蒙古栎、水曲柳、山杨、白桦等阔叶树随风摇曳。

青山，蓝天，白云，安图县城风光

刚开始，从县城出发的道路，还是柏油马路。走着走着，就成了泥土的道路，道路上有马车行驶过后留下的深深的车辙。道路的一侧是山坡，山坡的林地上，长满了灌木，有的地方是高大的白桦树，叶子在风中“哗啦哗啦”地响。道路的另一侧是公路的壕沟，壕沟里有雨天蓄的雨水。

兄弟俩走在这样的道路上，渐渐地安图县城越来越远。一眼望去，全是莽莽苍苍的山林，行人稀少，村庄和村庄之间的距离

安图县的村庄和道路

有十几里远，村庄大多是坐落在长白山脚下，村子不大，人口也没有即墨一带的村庄人口多。兄弟两人沿着大路走，风在树林和灌木丛中，发出沙沙的声音，让人感觉既神秘又好奇。

两人一大早出发，一上午走出了30多里地。吴崇先怕弟弟走路无聊，就和他讲当年打仗的亲身经历，讲自己在军队的故事。兄弟两人就这样，也不觉得寂寞。太阳越来越高，接近中午了，吴崇先看看前方，对弟弟说：“哥哥怕你吃不消，先歇歇脚再走吧。”

于是，两人在一棵高大的白桦树下坐下来，后背倚着树干，从包袱里拿出干粮吃了起来。两人正在放松的状态下吃着干粮，忽然，听到灌木丛中有动物穿行。吴崇先一把把弟弟推到身后，非常警觉地站起身来，从包袱里取出一把水果刀来。吴崇先心想，在这样的人烟稀少的地方，并不害怕遇到坏人，我们是两个人，自己曾经是一名英勇无畏的解放军战士，不惧怕任何歹徒，但是，要是遇到黑瞎子怎么办？吴崇先做好了殊死搏斗的心理，要是黑瞎子和狼，就让弟弟爬到大树上，自己把它们引开。随着动物越来越近，吴崇先听到一种熟悉的声音，然后，看到一只大黄狗出现在前方七八米的地方。

吴崇先紧绷的心，顿时放松下来，原来是一只狗啊。兄弟两人仔细打量着眼前不远处的这只大黄狗，只见这只狗，瘪瘪着肚子，浑身的毛发乱糟糟的，身上还有一处快要愈合的伤口。这只狗站立不动，眼神乌黑发亮，并摇晃着尾巴，发出“呜呜呜”的叫声。这叫声不是遇到敌情时的狂吠，而是遇到主人时的温顺。这只狗的眼神温柔，看到兄弟两人，好像遇到久别重逢的主人，竟然有一股湿润。弟弟看到这条大狗，感觉很亲切，于是，伸出手：“大黄，过来，给你干粮吃。”

大黄狗很乖巧地走来，一步一步地靠近，弟弟把手中的干粮扔给大黄狗，只见大黄狗很机敏地一口咬住。低着头，美美地吃了起来。看来这条大黄狗处于饥饿状态，三下两下就把一块干粮吃掉了。

吴崇先也把手中的干粮送给了大黄狗，大黄狗发出呜呜呜的声音，边吃边摇晃尾巴。吃过干粮，弟弟说：“大黄，过来。”大黄狗走了过来，温驯地趴在两人脚下，弟弟用手安抚大黄狗，大黄狗伸出湿润而温暖的舌头，舔弟弟的手。弟弟感觉手痒痒的，禁不住哈哈大笑起来。这笑声像快乐的声浪，在林间的道路上，传得很远很远。

兄弟两人在休息的时候，与大黄狗嬉戏，就好像是久别重逢的朋友。两人要上路时，与大黄狗挥手告别。谁知道，两人刚走出几十米，大黄狗忽然明白了什么，利箭一般地飞奔而来。兄弟两人朝它挥手，弟弟说：“大黄，你回去吧，回家找你的主人吧。”

大黄又一阵呜呜呜的声音。兄弟两人边朝它挥手，边上路。大黄狗停留了一会，于是，又飞快地追上了兄弟两人。就这样，周而复始三四次。吴崇先对弟弟说：“看来大黄狗失去了主人，既然它和咱们这么有缘分，就带着它走吧。”

兄弟两人决定带上大黄狗一起走。弟弟蹲下身子，抱着大黄狗说：“你是不是想跟我们上路？”大黄狗摇摇尾巴，发出一阵欢快的“汪汪汪”的叫声，吴崇先非常惊奇地蹲下身子，抚摸着大黄狗。就这样，这条大黄狗和兄弟两人一起上路了。大黄狗在兄弟两人身边蹦来跳去，忽左忽右，忽前忽后。有时飞速跑出好远，然后，又飞速地跑回来，亲昵地咬扯吴崇先的裤子。有时，大黄狗跳跃着捕捉在路边翩跹飞舞的蝴蝶，蝴蝶很灵巧地飞走了，大黄狗眼巴巴地看着蝴蝶飞远，大叫几声，好像表示非常失望。

大黄狗很通人性，有这样一条狗陪伴，兄弟两人的旅途，多了一份安全，一份欢乐。吴崇先看着活蹦乱跳的大黄狗，看着弟弟边走边逗弄这只大黄狗，心里感到非常的满足，也非常的踏实。

兄弟两人带着这条狗，一口气走出四十多里地。太阳慢慢地下山，大群的飞鸟盘旋着飞向林间。太阳光失去了热力，变得柔和，无数的小虫子开始吟唱，声浪渐渐地弥漫过来，山林之间非常安静，唯独缺少人的声音。夕阳西下，吴崇先看着山路弯弯，前不着村后不着店，就想着赶紧找一个栖身之地。

大黄狗此时也安静了下来。吴崇先左顾右盼，想找一个可以安全过夜的地方。兄弟两人的脚步越来越缓慢，随着大黄狗的叫声，吴崇先发现前面有一个小木屋。真是老天爷保佑啊，吴崇先看到小木屋，就决定在这里过夜。吴崇先和弟弟大步流星走到木屋前，推开门，进了屋子里，屋子里有一些简单的做饭的工具，有木板做的简易的床，还有防御野兽的钢叉。吴崇先一看，就明白了。这个小木屋大概是伐木工人或猎人的栖身之地。

东北的林区，常有这样的小木屋。深秋初冬，有猎人出入森林打猎，也有不少伐木工人进去林区作业。这样的简单的小木屋非常结实，足以抵抗狼或者黑瞎子的袭击。

两人走进木屋，开始打开行李，把铺盖整理好。然后，在林间的小溪里取来一些水，用伐木工人留下的生活用具和器皿，烧了一些开水，每人泡着干粮吃了。

两人忙忙活活，无暇顾及大黄狗。大黄狗就在门口趴着，非常温顺，眼睛里发出亮亮的光泽。两人吃东西时，也没有忘记大黄狗，于是，给了大黄狗一些干粮和水，犒赏这个忠实可靠的旅伴。

东北夏日的晚上，明显地凉意沁人。吴崇先让弟弟睡在里面，自己靠床沿。为了安全起见，吴崇先把小木屋的门窗都紧紧关闭。自己在即东县还没有参加革命的时候，就经常听爷爷讲山东人闯关东的故事，记忆最深的故事是，一个人在东北的森林里走路，如果有两个毛茸茸的大爪子搭在你的肩膀上，你千万别回头，如果一回头，狼就会一口咬断你的脖子。还有这样的故事，遇到黑熊的攻击，最好迅速地趴在地上装死，屏住呼吸一动也不要动，黑熊嗅嗅闻闻，用大熊掌扒拉几下，一见没有任何反应，觉得是死的，就会失望地离开。吴崇先小时候听爷爷讲这样的故事，心里会有点害怕。他没有料到，多少年之后，自己和弟弟会栖身在长白山脚下伐木工人住过的简易木屋中。当年听故事的害怕，仿佛从过去一下子穿越到现在，变成了今天的担惊受怕。吴崇先看着弟弟很快就进入甜蜜的梦乡，心想，弟弟没有像自己那样经历过军营的生活，没有经受过行军打仗的考验，一天走了这么远的路，他一定累了。

看着弟弟酣睡，吴崇先却难以入眠。在人烟罕至的山脚下，夜晚有狼等危险的野兽出没，弟弟是少年不识愁滋味，自己却不能马虎大意，如果有野兽攻击，后果不堪设想。吴崇先这一夜迷迷糊糊，即使睡着了，也会很快醒来，仔细听听周围的动静，然后再和衣睡下。

好不容易熬过这一夜，吴崇先看到窗外的天色渐渐发白，天终于亮了。吴崇先叫醒弟弟，简单地吃了一点东西，准备上路。刚打开门，兄弟两人被眼前的一幕感动了——原来大黄狗在门前趴着，看来这条忠诚的善解人意的狗，为了吴姓兄弟的安全，看家护院，在此守候了一夜。吴崇先和弟弟心里涌起一股无言的感动和感激之情，他们两人蹲下身子抚摸大黄狗，大黄狗眼光温润地看着两人。同时，吴崇先还觉得有一点儿愧疚，昨晚还以为大黄狗离开了呢。

踏着熹微的晨光，吴崇先和弟弟，还有那条大黄狗，一起上路了。草尖上挂着晶莹的露珠，空气清新，山林间的鸟儿开始了一天的大合唱，吴崇先和弟弟沿着山间的道路，向着松江乡的杨木桥子走去。

这天下午一点多，天空中开始阴云密布，不时有闷雷在远处炸响，山上的风比上午大了。风吹过来，灌木丛一阵起伏，吹到人身上，凉飕飕的。看着乌云压顶，低低的云块被风吹着快速地移动，吴崇先对弟弟说："不好，大雨快来了。咱们得找个村子避避雨。"正好在路上遇到村民，一问，前方就有村庄，叫北黄泥河子。一道闪电撕开头顶的乌云，然后，一个炸雷在头顶滚起，轰隆隆的雷声过后，豆粒大的雨滴开始从天空中往下落。好在看到了前方的村庄，吴崇先和弟弟还有形影不离的大黄狗，一起跑着，来到了北黄泥河子。

北黄泥河子村子里，村民多是朝鲜族人。由于下雨，无法上路，吴崇先只好找到这个村庄里的村干部，村干部一看吴崇先的复员军人转业证书，二话没有说，就领着他们到村庄里一户人家派饭。什么是"派饭"，就是客人到了哪一家，这户人家就要好饭好菜招待远道而来的客人。大雨断断续续下了两天，吴崇先兄弟就在北黄泥河子村子里住着，一顿饭换一户人家。这个村庄里的村民朴实，热情，好客。吃过饭，吴崇先就和招待自己的人家唠嗑，雨天里，没有农活，客人为主人讲战争年代打仗的故事，以答谢主人的热情招待。兄弟两人和一条狗，就这样，在北黄泥河子里住了两天，有吃有喝，还有住宿的地方。

两天后，吴崇先兄弟和大黄狗又上路了。因为有了在北黄泥河子的食物和饮用水的补助，旅途已经走了一大半，步行去杨木桥子，就像回家一样，没有什么风险了。

吴崇先和弟弟心情愉快，几天来，他们和大黄狗建立了很深的感情。最初的旅途由充满了悬念和危险，变得愉快和欢乐，吴崇先和弟弟说："多亏了这条大黄狗！"大黄狗仿佛听懂了吴崇先和弟弟的对话，欢快地迈着小碎步，往前走。

前方有一条河，河上有一座桥，桥对面是一个村庄，叫大沙河。大沙河距离杨木桥子不到 30 里，天黑之前就到了目的地。吴崇先和弟弟急冲冲地过了河，进了村子。忽然，弟弟发现少了什么似的，连忙回头，发现大黄狗不见了。弟弟急得顿时哭了起来："哥——，大黄狗哪里去了！哥——大黄狗呢？"吴崇先转过身来，感到非常奇怪，大黄狗陪伴着兄弟两人，几天来朝夕相处，快到杨木桥子了，结果不见了。吴崇先和弟弟赶紧退了回去，到了刚来时的河的对岸，往后走了老远，也没有发现大黄狗。

吴崇先觉得太神奇了，快到杨木桥子了，大黄狗却失踪了。难道大黄狗就是护送我们的？弟弟焦急地问吴崇先，大黄狗不会掉河里吧？吴崇先安慰弟弟说："不会，即使它掉进河里，也会大声叫的，更何况它会凫水啊。"两人怅然若失地进了大沙河村。

杨木桥子情节

吴崇先和弟弟有惊无险地到达杨木桥子，一进村头，看到两颗高大的杨树，浓密的树叶在风中哗啦啦地响。两棵杨树下面，有一条小溪，上面有一个杨树木头做的小桥。吴崇先看到这样的情景，马上想到俞家屯村外的小东河。对这个远离故乡、千里之外的村庄产生了一种莫名的亲切感。

吴崇先和弟弟在杨木桥子落脚后，过了几天，收到了父亲吴显福邮寄来的家书。信中说，大屯乡政府的工作人员，多次到家里来，让吴崇先去乡政府上班，还说，有事情好商量，不要闹情绪。

吴崇先和弟弟离开俞家屯闯关东，吴显福无时无刻不牵挂，真是儿行千里父担忧，吴崇先离开家乡的这几天，吴显福寝食难安，头上又多了一些白发。

为了缓解对儿子的挂念，他找到一位算命先生，算命先生对吴显福说，你的儿子会平安到达杨木桥子，因为有贵人相助。吴显福对能掐会算的算命先生所说的话，非常相信，在给儿子的家书中，写到了这件事情，还在信中问："你们两个人在路上有没有遇到贵人相助？"

吴崇先接到父亲的这封信，他反反复复读了好几遍。想到刚

安图县中朝边境

出安图县城十几里地，就遇到大黄狗，怎么撵也撵不走，快到了杨木桥子时，大黄狗却悄无声息地离开了。从安图到杨木桥子这一路上遇到的蹊跷而神秘的事情，让他相信父亲来信所说的一切。

不仅仅吴崇先，在1949年前后的中国大地上，大江南北的各个村庄，都会有这样的故事流传。你可以觉得这是封建迷信，也可以说是无法解释的神秘事件，也可以说是生活中的巧合和奇遇，但对于吴崇先来说，他相信父亲家书中的解释。

在以后的慢慢人生长途中，吴崇先遇到很多机会，拥有很多选择，可以离开杨木桥子，离开土地和村庄，去当林场的伐木工人，或者去城市当基层的国家干部。但是，他都没有离开长白山脚下的这个村屯。

吴崇先像一粒种子，被命运的狂风，从黄海之滨吹到长白山脚下，从此，在这里生根发芽，在这里娶妻生儿育女，他一辈子都没有离开土地和农村。他觉得这是他的宿命，他觉得在农村种地安心，他觉得自己闯关东的选择是一生最明智的决定。20世

中文和朝鲜文标注的“杨木条村”碑石。杨木桥子是吴崇先的第二故乡,这个村庄后改名为“杨木条”。

纪50年代末期的三年大饥荒，验证了他的选择，他不仅仅在杨木桥子安家落户生儿育女，而且把整个家族成员，从即墨三年自然灾害期间的死亡边缘，拉到了东北，到了地广人稀的杨木桥子。吴崇先在杨木桥子度过了大半生，你可以说这是中国农民式的生存方式，也可以说是中国农民的生存哲学。

总之，吴崇先再也不愿离开杨木桥子，他把这个村庄作为自己的归宿，他的人生在这里展开，他在这里迎来新的生命——儿女成群渐成行，他在这里送走亲人的故去。

当年吴崇先和弟弟吴勇先（原名吴永先）结伴闯关东，到了杨木桥子。吴勇先后来回了老家即墨，吴勇先第二次回到东北后，招工去了松江河林业局曙光林场，因为有文化，他很快脱颖而出，被提拔为干部，在前川林场工作。最后，吴勇先当了森铁处工会主席，合并公路管理处而退休。吴勇先的四个子女都非常有出息，大儿子在松江河就业，二儿子和三儿子和唯一的女儿都大学毕业

杨木条村小学

长白山下的杨木条村，坐落在一个缓缓的山坡上。

后在北京就业。

吴崇先的直系亲属，都先后来到安图定居。吴永科的姥姥一家子也在安图扎根。吴永学的三个姨妈在安图，一个随丈夫去了牡丹江安家立业。唯一的舅舅落户安图县杨木条子，直到现在，还住在杨木条子。

第八章

家族的迁移

深夜看守苞米

吴崇先和弟弟来到杨木桥子，找到了要找的人——早年从老家俞家屯来此定居的老乡。兄弟两人刚到，就感受到杨木桥子与俞家屯明显的不同。在杨木桥子，吴崇先看到家家户户都养着二三十只鸡，也养着猪，和俞家屯不同的是，这里的鸡和猪都是放养，有的鸡和猪白天到山林里觅食，有的则在院子里活动。

这里养的鸡似乎更有野性，有的大摇大摆地登堂入室，撵都撵不走。有时，大公鸡还会叫着、翻腾着翅膀跳上餐桌。第一次在杨木桥子吃饭，吴崇先就遇到了这样的事情。吴崇先感觉这里不把鸡和猪圈起来养，很不卫生，也感到很不习惯。鸡啊猪啊，常常闯进屋子里，撵它们出去时，那些发坏的母鸡，很不情愿，就顺便把鸡粪拉在屋子里，然后得意扬扬地拍打着翅膀走了，留下主人一串叫骂声……

吴崇先和弟弟合计着，既然来到杨木桥子，就要在这里居住下去，刚开始不习惯，慢慢地就习惯了。刚到杨木桥子的第一个晚上，在此定居的俞家屯的老乡，为他们兄弟两个介绍了一个活：有一户人家雇他们兄弟两人到山坡上看玉米。当时，玉米棒子长出了玉米须，正是灌浆成长的时刻，农民好不容易种的玉米，再过一段时间，就可以收获了。但是，长白山脚下，晚上经常有黑猪和野狼出没，这些可恶的家伙吃不了几个玉米棒子，但闯进玉米地里，就糟蹋玉米，农民对此无计可施，就晚上在玉米地边上搭一个窝棚，看守玉米，以防野猪和野狼来地里搞破坏。

吴崇先和弟弟刚来杨木桥子，对这样的情况并不是非常熟悉。当老乡介绍说，有一户人家想雇他们两人为其看守玉米时，吴崇先毫不犹豫地答应了。这户人家非常高兴，为了犒劳兄弟两人，也有为他们接风洗尘的这层意思，热情地款待他们——杀了一只母鸡，炒了一大盘鸡蛋，蒸了一锅白面馒头。主人和客人，以及陪客的俞家屯的老乡，边吃边聊。主人看从山东来的这兄弟两人，挺实在的，就表示，如果他们两个能帮助看守苞米，一直看到收成，则可以管吃管住，还可以给一点零花钱。吴崇先也爽快地答应了。他和弟弟饱餐一顿之后，在主人的带领下，到了山坡上的玉米地。

主人告诉兄弟两人，野猪或者野狼一般从山上下来，晚上要在玉米地边上点燃篝火，不要让火熄灭了。如果看到野猪下山，就猛敲洗脸盆；如果有野狼出来，就猛往篝火堆里扔木材，火花四溅，火焰升腾，就把野狼吓跑了。

主人回去了，夜色渐渐笼罩起地面上的一切，深邃的山林，山脚下的村庄，沙沙作响的玉米地，黑暗统治了一切。各种各样的声音，从遥远的地方漫卷过来。玉米地里各种昆虫的齐鸣，将吴崇先和弟弟淹没。各种声音的背后是无穷的寂静，吴崇先看着高高的窝棚附近的篝火，冲淡了黑暗，让他们感到一些踏实。火光的后面，是浓郁得化不开的夜晚，到处是山和森林，天空并不开阔，头上隐约可见银河横亘天宇，那些饱满晶莹的星星，看上去很近，仿佛触手可及；又似乎那样的遥远，人类显得无比的渺小。

夜，渐渐地深了。吴崇先让弟弟在窝棚上睡觉，他手持一柄明晃晃的钢叉，看护着玉米地，保护着弟弟。子夜时分，不远处传来野猪的吼叫，尖厉的声音划破夜空，让人不寒而栗，毛骨悚然。弟弟从睡梦中惊醒，身子呈弓形，吴崇先看着弟弟惊恐的样子，仿佛能听到他急促的心跳，就用手按下他，示意让他安心睡觉。

一会儿，几只野猪从山坡上下来，发出哼哼的声音，野猪浑身脏兮兮的皮非常硬，像硬硬的盔甲。吴崇先不敢和野猪发生冲突，也不想激怒它们。看着野猪渐渐逼近，他猛地敲起洗脸盆，然后往篝火里扔进一挂鞭炮，鞭炮在篝火里噼里啪啦地炸响，野猪惊慌失措，撒腿就跑……看着野猪跑了，吴崇先吸了一口气，缓了缓紧张得怦怦直跳的心脏。经过一阵折腾，弟弟也没敢睡觉，恐怕一睡着，哥哥再遇到麻烦。最后在吴崇先的劝说下，弟弟才渐渐睡着了。

就这样熬过了一夜。当太阳升起，早晨的光照耀到山林的每一个角落时，吴崇先叫醒了还在睡觉的弟弟，两人下山了。在回去的路上，弟弟对吴崇先央求：“哥，看苞米，太闹心了，连觉都不敢睡，怎么成，咱给人家说说，不看苞米了吧。”

吴崇先看着弟弟眼睛红红的，委屈得好像要哭出来了，于是就答应了弟弟的请求。

吴崇先找到老乡，把兄弟两人的想法和他说了。老乡说：“中，这好办，来到东北，有长白山这个大宝库，吃喝不愁，还有赚钱的办法，你干脆带着弟弟上山挖党参吧。”

挖党参的日子

第二天，老乡领着吴崇先，教他如何辨别轮叶党参，并告诉他怎样挖。轮叶党参为桔梗科植物，俗称羊乳、山胡萝卜、沙参，多年生蔓生草本。根粗壮，倒卵状纺锤形。生于山坡、林间、河谷两边等较阴湿的地方。花冠外面乳白色，内面深紫色，钟形，浅 5 裂，先端反卷，有网状脉纹。花期 8 ～ 10 月。

轮叶党参的根具有补虚润，通乳排脓，解毒疗疮等功效。主治身体虚弱，乳汁不足，肺脓肿，乳腺炎，淋巴结核等症，同时，轮叶党参也是民间喜食的山野菜之一。

吴崇先认识了轮叶党参后，就带着弟弟到林间阴湿的地方找，找到后，就蹲下身子，用携带的工具，挖出倒卵状纺锤形粗壮的根部。吴崇先挖轮叶党参，弟弟就带着一本书，在林间阴凉的地方，坐着看书。刚开始，吴崇先动作不熟练，一天刨不了多少，还累得腰酸背痛。后来，越来越熟练，一天下来，能刨到一大筐子。

就这样，吴崇先和弟弟每天靠上山坡或者河谷地带刨党参生活。等到熟练了，吴崇先每天在野外作业几个小时，就可收工。每天所得，不仅能够满足兄弟两人的基本生活之需，慢慢地也积攒了一点钱。

几天后，吴崇先接到家里邮寄来的一封信。吴崇先读后，连忙给爹爹回信，把如何一路来到杨木桥子，把安图县城到杨木桥子由大黄狗护送的事情，详细地写在回信中。吴崇先还在信中告诉爹爹，两人靠刨党参为生，三斤新鲜的党参，能够晒一斤，积攒了干党参，就可以拿去卖掉。不仅能够解决生活问题，还能慢慢地积攒一些钱。

一个月之后，吴崇先接到爹爹来的信函，吴崇先打开一看，被意外的惊喜给震惊了。原来是一张录取通知书，弟弟闯关东之前，报考的是山东铁路专科学校，他觉得自己考砸了，但这张录取通知书说明弟弟考得挺好的。吴崇先对弟弟说："你是怎么想的，我看，多挖点党参卖了换钱，你买好车票，回家吧，去济南读山东铁路专科学校。"谁知，弟弟一口拒绝了。吴崇先苦口婆心地劝说弟弟回去上大学："你放着好好的大学不上，在这里和我一起刨党参，有什么出息？"谁知弟弟说："你放着国家干部不当了，不吃国家粮，来这里刨党参干啥啊？"吴崇先一时说服不了弟弟，就对他说："你想好了，我可以在这里挖一辈子党参，种一辈子地，你能做到吗？"弟弟说："走一步说一步吧。"

几天之后，吴崇先又收到大屯乡政府以及段村区党委发来的公函，要求吴崇先回去。吴崇先回信说："你们把我的户口邮寄到安图县杨木桥子村吧，我就在这里落户了。"

随后，吴崇先接到了组织给他邮寄的户口。他拿着这个在杨木桥子落了户。吴崇先斩断了和即东县官方的联系，这个本来大有前途的基层干部，放弃了一切，来到杨木桥子，安心地隐居，当一个长白山脚下的农民了。

吴崇先白天刨党参，晚上做梦也是刨党参。在一个梦里，吴崇先跋山涉水，在森林里找党参。经过苦苦寻觅，终于在一片河谷的林地中，找到一大片党参，兴奋得不得了，还大声叫弟弟吴勇先，赶紧来看护着，别让黑熊给糟蹋了。吴崇先拿着锄头，赶紧刨。可是怎么也拿不起锄头，于是，就使劲，结果，从梦中醒来，原来头枕着胳膊，胳膊都发麻了，怪不得在梦里使不上劲儿。在梦中醒来的那一刹，吴崇先看着窗户外面的月光，照到弟弟吴勇先身上，突然意识到，自己从俞家屯来到杨木桥子，已经快三个月了。

党参

有一天，吴崇先和弟弟吴勇先一起上山刨党参，走在村子里的路上。吴勇先一脚踩在一堆牛刚拉过的牛屎上，顿时闷闷不乐。刚走出村子，吴崇先就发现吴勇先眼泪汪汪的，泪水在眼眶里打转儿。吴崇先不问还没有关系，一问，吴勇先急得哭了出来："哥哥，我想家，想咱爹，你赶紧把我弄回去吧。"吴崇先只好好言相劝："这是在东北，你以为说走就走，说来就来。"过了一会儿，吴崇先说："你要是真的想回家，那我就把这三个月刨党参挣来的钱，给你做盘缠，你回去吧。我自打离开俞家屯，就没有再想着回去。"

就这样，吴崇先把几个月卖党参所挣的钱，给吴勇先置办了一身棉衣棉裤，来时家里给置办的，在路上卖掉了。现在回去，无论如何也得有棉衣棉裤，再说天马上就冷了，无论人在哪里，都需要棉衣御寒。吴崇先又找人为弟弟做了一床被子，打好行李，买了车票，到安图火车站，送吴勇先上了火车。

1955年10月，吴勇先回到了老家。1956年3月，即东县撤销，合并到即墨县。吴勇先回到即东县，他的入学通知书已经错过了报道日期。他有这张入学通知书，找到即东县教育局，主管领导一看，高中毕业考过大专，并且录取了。当场决定，分配他在当地一所学校，当教书先生。吴勇先并不知道，他这一生与吉林省安图县的缘分并未断，三年之后，他又回到了吉林省安图县，加入该县林场，担任团委书记。这是后话。

吴崇先挥手告别弟弟，心里感觉空空荡荡的。在回杨木桥子的路上，那种空空荡荡的感觉消失后，反而有了一种解脱感。吴崇先觉得弟弟吴勇先年轻，没有经历过大风大浪，没有多少生活阅历，带他来东北真是一个累赘，这个“大包袱”回家了，自己顿时感到轻松无比。吴崇先觉得，吴勇先经过闯关东的这一番折腾，增添了人生阅历，对他的成长也是有帮助的。抱着这样的想法，吴崇先以后的日子，过得很逍遥自在。反正是一个人在杨木桥子，想吃就吃，想睡觉睡，心里没有什么烦恼。创党参也没有了动力，三天打鱼，两天晒网，过了一年多的“一个人吃饱全家不饿”的光棍日子。

与王秀珍结婚

一场大雪纷纷扬扬，长白山脚下，树木顶着积雪，银装素裹。大雪下的小木屋的烟筒，冒着袅袅热气，积雪融化，水顺着屋檐滴下。一到早晨，严寒把一切都冰封了，屋檐下挂着长长的冰凌。俨然是一个童话的国度。漫长的冬季到来了，吴崇先和杨木桥子的所有村民一样，生活在火炕上，以此对付严寒。

冰雪消融，春天来了，慢慢地一切都变绿了。吴崇先开始走出户外，感受东北的春天的气息。转眼到了 1956 年的夏天，吴崇先生活在吉林安图，已是整整一年。一个人在异乡，常常有孤独感袭上心头。当看到别人家老婆孩子热炕头，其乐融融的家庭局面，吴崇先感觉到一种前所未有的惆怅。要想在此长期生活，则必须成立一个家庭。当内蒙古的林场来杨木桥子招工时，吴崇先就写了一封信，想试探一下他挂念的王家庄的王秀珍姑娘。在信中，吴崇先写道："内蒙古林场来这里招工，我是去呢，还是留在这里好呢。要是留下来，你可不可以来这里……"吴崇先在信中，写的很明显，选择的主动权交给王秀珍，如果王秀珍愿意千里迢迢来这里，那么，就在这里成家。如果人家不愿意来，就说明这门亲事黄了。

很快，王秀珍来信了，她表示，会尽快来东北。吴崇先接到这封信，心底的一块石头落地了。人家姑娘愿意离开家，来到人生地不熟的杨木桥子，让吴崇先心底涌起一阵感动，那种温暖的感觉，让他顿时又有了动力。整整一个夏季，吴崇先每天都干劲十足地刨党参。他在山间、河谷，每看到一棵党参，就乐呵呵地挖啊挖，每一棵党参就是两分钱，积累多了，就可以资助王秀珍来东北了。

1957 年的春节刚刚过去，即墨俞家屯的吴家和王家庄的王家，两家开始做准备。吴显福决定，把未来的儿媳妇送到东北，他也想去吴崇先生活的地方看一看，毕竟，吉林省安图县杨木桥子，是儿子儿媳生活定居的地方。吴崇先的大哥吴景先和三弟吴勇先，把父亲和王秀珍送到城阳火车站。从青岛城阳到吉林安图，要倒三次车，第一次倒车在济南，第二次在沈阳，第三次在长春。坐了三天三夜的火车，吴显福和王秀珍到了安图。在安图火车站，吴崇先看到父亲，看到自己一生的伴侣，感到无比的踏实。

1957 年的正月，吴崇先和王秀珍结婚了。这一年，吴崇先 27 岁，王秀珍 23 岁。他们从相识到结婚，经过了五年的考验，几经周折，几经考验，两个年轻人，在吉林省安图县杨木桥子成立了一个新家。他们到这个年龄结婚，在当时已经是晚婚了。

吴显福看到儿子结婚了，心里也没有牵挂了。几天后，他坐火车回山东即墨。吴显福在走出杨木桥子时，在安图火车站挥手告别儿子儿媳时，他也没有想到，自己还会再来到这里。杨木桥子成为他人生的归宿，他在这里走到人生的终点，长眠于长白山中的一片青山。

吴崇先和王秀珍结婚非常简单，去民政部门登记结婚，领了结婚证，买了两斤糖块，给杨木桥子的邻居分一分就算好了。这里没有家，就寄居在早年来此定居的即墨老乡家里。结婚没有举行婚礼，没有摆婚宴酒席，但两个人开始了漫长的人生之旅的相随相伴，相濡以沫。1957 年年底，吴崇先和王秀珍当了爸爸妈妈。王秀珍生下一个大胖小子，当一个新生命呱呱坠地，他们激动，兴奋，看着孩子粉嫩的小脸儿，笑得合不拢嘴。吴崇先和王秀珍对着儿子，看了又看，亲了又亲，感觉到有责任把孩子养育好，为他遮风挡雨，为他奔波劳碌，希望孩子能健健康康、平平安安地长大成人。

吴勇先又回来了

转眼到了 1958 年，“大跃进”的风潮漫卷青岛。9 月 24 日，即墨全县组织 15 万农民投入大办钢铁的“海淮战役”，共建土炉 20221 座，把群众的铁锅、铁农具、铁家具和渔民的船锚等无偿地收来当原料，把群众的木料、家具等当作燃料。结果因炉温太低，炼出的“钢铁”全成废渣。

“共产主义是天堂，人民公社是桥梁。”在跑步进入共产主义的号召下，人民公社化运动迅疾开展。9 月，即墨全县农村建立公共食堂 3226 处，每家每户的铁锅上缴，砸了大炼钢铁。社员一律到公共食堂就餐，不许各户自炊。

“大跃进”影响了学校正常的教学活动，各所学校里的美术老师，都到村子的墙壁前画宣传画。俞家屯的墙上画着鲜艳的壁画：年轻人攀着刺破蓝天的玉米秸爬上天空；老汉乘着比船大的花生壳，漂洋过海，周游世界；嫦娥从月宫下凡，到农田采摘斗大的棉桃……当时流传全国的歌谣写道：“稻米赶黄豆，黄豆像地瓜；芝麻赛玉米，玉米有人大；花生像山芋，山芋超冬瓜；蚕长猫一样大，猪长像大象；一棵白菜五百斤，上面能站个胖妹妹；鱼苗撒下千万条，条条养得扁担样；玉米秆儿穿九天，浑身棒子有几千……”吴勇先被组织到农村搞创作。文艺也要“大跃进”，村村都有李白、鲁迅、聂耳。

面对“大跃进”风潮，尤其是农作物亩产过万斤的口号和宣传，吴勇先内心的感觉是荒唐，本来在学校正常教书，结果，要疲于应付“大跃进”宣传。他本能地感觉到这股不同寻常的风潮，也许会带来灾难，心中萌生去意，于是，他又将目光投向他曾去过的吉林省安图县松江杨木桥子，那里有他二哥吴崇先和嫂子王秀珍，还有一个小侄儿。

但是没有路费寸步难行。机会来了，这天，吴勇先在家中看到二哥邮寄来的信，吴显福让吴勇先读给他听听。吴勇先从信中得知，二哥给二嫂的娘家邮寄了 70 元钱，是二嫂的娘和妹妹去东北的路费。看了信，吴勇先心生一计，马上哼着“大跃进”亩产过万斤的民谣，去了王家庄。

吴勇先到了王家庄，见到了二嫂的妹妹。就说，二哥写给家里的信中说，给大娘邮寄了 70 元钱，不放心你去镇邮局取钱，让我和你一起做伴，把钱取出来。

于是，两个人去了邮局。看着妹子把钱取了出来，吴勇先说：“我帮你点点，看看对不。”妹子就把钱给了吴勇先。吴勇先慢腾腾地点完了钱，对妹子说：“这个钱吧，二哥说让我先下东北，往后再给大娘和你邮寄钱。”妹子一听，脸色都变了，面对这样的突然变化，又紧张，又有点气愤，一时说不出话来。

就这样，吴勇先去了东北。这次，他没有选择在杨木桥子落户，他担心“大跃进”吹进偏远而宁静的山区，而是去了安图县林业局，最初在林场当团委书记，由于工作出色，很快被调到县林业局当工会主席。

吴勇先在安图县林业局，劝说二哥到林场当工人。吴崇先一直没有动心。当时的长白山区刚刚成立林业队，进山伐木头，完全是体力劳动，不光危险，晚上还要宿营在野外，睡在帐篷里。有过一夜看苞米的经历，吴崇先死活不愿意当伐木工人。

此时的吴崇先，清静无为，他已经度过了来东北后的不适应，反而喜欢在杨木桥子的生活了。地多的是，随便种点农作物，都会有不错的收成。农闲的时候去山上采药材、刨党参，样样都可以卖了换成钱。吴崇先和王秀珍以及刚出生的儿子，虽然寄居在即墨解放前来此扎根的老乡家中，但亲如一家人，大家在一起非常融洽，可谓其乐融融。吃饱饭就干农活，没有农活就上山采药，不想采药就在家歇着，这样的日子让吴崇先很享受，当伐木工人，对他来说，一点都没有吸引力。再说了，在家乡连国家干部都不想当了，伐木工人对吴崇先还真没吸引力。

吴崇先是转业军人，在杨木桥子人缘颇好。松江乡政府来杨木桥子调查转业军人的生活状况，得知吴崇先之前曾是解放军后，就问他领没领过转业军人津贴——每月有五元钱的补贴。吴崇先说没有。“那你带着你的转业证书，到松江乡政府登记一下，这样就可以每月领这五元钱了。”面对热心的工作人员的建议，吴崇先无动于衷，他没有好意思说“懒得去”或者“不需要”，只憨厚地笑了一笑。松江乡政府的工作人员把他的转业军人证书带着，登记完资料后，很快又把证件送回来。“吴崇先同志，您每月有五元钱的转业军人津贴。”并告诉他如何领取。

吴勇先在安图林业局干得很出色，他又给二哥谋了一份美差——林业局的采购员。在吴勇先的劝说下，吴崇先不好再拒绝，和王秀珍一合计：“要不就去吧”。于是，就把家中养的猪卖掉，把锅碗瓢盆送给邻居，打算去林业局。谁知，吴崇先寄居的那个家庭，有一个山东的老太太，看他们一家三口要离开杨木桥子，也要跟着走。吴崇先没有办法，就谎称“回山东”，老太太非常固执，怎么劝说也不行，也要跟着回山东。吴崇先一家带着行李，都走出了好几里地，老太太还是跟着。吴崇先和王秀珍一看，这样瞒着人家不好，就说了实话。老太太说，你们到哪里，我就跟到哪里。看着人家如此信任自己，吴崇先不觉得老太太是累赘，反而觉得重情义。吴崇先当下就决定，哪里也不去了，就在杨木桥子。

吴崇先晚年回忆起这段往事，非常感慨地说："幸亏哪里也没有去，老老实实地在杨木桥子种地。如果去林业局当了工人，怎么能把在老家挨饿的亲人接到杨木桥子。如果当工人，说不定老家的亲人也就没法来东北，也就无法躲过那场大饥荒了。"

岳母一家摆脱饥饿的死亡线

从 1959 年开始，山东即墨因自然灾害，全县出现饥荒。

1959 年 4 月 17 日，即墨全县发现水肿病人 1.15 万人，县成立水肿病防治小组，抽调 83 名医务人员组成巡回医疗队分赴各公社防治水肿病。这些水肿病人无一例外，都是因为饥荒缺少粮食造成的。

面对这样的情况，4 月 18 日，即墨县人民委员会发出《关于利用一切空闲地大力种植零星瓜菜和粮油作物》的公告。两个月后，县人民委员会发出公告：恢复社员自留地，允许社员私人喂养家畜、家禽。

即使做出这样的纠正措施，严重的饥荒还是来临了。

1960 年 4 月 20 日，即墨移风公社女儿村、西马龙疃、黄家庄等 3 个村群众因口粮不足采食苍耳中毒者 349 人，经医务人员紧急抢救，除 3 人死亡外，其余全部治愈。

9 月，全县 520 名社员和学生因吃苍耳中毒，死亡 3 人。中共青岛市委为此于 9 月 23 日发出通报。青岛大力援助陷入饥饿和灾荒中的群众。与此同时，即墨县委、县政府大力纠正“浮夸风”。山东省委对即墨的有关领导人进行了严肃处理，对主要负责人独断专行、弄虚作假、骗取荣誉、强迫命令等严重错误给全县造成的口粮短缺、劳力大量外流、人畜大量非正常死亡等严重后果进行了追责。

1960 年，是即墨人民惨痛的一年。是年，全县农田荒芜 135.5 万亩，减产粮食 5000 万公斤，造成 67.33 万人口粮不足。群众以茅草根、树皮、树叶充饥。外流 8 万余人。华东六省一市支援全县粮食 21.5 万公斤、干菜等代食品 620 万公斤、防寒衣物一大宗。

是年，即墨县出生 20300 人，出生率为 28.4‰；死亡 34600 人，死亡率为 48.4‰。

1960 年，即墨王家庄，自然灾害和粮食短缺，将王秀珍家人推向死亡的边缘。远在东北的吴崇先伸出了援手，将他们从死亡线上拉了回来。

在安图火车站，吴崇先和抱着儿子的王秀珍，夫妻两人翘首以待亲人的到来。王秀珍的娘，一位小脚的老太太，在儿子和两个女儿的搀扶下，步履蹒跚地来到出站口。王秀珍老远就看见了，赶紧把孩子让吴崇先抱着，几个箭步就迎了上去，看着娘头发全白了，面容消瘦，得了干瘦浮肿病（营养不良性水肿，大腿小腿虚肿，一按一个坑），心中一阵阵酸楚。娘看到王秀珍，伸出手拉住大女儿的手："闺女，娘……娘……还……以为见不到你了……"王秀珍一听，顿时"哇"的一声哭了出来，"娘，您受苦受罪了！"两个妹妹和一个弟弟，也紧紧地抱着娘，眼巴巴地看着大姐王秀珍，刹那间，泪滴像断线的珠子流下来。吴崇先赶忙说道："都来了，我们就放心了，咱们再也不分开了。一家人团聚了，这是好事，都别哭了。"

王秀珍和吴崇先再回过神来，仔细看弟弟妹妹，一个个都瘦得皮包骨头，真可谓骨瘦如柴。吴崇先和王秀珍赶紧让儿子吴永科叫“姥姥”、“姨妈”、“舅舅”。

此时，吴永科已经两周岁多了，圆圆的脸蛋，大大的眼睛，胖乎乎的小手，让人看了，忍不住想亲亲。吴永科很乖，用稚嫩的声音叫“姥姥”“大姨”“二姨”“舅舅”，在没有见到他们之前，就经常听爸爸妈妈讲即墨老家的亲人，这下子见到了，第一次见面，孩子一点儿也不认生，很大方地叫亲人，当姥姥的看着，亲得不行。姥姥看着小外甥都长这么大了，心里悲喜交加，摸着孩子的脸蛋，眼泪又止不住地流下来，这一次，流出的泪是喜悦的……

当天晚上，一家人赶到杨木桥子。吴崇先非常后悔，没有更早更及时把岳母一家接到东北。看得出，岳母一行四人，完全在强烈的求生欲望和强大的精神支柱下，活了下来。到家后，王秀珍和吴崇先赶紧先为他们熬了一锅粥，让他们每人先喝上一碗。处于长期饥饿、营养不良的人，不能让他们一次吃得太多太饱，每顿饭少吃一些，一天多吃上几顿，先调理他们的肠胃。否则，饥饿的人饱食一顿，反而会导致身体状况更加恶化，严重者有性命之虞。

当时的杨木桥子也成立了公社，每个村庄的生产队，都在食堂吃大锅饭。但东北地广人稀，像长白山区的村庄，每家都养着鸡、猪，分的口粮也足够吃。再加上人民公社大锅饭就像一阵风过去得很快，对每个家庭影响不大。

家里多了几个人吃饭，吴崇先和王秀珍夫妇早有准备，家中不仅有充足的粮食，喂的十几只鸡每天都有蛋下。就这样，王秀珍的娘、妹妹、弟弟，在吴崇先夫妇的精心照顾下，一天吃一个鸡蛋，一天吃三次饭，每顿饭粗粮细粮搭配，王秀珍做出一些可口的蔬菜和野菜，半个月下来，从即墨来的四位亲人好像枯木逢春，重又焕发出生机。王秀珍的娘大腿小腿的浮肿消失了，脸庞渐渐红润起来，妹妹和弟弟有饭吃，自然很快恢复了健康。

1960 年的中秋节，一轮明月照耀着杨木桥子，月光融融，月华遍布长白山，清风徐来，树叶沙沙作响。寂静的夜晚，虫声唧唧，增添了山村的静谧。村子里家家户户，人们围着桌子，吃着团圆饭。在这样的夜晚，自然灾害，粮食短缺，饿殍出现的种种灾难，仿佛一下退隐了。有的是农民生存下来的短暂的欢愉，片刻的满足。

孩子们都睡着了，发出香甜而均匀的呼吸，吴永科在甜蜜的梦乡中，唇角微微上翘，仿佛笑了出来。也许在梦中，他在山林的灌木上，抓到了一只忽闪着翅膀的大红色的蜻蜓。

吴崇先和王秀珍夫妇，陪着娘拉着家常话。说着说着，娘就讲起即墨老家的自然灾害，讲起俞家屯和王家庄不幸被饿死的人。由于缺粮，乡亲大量采食代替品，很多野生植物食后引起中毒，有的人因饥饿吃观音土，难以消化，腹胀而死。那些不堪回首的日子，村子里，几乎每天都有饿死的老人和孩子，用一张破席子卷了，亲人有气无力地抬着，埋在山坡野地。王秀珍的娘讲着讲着，就会发出“呜呜”的哭声，再也说不下去……只有那些从饥饿的死亡线上挣扎着活下来的人，才会懂得劫后余生的难得。但是，经历过的那些灾难，如影相随，一旦回忆起来，就会痛苦万分，那种骨肉分离、自顾不暇的生离死别，刻骨铭心。因为经历饥饿，才格外珍惜丰衣足食的日子；因为经历自然灾害，才格外珍惜和家人团聚的时刻。这时吴崇先和王秀珍连忙安慰娘：“娘，一切都过去了，俺们不会让您再挨饿了……”

一轮圆月渐渐到了中天，长白山下的杨木桥子进入了梦乡。这明月不知目睹了人间的多少悲欢与不幸，无言地把清辉洒向大地，驱散黑暗，带来生活圆满的光明……

大哥一家来了

吴崇先 1955 年带着弟弟吴勇先闯关东，之后吴勇先回到即墨老家。最初是吴崇先一个人在东北边疆的山村生活，然后吴崇先和王秀珍结婚，在杨木桥子生儿育女。1958 年，前度吴郎今又来，吴崇先的弟弟吴勇先来到安图，在此落户生根，成家立业。随后，吴崇先岳母一家又来到杨木桥子落户。吴家成员的力量对比发生了明显的变化，吴崇先从原来的一个人在东北，变成了现在大部分的吴家成员在东北。即墨老家只剩下大哥吴景先一家和老父亲吴显福，单门独户，生活上没有照应。

吴崇先从军队转业回老家时，吴家在俞家屯是军属，受人尊敬。大哥吴景先在大屯乡供销社工作，在乡亲们眼中，这是一个美差。那时商品稀缺，谁家打煤油，谁家买布，都会让吴景先给代办。在俞家屯吴景先也是很风光。吴崇先和吴勇先闯东北之后，吴家在即墨渐渐地势单力薄。

三年自然灾害时期，吴崇先也在和饥饿做斗争，更不幸的是，他还意外地被马咬伤了。有一天，从供销社回俞家屯的路上，吴景先骑着自行车，口袋里有十来斤地瓜干，这可是救命的口粮啊。在进村子时，被生产队一只饥饿的马发现口袋里有美味，这只马疯狂地冲过来，一口就把口袋从自行车上叼走，吴景先被这意外震懵了。等他反应过来，马已经撕扯开口袋，一嘴叼了十几片地瓜干。吴景先急了，这可是全家的救命口粮啊，他发疯似得从马的大嘴里抢下装地瓜干的口袋。

吴景先手忙脚乱、气喘吁吁地抢下口袋，不料，这只马被惹怒了，冲着吴景先的小腿就狠狠地咬了一口。吴景先疼得大喊，幸亏此时，生产队的饲养员老俞头赶来，把马牵走。吴景先被疼痛击中，低头一看，腿肚子上血淋淋的。

吴家本来就要和饥饿做斗争，屋漏偏逢连阴雨，吴景先意外被马咬伤，成了吴家在即墨生活困顿的转折点。经过大队赤脚医生简单的包扎，然后到了县城医院，住院治疗一个星期，随后，还要在家中休养。吴景先在这一段时间，无法去供销社上班。可怜的吴景先因此被供销社开除了。这个老实人，也只好在大跃进过后，开始在生产队挣工分、种地为生了。

吴景先被马咬伤，老父亲年岁已高，一家的生活从原来的比较富裕，一下子变得拮据，甚至尝到贫寒的滋味了。好在吴崇先在东北得知家中的变故后，伸出援手，他靠在农闲时节挖党参、采草药，换得一些钱，邮寄回老家，帮助大哥一家度过了很多生活难关。

从 20 世纪 60 年代开始，吴景先一家在俞家屯的生活状况没有好转。吴崇先就写信，劝说大哥一家带着老父亲到杨木桥子来落户。吴景先最初也不同意，后来慢慢地同意了，但是吴显福老人怎么动员也不肯去东北。对于他来说，故土难离，他想着死也要死在俞家屯，和自己早逝的妻子埋在一起。对于风烛残年的吴显福来说，能够埋葬在吴家的祖坟，就是人生最美好的归宿。

由于吴显福的思想观念根深蒂固，吴景先有了几次想去东北的想法，只好作罢了。到了 20 世纪 70 年代，机会来了。即墨当地推行火葬，村中的老人都是老观念，对此非常恐惧，他们无法想象，自己又没有做什么孽，为何死后被火烧掉，只剩下一把骨灰，装在一个方盒子里。吴显福更是不接受火葬，抓住了父亲这个心理，吴崇先写家书，动员老父亲："爹，在东北长白山的所有村子里，老人去世后，都是用上好的松木打的棺材，埋在长满白桦树的山坡上。您还是和大哥一家趁早来东北吧，在您的有生之年，咱们全家团圆，多好啊。来到东北后，俺给您吃喝都是细粮，不用您去生产队劳动，您在家照看孙子孙女，这样的日子多滋润啊。您到东北后，颐养天年，如果老了，我就给您打一口上好的棺材，将来您的儿子、孙子也可以上坟祭拜您，您在这里老了也不会孤单……"

吴显福听了大儿子吴景先读着二儿子从东北寄来的信，禁不住老泪纵横，一则难得二儿子的这一片孝心，二则不用火葬之说，击中了他的软肋。吴显福当即和大儿子商量，全家立即去东北杨木桥子落户。

决定很容易，实施起来很难啊。吴显福变卖家产，能送的就送给邻居和亲戚了。等家里变得空空荡荡，吴显福心里也变得空落落的。生活了 60 多年的地方，就要挥手告别了，就连院子里的一棵树都不舍得。

这一去，就是生离死别。他在和过去的岁月说再见，和俞家屯的每一个人说再见，和吴家的祖先说再见，和早逝的长眠地下的妻子说再见……对他来说，去东北就像一棵大树拔根而起，移栽到遥远的地方，很不容易啊。吴显福在告别的时刻，百感交集，吴景先及其大儿子搀扶着吴显福，再看最后一眼夕阳照耀中的俞家屯……再见，俞家屯！再见，故土家园！

一家老小离开的时候，一轮夕阳又大又圆，红彤彤地在西边的天空，归巢的飞鸟鸣叫着飞向树林。不知谁在村子里拉着二胡，琴音悠扬，在晚风中飘散，送到很远的地方，琴音里有一种说不出的苍凉。西天的彩霞如火如荼，燃烧得无比热烈，一家人的影子在地上拉得长长的，像一幅剪影，无声地诉说着世间平凡人悲欢离合的故事……

第九章 “文革”岁月

吴崇先被发配到“零组”

1966年，正当国民经济的调整基本完成，国家开始执行第三个“五年计划”的时候，意识形态领域的批判运动逐渐发展成矛头指向党的领导层的政治运动。

5月4日至26日，中共中央政治局扩大会议在北京举行。16日，会议通过由毛泽东主持制定的中共中央通知（简称《五一六通知》）。《五一六通知》要求“高举无产阶级文化革命的大旗，彻底揭露那批反党反社会主义的所谓‘学术权威’的资产阶级反动立场，彻底批判学术界、教育界、新闻界、文艺界、出版界的资产阶级反动思想”。6月1日，《人民日报》发表社论，号召群众起来“横扫一切牛鬼蛇神”。

一场长达十年的“文化大革命”爆发了。

其实，“文革”开始的时候，很多高层的领导都不理解。中共党史出版社出版的一本叙述“文革”历史的书起笔就写道：“1966年发生的‘文化大革命’像突然袭来的飓风，短时间就席卷中国大地，把中国人民带进一场长达10年的浩劫之中，这场灾难临头时，人们普遍不知从何而起。且不说普通老百姓，就连中国共产党的高级干部，在相当长的时间里也普遍表现为‘很不理解、很不认真、很不得力’。人们只能从最高指示、中央文件、首长讲话中去‘领会精神’，从街头巷尾的小道消息中去‘猜测动向’。这种特殊的历史现象，使‘文化大革命’从一开始就带有混乱而朦胧的色彩，人们难以窥其究竟。”

在“文革”风潮中，决定一个人命运和前途的是出身和成分。每一个人的历史都被严格审查，吴崇先因被国民党军队抓壮丁，当过 “国民党兵”，这个历史问题被揪了出来，被打入“地富反坏右”黑五类之列，代号为“零组”，成为无产阶级和红卫兵的专政对象。

1966 年 11 月下旬的一天，吴崇先等“零组”的黑五类分子，被村子里的“造反派”批斗。在“零组”中，吴崇先属于问题不太严重者，在批斗大会中属于陪斗的角色，“造反派”重点批斗的对象是杨木桥子的老支书。五花大绑的老支书，被两个肩背步枪的“造反派”押上台来，台下的群众喊起了“打倒 ×××”等革命口号。吴崇先和其他的“黑五类”站在老支书的后面，一个个低着头，眼睛盯着自己的脚尖，担心下一个被批斗的就是自己。吴崇先偷偷地用眼光扫瞄，老支书花白的头上扣着的“反革命”的大帽子，脖子上套着绳子，胸前挂着“反革命”之类的牌子。老支书是一位耿直的汉子，花白的头发凌乱而又倔强地挺立着，虽然低着头，但脊梁是挺着的。两个押着他的“造反派”见状，两个人各揪住老支书的一只手，另一只手按在老支书的肩膀上，狠命地往下压，老支书的身体顿时像一张紧绷的弓，胸前挂着的牌子，在他的两腿前晃动。寒风吹动老支书花白的头发，吴崇先心中一阵难过，他感觉老支书的身体在不停地颤抖。

等批斗大会开过，“造反派”回大队支部喝酒吃菜去了。革命群众也散去，村子里的戏台子上，只剩下“黑五类”分子，不准吃饭，罚站一天，反省自己的罪行，以便向革命群众彻底交代。

中午过后，天空中铅云密布，很快，寒冷的风向空中挥舞的鞭子，发出呼呼的声音，带来了漫天大雪。此时，“黑五类”分子，又冷又饿，他们挤作一团，在冰天雪地里相互取暖。天渐渐地暗了，老支书撑不住了，一头倒在戏台子上……大家见状，赶紧抱起老支书。吴崇先觉得再这样下去，会出人命的。于是，吴崇先挺身而出，去大队支部，找到那些还在喝酒的“造反派”头头。吴崇先说：“老支书快要被冻僵了，不管他是不是反革命，还是真革命，如果他死了，你们斗谁去啊？”醉醺醺的造反派头头边剔牙，边斜着眼，不屑地看着吴崇先：“你算老几啊，这里还轮不到你说话？”吴崇先一听，怒发冲冠，三下两下，扒开自己身穿的棉衣，露出胸膛上的伤疤，一字一顿地说：“臭小子，你看好了，这些伤疤都是老子当年和国民党军队作战留下的，要是没有当年的真革命，哪有你这样吃喝的日子。我当年打仗的时候，你在哪里？你小子还没有出生呢！有种，你和我到外面单挑！”

“造反派”头头被吴崇先的义正词严威慑住了，也许是良心发现，也许想起了毛主席的语录，阶级斗争要天天抓，今天已经斗争过了。他手一挥：“你们这些‘黑五类’回家吧。”

吴崇先刚出了大队支部，看到儿子吴永科在等自己，身上披着厚厚的雪花，快成一个雪人了。吴崇先心中一阵暖流涌动，他拍了拍儿子帽子上的积雪，和颜悦色地说，“孩子，咱们回家吧！”吴崇先和儿子走到村中的戏台子上，对“零组”的“同志”说：“都回家吧，赶紧回家吧！”

当吴崇先和儿子冒着风雪走进家门，王秀珍看了吴崇先几眼，想说什么，话又咽了回去。她不明白，自己的丈夫十几年前还是光荣的转业军人，现在怎么变成“黑五类”了，当年他被国民党抓走，然后逃跑回来参加革命，这些事情组织上都已经做了结论。为啥当年没有问题现在却成了问题，她不相信自己的丈夫是“反革命”，他现在就是杨木桥子的一个以种地为生的农民，这个家庭的顶梁柱，她非常担心吴崇先有什么意外。她的担心和不安，又不想让老人和孩子看出来。王秀珍对心里的疑问百思不得其解，只好将这些沉甸甸的疑问压在心底，麻利地张罗饭菜，让又冻又饿的丈夫吃上一顿热饭。

一个严寒、冷酷的冬天过去了，杨木桥子的“批斗风”也很快就过去了。

“批斗风”过去了，并不意味着“吴崇先”就没有问题了，甚至问题严重影响到儿子的命运。“文革”中，吴崇先因为曾经当过国民党的兵这一历史问题，“毁了”儿子吴永科的前程。

1974 年，吴永科想参军，通过了体检，是甲级的身体素质，完全符合参军的指标。安图县武装部负责征兵的高大武，一位“最可爱的人”，曾在朝鲜战争中与美军作战的转业干部，在吴崇先家吃饭时说：“没有问题，吴永科天生就是当兵的料，身材倍棒。”可是，在政审这一关被卡住了，吴崇先所谓的历史污点，连累了儿子，吴永科想当一名解放军战士的梦想破碎了。此后两年，又报了名，身体合格，仍然是甲级，但还是政审通不过。

后来，吴永科虽然没有参军，但在杨木桥子是民兵中的主力，后来成为民兵连连长，他和另一位民兵连的领导，掌握着武器库的钥匙。那时，一年中有两三次民兵集训，杨木桥子地处朝鲜边境，因为朝鲜战争的缘故，民兵集训打靶都是真枪实弹，还经常搞抓特务的演练。尽管当时中国已经与美国建立外交关系，民兵训练抓特务，仍然习惯性地叫“抓白宫”。

吴永科当民兵连长时，杨木桥子有枪支弹药库，配有半自动、全自动的冲锋枪。每年集训的时候，背着枪支在森林中演习，是他最兴奋的时刻，那时，他觉得自己的梦想实现了。虽然演习过后，他仍然是杨木桥子一个生产队的小队长。

下乡知青来到杨木桥子

1969 年 3 月的早晨，寒冷的北风掠过空旷的原野。太阳虽然升起来了，但它太遥远了，带来的微弱的热量，被肆虐的北风吹走了。长白山上，被皑皑白雪覆盖。长白山脚下，高高的白桦树的枝桠，伸向广漠的天空，树枝在寒风中瑟瑟发抖。当寒风强劲时，树干猛烈摇晃，树枝上的积雪就簌簌地落下来。有时，风吹起几片干枯的树叶，轻飘飘地，随着寒风飘行，不知落到哪里。风力弱时，白桦树很淡定，安静、静穆、高大的树干上，有一些像眼睛似的圈圈，仿佛凝望着从松江镇通向杨木桥子的山路，似乎预测到，有一些年轻人，从遥远的上海，来此插队落户。

太阳升得越来越高，寒风呼啸着，撕扯着大地上的东西，卷起的雪粒子，打在人们的身上。远远的，三辆牛车慢慢悠悠地出现在弯弯的山路上。同样是戴着最流行的绿色军帽，穿着厚厚的棉衣，这些年轻人，穿着打扮、形象气质和山区的农民们迥异。他们团团地挤在三辆牛车上，抵御着寒风，抵抗寒冷。他们好奇地打量着长白山冬天的世界，但是除了积雪以及脱光叶子的白桦树、白杨树，就是满山的单调与寂静。虽然是三月，这里仍然是寒冷的世界。看着看着，就觉得单调。这里是边疆，是距离上海三千里的祖国的边疆，他们离开了黄浦江，来到吉林市安图县的松江镇，然后再去一个叫杨木桥子的小山村。在这里，他们要和农民们一起种地，接受贫下中农的再教育。这里的一切太陌生，没有拖着长长辫子的公交电车，没有上海滩的高楼大厦，也没有各种各样的副食品和小点心，这里有的是一山一山的树木，一沟一沟的积雪，漫长的山路，仿佛永远没有尽头。缓慢的牛车，更让他们怀念上海的汽车。这种念头，一出现，连忙刹住。

他们被称为知识青年，他们从全国的各大城市，奔向全国各地的乡村。在知识青年上山下乡运动中，北到黑龙江，南到海南岛，从吉林延边自治州到云南西双版纳边陲，都有他们的身影。知识青年被时代的大潮驱使，不由自主地来到另一个世界。离开学校，来到山村；放下课本，拿起镰刀；放下钢笔，握起锄头。他们要在杨木桥子落户，和农民一起劳作。

“来了，来了，上海的知青到咱村来插队……”一群孩子叽叽喳喳地大声喊叫，脸蛋被冻得红红的，不知道他们在村口等了

安图县长兴公社营林大队上海知青集体户部分合影（一）

多久。牛车走到哪里，孩子们就跟到哪里。知青被迎接到大队党支部，孩子们很热情地帮他们从牛车上往下搬运行李。知青们看着这些活泼的孩子们，心里非常感动。他们从包里拿出上海的大白兔奶糖，还有饼干，孩子们都很拘谨，不敢随便接过去。大队支书说："还愣着干什么，快接过去，咱们这里有的人，一辈子也吃不上大白兔奶糖。"孩子们乐疯了，心里惊喜夹杂着激动，伸出冻得红红的小手。大家都分到了——有的三颗大白兔，有的几片饼干……孩子们风一样地离开大队支部，按捺不住狂喜，很快散开了。

9 岁的吴永美连蹦带跳地回到家，她分到三颗大白兔奶糖。她进了家门口，便又骄傲又自豪地大声喊，"爹，娘，糖块！糖块！大白兔奶糖！大白兔奶糖！"吴永美的声音里，遏制不住打心底升起来的兴奋和快乐，她紧紧地攥着三颗"大白兔"，生怕它们像小白兔一样从手中溜走。进了房间，看着爹爹吴崇先和娘王秀珍坐在火炕上，"哧溜"一下靠在爹娘的身边，慢慢地打开

安图县长兴公社营林大队上海知青集体户部分合影（二）

小手，左手一颗大白兔奶糖，右手两颗大白兔奶糖。

吴崇先拍了拍女儿的脑袋：“孩子，糖果从哪里来的？”

“爹，娘，这是我挣的。”吴永美撒娇地看着爹爹和娘，“你们先尝尝。”

“你怎么挣的，赶紧给娘说一说。”王秀珍看着孩子，“如果来路不正，这糖咱不能要。”

“爹，娘，上海的知青来咱们杨木桥子插队落户，刚才我帮他们搬运行李了。上海知青带了好多很稀奇的东西，咱们松江都没有。”吴永美说话快，像竹筒倒豆子，连贯又干脆，一口气说完，想了想接着说：“上海在哪里啊，很远吗，比咱们老家山东即墨还远吗？”

“孩子，上海可是咱们国家最大的城市，爹也没有去过那么大的城市。上海比咱们老家即墨远多了。从安图坐火车，要跑三天三夜吧。”

吴永美摸了摸脑门：“爹，上海那么远吗。我长大了要去上海。”

“孩子，你去上海干什么啊。上海的学生娃都到咱们杨木桥子来插队落户了？”王秀珍笑意盈盈地看着这个让人亲的小闺女，心里乐滋滋的，这孩子真懂事，得了三块糖还想着爹和娘。

这一晚，吴崇先家和所有杨木桥子的村民一样，都在谈论着上海知青来到杨木桥子插队落户这件事，有的心急的人家，都把房间腾出来了。

从此，上海来插队落户的知青，和杨木桥子的乡亲打成了一片。

当年在安图插队的上海知青，后来离开安图，在一篇回忆文章中写道：

> 我们人生的第一课就是开始跟着农民学习东北的各种农活。从刨冻得像土坷垃一样的牛粪，用镰刀剥松树皮，在山坡地“踩格子”“间苗”，到水田地插秧、薅草。早晨我们还帮助房东劈柴、担水，晚间在油灯下记下农民们对我们评的工分。苦倒没有什么，因为我们还年轻，充满着不谙世事的激情，只是对日复一日的劳作和前途感到迷茫，不知今后会是什么样。

上海知青来到杨木桥子一月后，有一天，杨木桥子的村民带着上海知青到离生产队不远的林场栽树苗。吴崇先得以和上海知青交谈。这一天晚上，吃过晚饭后，大儿子吴永科问吴崇先:“爹，上海知青为啥来咱们杨木桥子啊？我听说他们都是高中生。他们为什么不考大学啊？爹，我想考大学。”

吴崇先听了儿子问的话，过了一会才说：“孩子，上海知青来咱们这里，是听从毛主席的指示，来农村广阔的天地锻炼，锻炼好了，他们还是要回去的。”吴永科看着爹，不大明白，爹又说：“这些大城市来的青年，留不住的，他们将来会离开这儿的，就像这树苗一样，会长大的，长成材后，不会留在山上的。”

其实，吴崇先心里想的，并没有完全告诉孩子。

上海知青“小香子”病逝

20 世纪 70 年代的安图县，有大批的知青插队。据《安图县志》记载：“到 1977 年，全县共安置上山下乡知识青年 10195 名，其中长春知识青年 2100 名，上海知识青年 3300 名，县知识青年 4795 名；全县共有 680 个知识青年集体户。”1980 年前后，在安图县插队的知识青年大批回城，但仍然有不少长春和上海的知识青年把根扎在了安图县，安图县为了安置这些知识青年，创办了知青场（厂），安排已婚的知青就近就地就业。当大批知识青年告别安图、踏上回城的旅途时，他们回望安图的青山，内心会涌动着复杂的情感。因为他们的同伴，有几位上海的知青，长眠于安图的山林之中，年青的生命与青山相伴。

1971 年春天，松江人民公社境内的五道白河出现春汛，冰雪消融，潺潺的溪水流进河中，河流在两岸返青的大地上欢快地流淌，不时还可以看到大块的冰。山林之间，各种各样的树木仿佛一夜之间冒出星星点点的绿芽，几天后，树叶舒展，柔嫩的绿叶在和煦的春风中晃动。再过几天，绿色的火焰，覆盖了长白山的每一个山坡、山谷。林地里，各色野花开放，繁花似锦，灿若星辰。天空中飞来了燕子，那些沉寂了一个漫长冬季的鸟儿，在明媚的阳光中，快乐地鸣叫，婉转或者嘹亮的叫声，叫得人们的心中充满了春天的活力。

然而，在这样百花盛开的季节，一个花朵一样的生命却凋谢了。这一天，吴崇先像往常一样到生产队的农田劳动，这是播种的季节，是种植希望的季节，是万物勃发生机盎然的季节，吴崇先和社员们干着农活，很快出了一身汗。当吴崇先和社员们在一起休息时，发现一位叫李港东的上海知识青年，从道路边急冲冲地赶了过来。他从松江医院回来，带来一个噩耗：上海知青“小香子”去世了！几位在田埂上休息的上海知青，不敢相信自己的耳朵，更不能接受这个突入袭来的噩耗。但他们知道小香子之死是一个不容置疑的铁的现实后，有几位知青不由得放声大哭，一股无法言说的伤感在田间弥漫。

原来，昨天晚上九点多，小香子突然肚子疼，疼得额头上豆粒大的汗滴渗出来，疼得她直不起腰来。李港东等人把她送到杨木桥子的医疗室，赤脚医生马大夫判断病情是急性阑尾炎，他为小香子打了止痛针，赶紧让人把小香子送往松江镇的医院去治疗。

几位知青护送小香子去松江医院，经过牛车、拖拉机、甚至轮流背着等方式，折腾了一个多小时才到达松江医院。到时已经是深夜，由于医疗条件简陋，无法立刻进行手术，小香子不治而亡，这个才20岁的上海姑娘，在杨木桥子插队两年后，身死异乡。

吴崇先听到这个噩耗，也难以置信，因为前两天，他还和小香子在一起劳动。吴崇先闷闷不乐地回到家后，把这个不幸的消息告诉吴永科和二女儿吴永春，这两个刚放学回来的孩子，听到后，顿时呆了，懵了。

当扎着两个羊角辫的吴永春明白了什么是死亡后，她放声大哭。原来死亡就是再也听不到小香子拉手风琴，再也听不到小香子唱《红灯记》中的李铁梅，再也不能听她讲上海的外滩……吴永春在哭声中，知道死亡的残酷。小香子在山坡墓地下葬时，吴永科和吴永春都去了，吴永春回想起小香子姐姐送自己绿豆糕的情景，泪眼婆娑，她在心里默默地对小香子说，姐姐，我会来这里常看你的：夏天，我会把最美丽的野花编织成花环送给你；冬天，我会在你被积雪覆盖的坟头送你最爱吃的松子……小香姐姐，你在这里一定不会寂寞，一岁一枯荣的青草很快会爬满你的长眠之地，无名的野花会在你的坟头开出七色的花朵，每年春天燕子会从上海带来南方的信息……

小香子病逝后，很多上海的知识青年被派到学校教学。在杨木桥子小学，上海的一对知青结为夫妻，有一个可爱的女儿，叫彤彤。男的姓李，教语文和历史，女的姓朱，教数学。吴永春对这两位老师印象深刻，她常和彤彤一起玩。

吴永科小学毕业后到距杨木桥子 8 里的小沙河中学就读，这所学校有初中和高中。1976 年，吴永科高中毕业。

在小沙河中学，教吴永科数学的袁顺德老师，也是上海的知青，最初在松江插队，然后当了老师。袁老师又高又瘦，一看就像南方人，戴着眼镜，非常斯文。他和同校的范老师的妹妹结婚，范老师一家是当地人，后来在知青返城热潮中，袁老师选择了留在安图。

吴永科上高中时，连续三年报名参军入伍，因父亲吴崇先的“历史问题”，没能圆梦。后来，吴崇先想，因为自己早年的经历，连累了儿子当兵，也许这是一种天意。自己当年参军入伍，后来还是当了农民；大儿子吴永科参不了军，也是在杨木桥子当农民。这也许是父子两代人的命运。

因为高考已经废除，吴永科高中毕业，就在杨木桥子的生产队务农，因为表现出色，很快就被提拔为生产队小队长。此时，在杨木桥子插队的安图县的知青，还有几个，其中张宏义和吴永科关系最铁。张宏义虽然比吴永科大几岁，但在农活方面，仍是新手，吴永科对他很照顾，两人结下了长远的友情。在知青返城的热潮中，张宏义回到安图县城，后来参加高考，考上医学院，在安图县第一人民医院工作，后来当上了医院的院长。

吴家的儿女们，成长在“文革”，他们的生命的年轮之中，铭刻着与各地知青交往的悠悠往事。这些往事，也是他们的成长过程中，最难忘的记忆。同样，各地知青插队在安图，也成为他们一生最难忘的记忆。直到今天，上海的知青仍和延边自治州联系紧密。只是隔着40年的时光，当年的知青风华正茂，如今头发飞霜。当年小香子坟头的小树，已经成了参天大树。当年在杨木桥子小学和小沙河中学就读的吴家儿女，也到了中年人生。吴永科、吴永春和父亲母亲聊天时，谈到“文革”岁月中的种种经历，讲起当年的往事，恍若隔世，不胜感慨。

“老特务”田烈在安图

“文革”期间，在杨木桥子插队的除了各地的知青，还有一位因演反派人物而家喻户晓的电影明星——长春电影制片厂演员田烈。

田烈，1911 年 2 月生于山东肥城，原名田树炎。初中时，十分喜爱京戏的田烈就表现出了很强的艺术天赋。15 岁那年，他瞒过要其做生意的父亲，偷偷考取了设在山东泰安的民众剧场学习戏剧表演，后去济南，在山东省实验剧院学戏剧。

1931 年，田烈成为上海集美歌舞剧社的正式演员。20 世纪 30 年代中期，田烈随海鸣剧社到上海、南京等地演出，并加入左翼进步戏剧组织，演出了一些进步的剧目。随后，田烈开始了银幕的光影人生，最初扮演小人物，在上海明星影业公司的《生处同心》中扮演犯人、在联华影业公司的《新旧时代》中扮演佣人。

“卢沟桥事变”后，田烈投入到抗战大潮中，参加了以抗战为主题的三幕剧《保卫卢沟桥》的演出。1937 年 12 月，自编自导自演了《东北的烽火》。不久，他又参加演出过《群魔乱舞》《太平天国》《日出》《阿 Q 正传》等话剧。1943 年 1 月，成为中国电影制片厂演员。曾参加《白云故乡》《火的洗礼》《青

田烈，二十世纪五六十年代家喻户晓的电影明星。他演了很多反面角色，他饰演的《上甘岭》中的炊事员，《锦上添花》里古板的铁路工人老怀表等正面角色，给人留下深刻的印象。1973年至1974年，被下放到安图县杨木村。

年中国》《日本间谍》等影片的演出。此外，他还兼任中国万岁剧团的演员，参加演出了《国家至上》《正在想》《棠棣之花》《蜕变》等话剧。1947年，田烈在中央电影企业股份有限公司三厂当演员。1948年，先后演出了影片《满庭芳》《深闺疑云》《碧血千秋》。

新中国成立后，田烈任北京电影制片厂演员剧团演员。据田烈女儿田燕（清华大学教授）的《我的父亲田烈》一文："我父亲在重庆时曾参加过'青帮'，在肃反运动中交代了，成为一个历史问题。在北影，父亲没有多少演戏的机会，只记得演了几个配角，如《上甘岭》中的炊事员老王等。"

1955年，田烈被调到长春电影制片厂演员剧团。在这一段时间，他扮演了诸多角色，留在观众心中。在《神秘的旅伴》中演肖老五，《古刹钟声》中演老和尚，《换了人间》中演老矿工。后又在北影的喜剧片《锦上添花》中演"老怀表"等。

田烈虽然以演反派著称，实际上他饰演的正面形象也可圈可点，像《上甘岭》中的炊事员，《锦上添花》里古板的铁路工人"老怀表"，《试航》中的周师傅，《换了人间》里的魏大爷等人物，都体现了他深厚的表演功力。只不过田烈演的反派角色演技更胜一筹，反而冲淡了他演过的正面形象在观众们脑海中的记忆。

田烈不管扮演的角色在影片中所占分量的轻重，都会认真阅

田烈（右）在电影《上甘岭》中饰志愿军炊事员。

读剧本，分析研究人物的身世、所处的社会环境和社会地位、内心世界和性格特点等，从而确定自己所扮演角色的表演基调。在影片《六号门》拍摄之前，他曾多次到天津，同搬运工人一起劳动和生活，向工人们了解旧社会把头欺压工人的情况。冯金龙的形象在他头脑中慢慢地由模糊到逼真，最后“活”了起来，从而使他的表演自然、真实。

田烈的光影人生和艺术生涯终结于“文革”。田烈的历史问题是“有特务的嫌疑”，家也被抄了，赶出了门。

1973年，田烈被下放到安图县杨木桥子，花甲之年的电影艺术家，被当作“四类分子”在边疆的农村劳动改造。杨木桥子的男女老少都知道这位头发灰白的老人是电影《上甘岭》中的炊事员，大家都亲切地叫他“炊事员老王”，有的甚至顽固地叫他“老王”。此时，杨木桥子对他很照顾，知道他干不了农活，不演电影的田烈，成了杨木桥子小学的音乐教师，他经常利用学校里一台破旧的脚踏琴，教孩子们唱革命歌曲。

在吴永春的心目中，音乐老师田烈身上有一种神秘的光环，大概是因为他演过很多电影的缘故。每次村子里放映露天电影，

田烈（左）在电影《神秘的旅伴》中饰演特务萧五，
李颉（中）饰演魏福，王晓棠（右）饰演小黎英。

吴永春和几个同学，都到田烈住的地方，轻轻地说一声："田老师，今晚咱村放映《渡江侦察记》，您去看电影吧。"田烈总是很和蔼地对吴永春说："你们去看吧，我不去。"

那时，吴永春不会知道这位经历沧桑的老人心中的苦涩的况味，他的人生就如一场大戏，一部电影，充满了悬念和苦难。他一辈子热爱电影艺术，但自己的艺术生命已经被终结。

有一次，下课后，孩子们都放学了，田烈独自一人留在教室，他坐在脚踏琴前。夏日黄昏的光线，从窗户里投射过来，田烈老师微微弓着的腰，前倾在脚踏琴上。透过夕阳的余晖，吴永春看到田烈老师发白的头发。忽然，脚踏琴声响起，吴永春被这美妙的旋律击中，她听到田烈老师以苍老而动听的声音唱：

长亭外，古道边，芳草碧连天。晚风拂柳笛声残，夕阳山外山。

天之涯，地之角，知交半零落。一杯浊酒尽余欢，今宵别梦寒。

吴永春被这首歌曲的旋律和感伤打动了，她不知道，这世间除了革命样板戏还有如此忧伤的歌曲。那旋律以及歌词，在她心里缭绕不散，后来，随着人生阅历增加，她才知道这首歌曲是李叔同作词。这首歌里的韵味，也是长大后慢慢品味出来。

吴永春看到田烈老师在琴音袅袅的余韵中，缓缓站起身来，她蹑手蹑脚地离开，然后一阵狂奔……

无意中偷偷听到田烈老师唱这首歌之后，吴永春对田烈老师多了一份复杂的情感，这位老人一下子让自己明白了很多东西，但是，具体明白了什么，她又无法用语言表达。

除了田烈的电影人生，还有他的音乐课，吴永春对这位老人格外地关注。有时，过节时，父亲吴崇先让她给田烈老师送一碗饺子，当她端着热气腾腾的饺子走到田老师的屋子，看到田老师正在下挂面。只见田老师从纸包着的圆筒中抽出几缕，就像是一根根地数好了，然后，放进烧开的锅中。后来，杨木桥子就有了一句歇后语：田烈下挂面——一根一根地数。

在吴永科的心目中，田烈老师最神奇的地方莫过于抽烟卷儿。一支香烟，叼在田老师的嘴上，上唇和下唇轻轻地夹着，正好处于人中的下方，一点也不偏，正正好。香烟在上唇和下唇正中间，微微地晃动好像一不小心就会掉下来，但是这担心是多余，就这样叼着，田老师边吸烟边说话。香烟一直是燃着的，香烟一直在嘴巴上叼着，抽香烟不会放在手指夹着，二十多分钟，就这样吸完……

吴永科高中毕业后，有一次偷偷地学着田老师那样吸烟，结果烟卷儿就掉了下来，此时，吴永科才意识到，这是田烈老师的绝技，就像他的演技，炉火纯青，是学不来的。

田烈在杨木桥子插队，只待了两年。田烈女儿田燕在《我的父亲田烈》文中说：“1973年左右父亲被下放到吉林省安图县农村插队，我母亲跟父亲去了安图。老两口年龄都比较大了，生活上实在比较困难，父亲又有高血压冠心病，两年后自农村回到长春，父亲决定退休，被批准了，目的是害怕再次被下放，当时父亲身体已不好。”

1976 年“四人帮”倒台后，田烈一度想再干点实事。但当时身体已相当不好，曾在北京住院治疗过。在 1977 年 9 月因心肌梗塞病，逝世于长春家中，终年66岁，死后长影才给彻底平反。

全家上阵盖房子

吴崇先在杨木的第二住址已经盖起了新房。2012 年夏天，吴崇先的儿女，从青岛重回杨木，寻访当年的房子，已经没有了当年的模样。

吴崇先和王秀珍结婚后，从长子吴永科出生到 1964 年三女吴永红出生，一直都没有属于自己的房子。他们一大家子寄居在杨木桥子的老乡家中，六个孩子，有四个孩子出生在别人家里。主人住在南炕，他们住在北炕。那时邻里乡亲之间，关系特别融洽，就像一大家人一样，不分你我。谁家有困难，全村子伸出援手。吴崇先一大家人，完全没有寄人篱下的感觉。

1964 年，吴崇先一家开始盖属于自己的房子。林场的朋友，送来了大量的木材。房子选址在离杨木桥子村有四五里地的一个山沟里，吴崇先家属于杨木桥子第四生产队，这里只有两三户人家。这两间房子是用木头构建的，用木材一层一层地垒的。木头和木头之间有很多缝隙，稍大的缝隙就用木条钉上。东北的冬天，天寒地冻，为了防御寒风的侵袭，木屋的细小的缝隙，用和好的泥封堵。所用的泥中掺杂了从山上割的野草，野草晒干，用铡刀切成十厘米左右的草段，投入到和好的泥中，拌匀了，用桶盛了，从里到外，由低至高，用泥将木屋的缝隙抹上一层。涂抹的泥干了，既可防风，又可御寒。木屋很结实，虽然很简陋，但毕竟拥有了自己的房子，吴崇先和几位杨木桥子的亲友，将这个木屋盖好后，坐在自己的院子里看着，心里也很有成就感。

这个木屋地处偏僻的山沟，山林之中经常有狼的嚎叫。一到了黑天，吴崇先王秀珍夫妇就嘱咐孩子们千万不要出门，待在木屋里最安全。1964 年的冬天，天刚刚黑了。吴崇先家的木屋里点起了煤油灯，玻璃罩子的灯光，驱散了房间里的黑暗，但这一盏灯，在黑漆漆的大山沟里，太微小，太柔弱了，仿佛一阵大风就能吹灭。但是，煤油灯将光明播散，陪伴一家人度过漫漫长夜。有了灯光，就什么也不害怕了。

这天晚上八点多钟，王秀珍听到院子里猪圈里的母猪一阵嗷嗷地叫，然后听到小猪崽的哼哼叫。王秀珍心头一惊，坏了，“孩子的爹，你带着钢叉出去看看，是不是狼把小猪崽给叼走了”。吴崇先急忙手持钢叉，一阵风似的跑了出去，用手电筒一照，母猪安然无恙，再数一数猪圈里的小猪崽，果然，少了一只。肯定是被大雪封山的狼叼走了。

吴崇先一家在这个位于山沟的木屋里住了不到两年，1966 年初春，冰天雪地开始消融的时节，他们将这个木屋拆了，搬家回到杨木桥子。构建木屋用的木材还有用途，吴崇先找了一个牛爬犁，将拆下的木材，放在牛爬犁上，拉回杨木桥子。吴崇先又用木材构建了几间房子。

1973 年，吴崇先决定盖四间正儿八经的房子。经过两三年的精心准备，像鸟儿筑巢一样，将一石一木备好。那时盖房子，为了省石头或者砖，主要的建筑材料是坯。

脱坯是一个复杂而且挺累的体力活，吴崇先家男女老少一起上阵。有的取土，有的取水，有的和泥，有的运泥，有的脱坯，各有分工，忙得不亦乐乎。

脱坯要用大量的泥土，堆积成像火山口一样的形状，口里面倒进从附近小溪中取来的水，让水慢慢地渗透到围着的土中。然后用四齿叉子和二齿钩子开始和泥。和泥非常耗费体力，一边活泥，一边将碎麦秸放进去，拿着二齿子和四齿叉子开始倒泥。这堆泥捣三四遍，使碎麦秸、水、泥充分融合在一起，搅拌均匀并达到适合脱坯的状态。

脱坯时，一般是一个至两个人和泥，一个人用平车子推泥（或者用废旧脸盘搬运泥），一两个人脱坯。脱坯的技术和方法是，准备好坯模子水桶和场地，坯模子是用四块木板做成，长五十厘米左右，宽二十四厘米左右，厚十厘米左右，在长方形两头各有一根直径一厘米的木棍，用于两手向上提坯模子。将坯模子放置在平整的地上，将泥均匀地填充满，每个角落都有泥，然后用“泥板”抹平。泥板——一般是铁制品，有木柄，大小样子和大人鞋底差不多，平整光滑，它的用途就是将模具里的泥巴均匀、平整、光滑。当提起坯模子时，一块方方正正平平整整的土坯就诞生了。如此循环往复，一排排、一列列的土坯，像方阵，又像整队待发的士兵，非常壮观，只等夏天强烈的阳光将土坯晒干。晒干后土坯变得坚硬无比，用其作为建筑材料。

当天色向晚，吴家男女老少都完成了各自的任务。吴永科的脸上粘上了不少泥巴，他傻呵呵地看着吴永美、吴永春两个妹妹，妹妹的辫子上也沾上了泥巴。他们一起到小溪边洗手洗脸，看着小溪潺潺，发出潺湲的水声，又大又圆的夕阳在晃动的溪水中，慢慢地复员，微微地颤动。他们忘却了一身疲倦，晚饭时，每个人都饥肠辘辘，大口大口地吃着姥姥做的饭菜，是那样的好吃，简直是天下最美味的大餐。

猛烈的阳光很快就把脱好的土坯晒干了。这一年端午节过后，吴崇先特意买了200响的红鞭炮，在选好的宅基地上，用长长的木杆高高挑起，点燃了鞭炮。在农村，盖房子是件大事，放一挂鞭炮图个吉利，也是告诉给乡亲盖新房的讯息。虽然找了专业的盖房子的能工巧匠，但热心的乡亲们都来帮忙。

房子打了牢固的地基，地基大概有一米多深，将底部夯实。这样房子在大地上生了根，可以抵抗狂风和地震。用石头一层一层地砌墙，石头缝之间，用水泥摸缝。石头砌的墙一直到窗台，然后用脱的坯，垒到房顶，就可以上大梁了。房顶是木梁支撑，大梁作为骨架，大框架上加上檩子、椽子，然后覆盖上芦苇编织的垫子或者高粱秸编织的席子，最后上瓦。这样的房子可以遮挡风雨，经历岁月仍然很结实。

当新房子落成后，吴崇先全家吃了一顿团圆饭，大家团团围坐在新炕上，炕上摆着一张四方桌子，桌子上摆满了山上采摘的

吴崇先在杨木的第二住址已经盖起了新房。2012年夏天，吴崇先的儿女，从青岛重回杨木，寻访当年的房子，已经没有当年的模样。

野菜，一大盆猪肉粉条放在桌子中央。吴崇先和家人庆祝这座来之不易的新房子。

吴崇先喝了一杯地瓜高粱酿制的老白干，酒入口火辣辣的，然后香浓醇厚的滋味慢慢扩散。一杯酒到心里，暖暖的，一种满足感油然而生。十八年前，自己和弟弟吴勇先一起闯关东，从老家即墨来到杨木桥子，最初是寄居在老乡家里。此时，吴家的大部分亲人都来到杨木桥子，亲人健康平安，孩子健康成长，人世间最幸福的滋味莫过于此，在自己家的房子里，在炕头上和亲人吃团圆饭。经历过战争的枪林弹雨，经历过闯关东的种种波折，经历过“文革”中被批斗的风波，此时，一起都云淡风轻，吴崇先干了一杯酒，看着6个孩子围坐在身边，眼睛里亮晶晶的，竟然有些湿润了。四女吴永丽眼尖，看到了吴崇先的眼睛，大声说：“爹爹哭了！”吴崇先笑呵呵地摸着女儿的头说：“刚才，风吹来一粒沙子，眯眼了。”

夏日的风，从山林之间出来，带着新鲜的气息，吹得玻璃窗上方的牛皮纸一吸一鼓，发出哗哗的声响……

吴永学出麻疹

吴永丽依偎在母亲身边，王秀珍抱着吴永学。这是二十世纪中国六七十年代，很普通的一个家庭场景，温馨而安宁。照片中的孩子懵懂地望着镜头，那清澈的目光与今天的我们相逢，令人感慨岁月的流逝。这张照片让我们想到童年，这是一个时代的缩影。

1970 年农历九月十一日，吴家又增添了一个小生命，吴崇先和王秀珍夫妇得到一个儿子，起名为吴永学。

夫妻两人看着这个呱呱坠地的小婴儿，心里美滋滋的。都说父母最疼爱幺儿，一点都不假。吴崇先和王秀珍夫妻都已经到了中年，鬓角有了花白的头发，生活的操劳让他们的脸庞有了皱纹，有了丰富的人生阅历，对生活和社会也有着深刻的认识。小儿子出生，让他们意识到自己逐渐衰老，这最后最小的一个孩子，让他们更加疼爱有加。

一个生命从出生到长大，在成长的历程之中，总会有艰难的时刻甚至危险的遭遇。

1973 年的春天快要过去了，还不到 3 周岁的吴永学，被一场突如其来的疾病击中，麻疹差点带走这个小生命。

这天早晨，吴永学起床后就蔫蔫的，没有往日的精神头，到

吴永丽依偎在母亲身边。王秀珍抱着吴永学。这是二十世纪中国六七十年代，很普通的一个家庭场景。温馨而安宁。照片中的孩子懵懂地望着镜头，那清澈的目光与今天的我们相逢。令人感慨岁月的流逝。这张照片让我们想到童年。那是一个时代的缩影。

了中午开始咳嗽，流鼻涕。王秀珍观察到了，以为孩子感冒了，就抱着吴永学说：“儿子，你身体不舒服吗，想吃什么，娘给你做。”吴永学什么也不想吃，感觉浑身冷。王秀珍把孩子抱到炕头上，给他盖好被子。可是，孩子还是喊冷，王秀珍就给他盖了两床棉被。到了晚上，吴永学昏昏沉沉地睡着了。

第二天，王秀珍问问孩子好了没有，发现怎么也叫不醒吴永学。她伸出手摸摸孩子的额头和脸蛋，她被孩子满脸的红色斑点吓了一跳，扒开被子一看，吴永学浑身遍布红色的斑点。王秀珍惊慌失措，赶忙叫吴崇先来看，吴崇先看了之后说：“出疹子，发烧呢，昏迷过去了。”吴崇先赶紧到村子里找大队的赤脚医生，赤脚医生来了，翻看眼皮看，眼结膜充血。医生没有更好的药品和针剂，让吴崇先和王秀珍把吴永学隔离，不要让吴永学和家里的其他人接触，房间通风，但又不能让风吹着孩子。也不要让强阳光照进房间，挂上有色的窗帘子，以防强光对孩子眼睛的刺激。

王秀珍看着昏迷不醒的孩子，连忙问医生："孩子有没有危险。"医生说："一般来说，出了疹子，如果没有高烧引起的并发症，就有痊愈的可能。但就怕孩子的身子弱，抗不过这次麻疹。"医生嘱咐吴崇先："孩子在出疹子的时期，体温不超过39度，不要吃退烧药，因体温太低影响发疹。体温超过39度，可以用微温湿毛巾敷于前额物理降温。"

吴永学出疹子，哥哥姐姐们犹如热锅上的蚂蚁，非常着急，可是又帮不上什么忙，又不能照看他，爹娘交代过，这病传染。

吴永学昏迷了两天两夜，把家人吓得够呛。王秀珍看着躺在炕上的孩子，泪水如断线的珠子，吴崇先也唉声叹气，一筹莫展。没有更好的药物和针剂治疗，只能祈祷孩子能度过这次劫难。

第四天的时候，吴永学昏迷得更厉害了。赤脚医生来看过，只说了一句："除非有青霉素……"此时，王秀珍已经欲哭无泪。

吴永丽（右）和吴永学（左）合影

吴崇先面对生活从来没有觉得太难，但这一次，这个打击让他难以承受，终日无语。

然而，就在这天傍晚，吴永学的病情有了转机。这天傍晚，杨木桥子一位姓杨的转业军人回到家乡，他在部队医院里工作，是一名医护人员，他恰好带回了一支青霉素。听说吴崇先家的小儿子出麻疹，快要不行了。就送来了这救命的针剂。转业回来的军人为吴永学注射了一支青霉素，几个小时过后，吴永学睁开了眼睛，看到了守护在炕头边上打瞌睡的爹和娘。这个到鬼门关前走了一遭的小人儿，以稚嫩、虚弱的声音喊了一声“娘——”王秀珍被这天外来音惊醒，看着醒来的儿子，紧紧地拥抱着，喜极而泣。

第二天，太阳照到吴永学的炕头上，吴永学精神多了。吴崇先对吴永学说：“儿子啊，你可醒过来了，你想要什么，爹一定满足你的愿望，给你买去。”吴永学想了想：“爹，我想要一双雨靴，下雨的时候，我穿上，不会让泥巴和雨水弄湿我的鞋子。我穿上雨靴，就不怕下雨了，还可以在雨水中玩。”吴崇先说：“好！爹今儿个就给你买去！”

大病初愈，吴永学看到哥哥姐姐，看着那些热切地看着自己的亮晶晶的眼睛，感觉有一股说不出的温暖，哥哥和姐姐们都给自己带了礼物。大哥送给自己一把木头刻的手枪，姐姐们有的送给自己松子，有的送给自己榛子，有的给自己糖块……

吴永学打败了麻疹，病好了之后，吴崇先领着吴永学，去村子向送来救命针剂的转业军人家中致谢。吴永学一进院子，就大声说：“谢谢杨叔叔救了我。”杨叔叔摸着吴永学的头说：“真是好孩子，一看就是机灵鬼，将来肯定有出息！”吴崇先在20世纪50年代从军队转业回家乡时，经常用转业领来的小麦救济村子里贫困的家庭；如今，杨木桥子转业的军人，带回来的一支青霉素，救了儿子的命。他深深地相信，好人有好报。

大难不死，必有后福。正是这个小儿子的奋斗，改变了吴家的家族命运。如果说，吴崇先把整个家族成员迁移到东北，是他一生最有成就感的事情，那么，正是这个小儿子让大部分的吴家成员迁回青岛，小儿子成为夫妻两人一生的骄傲和自豪。

吴崇先和王秀珍看着活泼调皮的吴永学，又像往常那样玩玻璃球时，他们感到无比的庆幸。那时，夫妻两人无法预料到遥远的未来发生什么，他们只希望，每一个孩子都健康平安长大，至于他们能否成才，有多大的出息，全靠个人的努力与奋斗了。

第十章

改革开放的年代

忽然儿女已成行

1976年，粉碎“四人帮”，长达10年的“文革”结束。华国锋的大幅肖像，配着“你办事，我放心！”的标语，和毛泽东的肖像贴在一起，出现在很多人家的堂屋的中堂上。

粉碎“四人帮”这一年，吴家的儿女成行，最小的吴永学也已经记事。他清晰地记得，毛主席逝世时，杨木桥子的村民悲痛万分，不论男女老少，都自发地佩戴黑色袖章，到杨木桥子村革命委员会进行悼念。大人们满脸沉痛，排着长长的队伍，肃立默哀，很多人无声地饮泣，有的甚至号啕大哭，泪水沾襟。那个年月，农民在田间地头，都要天天高呼“毛主席万岁！万万岁！”当电波里传来毛主席逝世的噩耗，老百姓难以置信。无限爱戴拥护的周总理、毛主席，都在这一年逝世，人们都有天塌下来了感觉。

吴崇先王秀珍夫妇两人共育有两个儿子四个女儿，长子吴永科、长女吴永美、次女吴永春、三女吴永红、四女吴永丽、次子吴永学。给儿女们起的名字，寄托着吴崇先王秀珍夫妇的美好心愿，他希望儿子有科学、有文化，希望女儿们漂亮美丽。

夫妻两人含辛茹苦把儿女都拉扯大，而且让他们受到了良好的教育，6个儿女中，4个是高中毕业，其中小儿子吴永学高中毕业后，考上了大学。遗憾的是，小女儿吴永丽只上完了初中，因家里开磨坊，需要人手帮忙，就没有读高中。

1977 年，由于“文化大革命”的冲击而中断了 10 年的中国高考制度得以恢复，由此重新迎来了尊重知识、尊重人才的春天。1977 年 9 月，教育部在北京召开全国高等学校招生工作会议，决定恢复已经停止了 10 年的全国高等院校招生考试，以统一考试、择优录取的方式选拔人才上大学。与过去的惯例不同，1977 年的高考不是在夏天，而是在冬天举行的，有 570 多万人参加了考试。

恢复高考的消息在杨木桥子传来，不少在杨木桥子插队的上海知青，准备高考，有几位知青通过这年冬天的高考，彻底扭转了个人的命运，从上山下乡的知识青年一下子成为“天之骄子”——人人羡慕的大学生。

“老子英雄儿好汉，老子反动儿混蛋”的时代彻底终结了，张铁生被捧为“白卷英雄”的时代彻底终结了。看着曾在杨木桥子插队的知青，光荣地考入了大学，吴崇先心中有很多感慨。

有知识有文化受人尊重的时代来临了，吴崇先觉得自己一辈子就是一个没有多少文化的农民，虽然在军队的大熔炉里锻炼了几年，但是吃了很多没有文化的亏。他打心眼里尊重有文化的人，时代变了，自己的大儿子吴永科上大学的梦想，因为时代的原因没有实现。他觉得一定要让吴家的子女接受教育，哪个孩子想考大学，全家支持，只要是那块料，勒紧裤腰带也要供孩子接受良好的教育。

吴崇先不仅供自己的子女上学，大哥吴景先一家迁移到杨木桥子后，他对大侄子的求学非常上心，像对自己的儿女一样。

吴崇先的三女儿吴永红在小沙河中学上高一时，堂哥在小沙河中学读高三。有一次，吴崇先来看女儿，让她把堂哥一起叫来。

吴崇先给他们带来腌制的泡菜、用猪肉炒的咸菜，每人一包点心，最后，吴崇先给每人 10 元钱的零花钱。吴永红当时觉得爹有点偏心，给堂哥的咸菜和泡菜明显的比自己的多。当堂哥走后，吴永红噘着嘴巴，一脸的不高兴，娇嗔地对爹说："爹，你给俺堂哥的咸菜比给我的还多，俺不是你亲生的闺女啊？！"吴崇先看着，拉着闺女的手说："孩子，你大爷一家从老家即墨来到杨木桥子没有几年，条件不如咱，咱就得多帮帮，他是小伙子，长身体，饭量大，吃的多，所以就多给他捎带了一些。这些吃的，你要是不够，爹过几日再来看你。"

吴永红听爹爹这样一说，心中的不快就烟消云散，看着爹爹郑重其事的样子，吴永红连忙说："爹，你别往心里去，我给你发发牢骚呢。"吴崇先对女儿千嘱咐万叮咛之后，回杨木桥子。吴永红对爹爹挥挥手，再进学校大门时，回首看到了爹的背影。吴永红感觉爹爹一下子变得苍老了，魁梧的身材被生活的重担压得似乎缩小了，不知不觉爹的两鬓已霜，脸上的皱纹也多了，腰板也没有以前那样挺拔了。看着爹爹的背影消逝在视线中，吴永红感觉到一股心酸的滋味。都说少年不识愁滋味，从爹的背影中，她第一次感觉到不再是个小孩子，自己长大了；第一次感觉到生活中有一些沉重的东西，每一个人都要去负担，这就是人生的责任吧。

电灯照亮小山村

1978年12月18日至22日，十一届三中全会在北京召开。这是中国共产党历史上一次非同寻常、影响深远的会议。这次全会把党的工作中心转移到经济建设上来，做出了实行改革开放的历史性决策。

十一届三中全会会实现了思想路线的拨乱反正，开始全面认真地纠正“文化大革命”中及其以前的“左倾”观念，批评了“两个凡是”的方针，高度评价了关于真理标准问题的讨论。

会议虽在寒冬召开，却给中华民族带来了永不消逝的春天气息。

“忽如一夜春风来”，改革开放的春风吹遍神州每一个角落，为杨木桥子带来春天的气息勃发的生机。杨木桥子架设起了电线杆子，电网到了村子里，家家户户都用上了电。

1979年的春节刚过，家家户户都沉浸在春节喜庆的气氛中，村子里家家户户的院子里，火红的鞭炮的碎屑，在带有积雪的地上，格外显眼，空气中仍然可以嗅到鞭炮的火药味。一个更大的喜事荡漾在杨木桥子村民的心头——正月十五的晚上，电灯泡就会大放光明。

春节前，电工就已经从村庄里的电线杆子上，把电线开关灯泡装进各家各户。只等正月十五这一天，为几个村庄一起送电。

这天下午，吴家早就把房间和院子收拾得干干净净，吴永丽、吴永学在炕头打闹，时不时地抬头看悬在炕头上方的电灯泡。

姐弟两人玩了一会儿，吴永学说："四姐，我给你猜个谜语昂，你听好了。屋里有根藤，藤上结个瓜，一到太阳落，瓜里开红花。"吴永丽听了，开动脑筋想啊想："弟弟，你再说一遍。什么屋里长个瓜啊？"

吴永学看着四姐苦思冥想的模样，乐呵呵地给包饺子的娘说："娘，四姐没有我聪明，老师让我们猜谜语，我第一个想出了答案。"

吴永丽想不出谜底，就央求弟弟："好弟弟，告诉姐姐吧，我把我捡来的鞭炮都送给你。"

"不给你直接说答案，我给你提示一下，就在咱们的头顶上。"

吴永丽抬头看了看，悬在头顶的电灯泡，眼睛一亮，"我知道了，是电灯！电灯泡！"

全家人都笑哈哈，一家人有说有笑地包着饺子，天，渐渐地黑了。孩子们最兴奋，那激动人心的时刻就要到来了。要是往年的正月十五，孩子们早就提着灯笼到胡同里玩去了，比一比谁的灯笼造型好看，比一比谁的灯笼迎着风跑也吹不灭。而今年的正月十五，电灯成了全村人的期盼。

"爹，还有多长时间？"吴永学着急地问。

吴崇先看了看自己的那块快成了古董的手表，笑嘻嘻地说，还有五分钟。

这等待的五分钟是这样漫长。六点整，房间里的灯泡瞬间亮了，照得房间的每一个角落都亮堂堂的，孩子们在这一刹那，欢呼雀跃，一个个仰着头望着大放光明的电灯，又蹦又跳，村子里家家户户响起了鞭炮。这个长白山下的小山村，有了电灯，每家院子里，都有一个电灯，比任何材料做的灯笼，都亮，再大风也吹不灭了。电灯，让夜晚亮如白昼，驱散了小村庄百年的黑暗。这标志着一个时代的来临。

多年以后，吴永学在大学的图书阅览室，无意中翻阅到佛教典籍《华严经》，经书中说：“譬如一灯入于暗室，百千年暗悉能破尽。菩提摩诃萨菩提心灯亦复如是，入众生心室之内，百千万亿不可说劫，诸业烦恼种种暗障，悉能除尽。”他读过这段话，想起杨木桥子通电时的情形，那一晚的等待与光明带来时的欢呼，如在眼前。他觉得慈悲与爱心也是人世间永远不熄灭的灯盏。

其实，对于吴崇先来说，对松江镇电力建设并不陌生。因为他曾出工建设白河水力发电站（302 电站）。这个发电站位于三道白河下游，距松江镇 5 公里。

1970 年延边州革命委员会决定筹建 302 水电站，州内各县市组成施工兵团，负责土石方工程；延边水利工程队承担厂房修建及设备安装。1973 年 11 月 1 日机组投入运行。1975 年 10 月全部竣工。

有一次，吴崇先领着吴永学参观 302 水电站。当吴永学登上水电站高高的大坝，他被汪洋浩瀚的水库震惊了。水库的大坝由混凝土构筑，最大的坝高 24.5 米，水从最高处流下来，气势恢宏，声若雷鸣。吴永学第一次被建筑工程震撼，对人类的科学与技术创造的水利工程感到由衷的钦佩。这一次参观 302 水电站，就像一粒求知种子，他知道人们可以用钢筋混凝土建筑水库大坝，可以利用水力来发电，可以运用科学技术为人们造福。吴永学参加高考前，填报志愿，他选择的是建筑工程专业，这与他童年时参观 302 水电站，有一点渊源。

春风吹醒了土地

“文革”结束后，国内社会动荡，生产力始终没有得到恢复，由于“文革”时期的土地制度严重影响了农业生产。

安徽省凤阳县小岗村 18 位农民签下“生死状”，将村内土地分开承包。开创了家庭联产承包责任制的先河。当年，小岗村粮食大丰收。

从 1958 年人民公社化以来，在关于农村的文章中，“包产到户”是个出现频率很高的词汇，也是常被质疑和批判的。即使在小岗村获得丰收的 1979 年，批评“包产到户”的声音也是不绝于耳。

1980 年 5 月 31 日，邓小平在一次重要谈话中公开肯定了小岗村“大包干”的做法。当时国务院主管农业的副总理万里和改革开放的总设计师邓小平对这一举动表示大力支持，这传达了一个明确的信息：农村改革势在必行。

1982 年 1 月 1 日，中国共产党历史上第一个关于农村工作的一号文件正式出台，明确指出包产到户、包干到户都是社会主义集体经济的生产责任制。

家庭联产承包制迅速扩展到全国农村，使农民彻底告别了人民公社制度，也推动了中国农村各项事业的蓬勃发展。

家庭联产承包制又称大包干。承包合同中不规定生产费用限额和产量指标，由承包者自行安排生产活动，产品除向国家交纳农业税、向集体交纳公共提留以外，完全归承包者所有。即“交够国家的，留够集体的，剩下都是自己的”。

“交够国家的，留够集体的，剩下都是自己的”，这句话看似通俗、明了，但是现在的年轻人恐怕很少有人能够准确说出其真正的内涵。然而，对于30年前工作在农业战线或者在农村生活过的人来说，则对此有着深刻透彻的理解和刻骨铭心的记忆。

吴崇先家8口人分到20多亩地，一头大牛。土地等生产资料虽然还是国家的，但“大包干”彻底激发了农民生产的积极性。吴家儿女都已长大成人，都是种田的好手。这一年，吴家种的是小麦，粮食产量比预想的高出很多，获得大丰收。

家家都有了充足的粮食，原来梦寐以求的细粮都满缸满瓮，加工粮食，吃得更精细一些，成为每个家庭的需求。

1984年春天的一个晚上，吃过晚饭后，吴崇先和大儿子吴永科坐在炕头上，电灯泡把房间照得透亮，吴崇先对儿子吴永科说：“大包干已经两年多了，咱们村子里家家都有充足的小麦、玉米，许多人家中还有大米、小米，家中有粮，心中不慌了，大家都想吃得好一点，吃得精细点，我看加工粮食是条路子，咱们家劳动力多，光种地，劳动力有剩余。我琢磨着，咱们得想个路子，我看，咱们不如开个磨坊。”吴永科一听，激动地一拍大腿：“爹，中！”原来爷俩都想到一块去了。

最初家中买了两台机器，一个打麦子，加工面粉，一个打玉米，加工玉米碴子。电闸一推，磨面的机器转动起来。加工粮食的生意一开张，红红火火，刚开始，吴永科要工作到晚上十一二点。机器不停地运转，经济有了来源，加工粮食挣的钱，足够吴家几个小的孩子上学的花费。

一年后，吴家的粮食加工扩大了范围，不光打面，还加工面条，压挂面。有一次，吴永春在磨房和大哥一起加工面条，想起了十多年前在杨木桥子落户的“老怀表”田烈。

吴永春对吴永科说：“哥，你看咱们压的这挂面多细啊，真想给田烈老师送几包。”吴永春边说，边麻利地包装压好的挂面。

吴永科说：“还是‘老怀表’让咱们这些生活在杨木桥子的人开了眼，原来人家那样吃饭啊。那时我就想，咱们什么时候天天吃上挂面啊。你说这不天天吃挂面吗，一点都不馋了，吭——”

“多好一个老头啊，那时候怎么给折腾到咱这里呢，说实话，我还真的很想念他。有一次，我还做梦梦到他呢，不知他现在活

吴永科

王秀珍和四个女儿以及大儿媳合影

着没有？”

大哥吴永科看了吴永春一眼，摘下头上戴着的帽子，到外面抖了抖，拍打了几下，回到磨坊说：“老怀表恐怕不在了，他到天上演电影去了……”

两人顿时不再说话，磨坊里只有嗡嗡的机器转不停……

后来吴永科和刘凤春（吴永春的初中同学）结婚了，分了家，搬出了吴家老院子。吴永科在社办企业砖厂当厂长，在经济方面也独立了。

农闲时节，王秀珍和小女儿吴永丽在磨坊工作。需要加工的粮食太多了，母女两人每天都干到深夜。看到娘在磨坊累得腰酸腿疼，星期天的时候，吴永学不用上学，就在磨坊打下手，休息的时候，就为娘捶捶背，揉揉肩。吴崇先看到这一幕，心头涌上一阵莫名的感动，孩子们都长大了，懂事了，最困难的日子已经

吴家三姐妹

过去了……

在改革开放的春天，农民有了地，有了充足的粮食，每个家庭的劳动力也被解放出来，农民依附土地、土地束缚农民的关系一起解体。在农闲时节，每个家庭都有副业挣零花钱。

20 世纪 80 年代的秋冬之季，连着两三年，吴崇先去很远的地方去贩牛，一去三五天。买几头牛，赶着来到松江镇的集市，卖掉了再回家。这样的日子风餐露宿，与牛相伴，很辛苦。但是，当吴崇先风尘仆仆地卖完了牛，回到家中，点一点钱，算一算挣了多少钱，感觉颠簸在路上的日子，有苦有乐有奔头。就靠这样的副业，吴崇先挣来钱，改善家庭的生活条件，在杨木桥子，最早买上了收音机和自行车。

资助侄子上大学

吴崇先的大哥吴景先在 20 世纪 70 年代迁移到杨木桥子，最初，吴景先在生产队的油坊当会计。改革开放后，分田到户，由于吴景先在俞家屯时，曾被马咬过，影响种地，再加上家中的三儿子都读书，需要交学费，日子过得比较拮据。吴崇先家中劳动力多，再加上开了磨坊，虽然家境不算富裕，但还是竭尽全力帮助大哥一家。大哥家的两个孩子上了高中考上大学，和吴崇先的资助分不开的。

1983 年 8 月 27 日，吴景先接到了大儿子吴永和考上长春警察专科学校的喜报。当从穿着绿色服装的邮递员手中接到牛皮纸的信封，看着“长春警察专科学校”这几个字，吴景先和吴永和如在梦中，紧紧地捏着这封对整个家庭意义重大的信，捂在胸口，生怕被一阵风吹走了。 邮递员骑着自行车走了，一家人欢天喜地地进了屋子，录取通知书在家中每一人人的手上传递，最后传到吴景先手中。

吴景先一遍一遍地看着大学录取通知书，喜忧参半。喜的是，吴永和果然争气考上了大学，这在杨木桥子是属凤毛麟角；忧的是，家中没有钱供吴永和去长春警校入学报到。

一

吴永和考上大学了，要到省城长春去上大学，这个消息像插了翅膀，传遍了整个杨木桥子。吴崇先听到，激动地一拍大腿，对王秀珍说："嘿，大侄子真争气，上海的知青从咱们杨木考上了大学，如今咱们老吴家也出了这样一棵苗子。"王秀珍笑嘻嘻地看着吴崇先："看把你乐的，又不是你儿子考上大学。"吴崇先说："凭吴永科那脑袋瓜，考大学不成问题，只不过他没有赶上好时候。再说了，咱们还有永学呢……"王秀珍对吴崇先说："你赶紧到永和家看看吧，看看大哥有什么困难，咱得帮帮。"

吴崇先兴冲冲地到了大哥家，刚一进家门，原本是来庆祝的，只见大哥吴景先愁眉紧锁，一个劲地唉声叹气；再看大嫂，眼泪汪汪的，抹眼泪；吴永和低着头一言不发……吴崇先看到这一幕，说道："孩子都考上大学了，你们一个个的，这是怎么啦？"

吴崇先这么一问，大嫂说："考上大学，是大喜事，可是没钱没衣服去报道，成了难事。"吴崇先连忙接着说："没钱没衣服报道啊，你给我说啊，这事包在我身上了。咱怎么着也得让孩子高高兴兴地去长春上大学。"

吴崇先回到家中后，就把吴永科叫来："永科，我给你商量个事儿，永和考上大学了，怎么也得穿一身新衣服去长春报道啊，你大爹家没钱买一套新的，咱家也没钱买一套新的，我看，你就把你刚结婚穿的那一套新西服送给吴永和吧。"吴永科一听，心里老大不愿意，但爹这么说了，很干脆地说道："爹，您都发话了，不行也得行啊。成，我已经结婚了，那套新西服也穿不着了，送给吴永和好了。"

当晚，吴崇先借了200元钱，带着吴永科结婚穿了一天的那套新西服，一床新的毛毯，送到了大哥家。

大哥一家见吴崇先来了，看到钱和衣服，非常感激。吴崇先对永和说："二爹还忘记一件重要的事情，人家去上大学都带着盛放衣服的行李箱，咱没有钱买那种高档的，咱们杨木不缺木材，我明天给你打一个箱子，刷上油漆，经济实用又方便。你带着箱子去报道吧。” 吴永和看着二爹，激动得什么话也说不出来。吴崇先见状，摆了摆手，说道：“孩子，你什么也不用说，你好好上大学就行了。”

三年后，吴永和以优异的成绩从长春警察专科学校毕业，分配到安图县一个乡镇的派出所，从一名普通民警做起，然后当派出所所长，后来调到安图县公安局，担任户政科科长、刑侦大队队长。

吴永和去长春警校报道后，在小沙河中学二侄子吴永成，上街买文具时，不幸被狗咬伤了。吴崇先从大哥家得知这个消息，决定第二天去看看吴永成。第二天，下着雨，吴崇先深一脚浅一脚地沿着山脚下的小路去了小沙河中学，见到吴永成，先关切地问问伤情，看了看被狗咬伤的小腿。他领着吴永成去讨个说法，

吴永和身穿制服在安图县公安局
（中文、朝鲜文双语的牌子）留影。

到了养狗的那户人家。吴崇先一进这家人的门，发现原来是老熟人、老朋友孙书记家。孙书记一看吴崇先带着被狗咬伤的孩子来了，赶紧迎接，热情地握着吴崇先的手说："真是大水冲了龙王庙，都是一家人啊。"吴崇先看着孙书记这样说："孙书记，原来是你家的狗啊？我不知道啊，我要是知道，直接领着孩子去松江镇去打疫苗，就不找上门了。被恁家的狗咬伤的是我大哥家的孩子，我的亲侄子。"

孙书记感觉很过意不去，连忙和吴崇先、吴永成一起去松江镇。在松江镇医院，给吴永成注射了狂犬疫苗 。付钱时，孙书记和吴崇先都抢着付钱。最终，孙书记付了款，然后请吴崇先和吴永成到镇上的一家饭馆吃饭，算是给吴永成压压惊。

吴永成没有考上大学，在吴崇先眼中，这位侄子朴实、仁义，为人厚道，生活作风正派，不论干什么，都会出类拔萃，脱颖而出。吴永成进了永庆林场，先当一名工人，最后干到林场的厂长。

吴崇先大哥家的三儿子吴永民，读高中时，他的大哥吴永和已经大学毕业，在基层当民警。吴永和有了固定的收入，每月拿出工资的一部分，供吴永民读书，吴崇先也时不时地贴补吴永民，分担大哥家的经济负担。吴永民考入位于延吉市的延边大学，在这所具有鲜明民族特色的综合性大学读了四年，大学毕业后，分配到安图县的基层乡镇工作，现为镇政府的副书记。吴崇先当年复员回到即东县俞家屯，如果没有发生在党校学习期间的打人事件，也会当上大屯乡的党委书记。吴崇先当年没有做到的，他的侄子吴永民也算替他圆了。

当年吴崇先和弟弟吴勇先（原名吴永先）结伴闯关东，到了杨木桥子。吴勇先后回到老家即墨。吴勇先第二次回到东北后，招工去了松江河林业局曙光林场。因为有文化，他很快脱颖而出，被提拔为干部，在前川林场工作。最后，吴勇先当了森铁处工会主席合并公路管理处而退休。吴勇先的四个子女都非常有出息，大儿子在松江河就业，二儿子和三儿子和唯一女儿都大学毕业后在北京就业。

吴崇先的直系亲属，都先后来到安图定居。吴永学的姥姥一家子也在安图扎根。吴永学的两个姨妈在安图，一个随丈夫去了牡丹江安家立业。唯一的舅舅落户安图县杨木条子，直到现在，还住在杨木条子。

瓜熟蒂落的夏天

1990 年春夏之交，吴永学在小沙河中学填报大学志愿时，放弃了报考大学的煤炭类专业，报的全是建筑类专业。

1990 年 7 月 7、8、9 三天，对于学理科的吴永学来说，是决定人生命运的三天，全国高三毕业的莘莘学子，要千军万马通过独木桥——高考的考验。那时，大学还没有扩招，考大学是非常难。往往一个班级的学生，只考上四五个本科。如果在农村，谁家的孩子通过高考，考上大学本科，一下子变成吃国家粮的干部，不仅是一个人命运的转变，也是一个家庭的荣耀。

那个遥远的夏季，在蝉鸣的鼓噪声中，那个挥汗如雨的年轻人认真地在答卷上写下每一个题目的答案。时而奋笔疾书，时而苦思冥想，为的是在有限的时间里，交上一份完美的答卷。吴永学至今还记得 1990 年全国高考语文试卷中的作文题目，那是一个给材料作文：

一对孪生小姑娘走进玫瑰园，不多久，其中一个小姑娘 A 跑来对母亲说：

“妈妈，这是个坏地方！”

“为什么呢，我的孩子？”

“因为这里的每朵花下面都有刺。”

不一会儿，另一个小姑娘B跑来对母亲说：

“妈妈，这是个好地方！”

“为什么呢，我的孩子？”

“因为这里的每丛刺上面都有花。”

听了两个孩子的话，望着那个被刺破的指头的孩子，母亲陷入了沉思。

根据一题所提供的材料，请你就第一个小姑娘的说法，联系生活实际，自选角度，自拟题目，展开议论。不少于600字。

吴永学当时作文写的什么内容，已经忘记了。但他清晰地记得，高考后的第三天下午，当他走出高考考场。天空中乌云密布，燥热被渐渐涌来的风吹走。忽然，狂风大作，云块低低地压过来，大雨滴落下来，砸在地上，空中弥漫着一股土腥味。随后，一道闪电撕裂了乌云，紧接着一个炸雷在天空滚过，瓢泼大雨笼罩天地之间，地上顿时有了积水，大雨哗哗地下个不停，雨滴如箭射在水塘里，溅起水花。吴永学已经跑到了宿舍里，虽然几分钟的工夫，身上被雨水全部浇透了，水淋淋的。他刚进宿舍，只见一道耀眼的闪电在空中闪过，又一个炸雷，校园里一棵高大的杨树，被劈下碗口大的一根枝。那场面现在想起来令人惊异。

关于高考，吴永学印象最深刻的就是这一场酣畅淋漓的雷阵雨。其他的都已经湮灭在时光深处。

高考结束后，吴永学从书本和学习中彻底解脱出来。当年吴崇先家在爬犁沟子的果树林地里种了香瓜和西瓜，那年夏天的夜

读高中时的吴永学

晚，吴永学和父亲吴崇先就是在瓜地里度过的。1990年的春天，吴崇先从收音机里听到长春市农科所邮购香瓜和西瓜种子的信息，于是，按照地址邮购。清明过后，点瓜种豆，浇上水后，没过几天，种子发芽，两个绿色的小瓣从地里长出来，很快就顶破了塑料薄膜的覆盖，迎风而长。一个多月后，沙果树下，香水梨树下，眼看着瓜秧慢慢伸展，长出蔓儿，结出小瓜扭，形成“碧蔓凌霜卧软沙”的景象。吴崇先观察小瓜的长势，根据瓜秧结出西瓜的位置，做出取舍，一个瓜秧只留下三四个瓜。

香瓜、西瓜成熟的时候，正是吴永学高考结束之时。他带着收音机，和父亲吴崇先一起，在果园瓜地里看着。瓜棚四围，浮起阵阵虫鸣，吴永学渐渐进入梦乡。清凉的风从山上上吹来，清爽之中，西瓜地里瓜秧的气息浮动。而西瓜快要成熟的时候，夜晚的风中有西瓜的香味，而香瓜的气息更是醉人。

有时候，吴永丽和田启祥也到瓜地里乘凉，和吴永学一起说话。田启祥和吴永学同在杨木桥子，两人是发小，从小学到初中都是同学，初中时两人是同桌。吴崇先看着几个兴奋地聊天的孩子，他们说什么四大天王啊，流行歌曲啊，自己也插不上话，就到瓜地里，挑选几个熟透的香瓜，一个熟了的大西瓜。水桶里有清澈的溪水，放进去，洗一洗，冰一会，取出来，无须刀切，用手一挤，香瓜发出脆响，香甜的瓜汁四溢，熏染的风都是香香甜甜的。他们就放开怀地吃起来。吴崇先看着他们狼吞虎咽的模样，乐呵呵的。吃完香瓜，又聊天。过一阵子就吃西瓜。西瓜熟透了，一敲，瓜裂开了，每人一大块，吃得脸上、手上都是西瓜汁。在长时间的相处中，田启祥和吴永丽的爱情也瓜熟蒂落。两人结婚是早晚的事情了。

一轮明月升到中空，吴永学有时想，如果考不上大学怎么办呢。难道将来赶着牛车去卖西瓜、香瓜吗？这几天，他和吴崇先一起，用大牛车拉了西瓜香瓜，赶松江镇集，赶永庆乡的大集，他熟练地秤瓜，收钱，忙得不亦乐乎。但是，在月圆的深夜，在梦醒时分的瓜棚里，吴永学对未来的不确定性，如同夜晚的薄雾一样升起来，那就是青春对未来的憧憬和怅惘。

1990 年 8 月下旬的一天，吴永学所有的忧虑都不翼而飞。他赶着一辆牛拉的车，从爬犁沟子的瓜田里摘了瓜，打算第二天和爹去赶集。吴永学赶着牛车，快到杨木桥子时。忽然，听到村子大队支部的喇叭播报喜讯："喜报！喜报！我村青年吴永学考上大学，已经被甘肃工业大学（今兰州理工大学）录取！"大喇叭传出东北方言味道的普通话，说了一条喜讯竟然是自己考上大学的消息。吴永学高兴得跳了起来。这个喜讯播报了三次，传遍了杨木桥子的每一个角落。

王秀珍听到了喜讯，真是喜事从天上掉下来，到了自己家的院子里。她依在院子里的石榴树上，一时不能相信，直到听了第二遍，才确认吴永学考上大学了，有出息了，激动，兴奋，无法用语言表达的高兴，喜悦在心中一波一波地激荡，忽然，她想起小儿子还不到三岁时，得了麻疹，在炕上蜷曲着身子，昏迷不醒的情景。王秀珍想着想着，泪水溢出了眼眶，流在了脸庞，又滚落下来…

吴永学兴匆匆地来到家中，看到娘欣慰的目光，喜悦的泪水，一句话也没有说，给了娘一个深情的拥抱，然后才说："娘，您看，咱种出了好瓜，您吃瓜。"把一车西瓜搬运下来，手脚麻利地给娘洗了一个瓜，让娘品尝这香甜的滋味。看着娘乐滋滋地吃瓜的模样，吴永学一拍脑门："对了！爹和四姐在瓜地，还不知道这个喜讯呢。我给他们报喜去。"吴永学话音刚落，像一股旋风出了家门……

人还没有到爬犁沟子，还没有到瓜地，吴永学就远远地挥着手，大声喊："爹，我考上大学了，大本，四年的本科。"吴崇先摘着西瓜，隐隐地听到吴永学在喊，不知喊的什么，他挺直了腰杆，向发出声音的地方看。

吴永学欢快的脚步越来越近，吴永丽听得真切，连忙对爹说："吴永学考上大学了！"

吴崇先对吴永丽说："真的吗？"

吴永丽兴奋地在瓜地里跳了起来："爹，考上了，真的。"话音刚落，吴永丽发现自己踩到一个香瓜，趔趄了一下，一下子蹲在了瓜地里。听着另一只香瓜发出一声脆响，连瓜也替弟弟高兴吗？

在这之前，吴永学可是连安图县城都没去过，梦想就此开始萌芽。

吴永学兰州求学

9月1日，吴永学挥挥手告别在村头送自己去上学的亲人，他要去甘肃工业大学求学，读建筑工程系。吴永学走过村头的小桥，走过熟悉的小山坡，走过自己的童年和青春岁月。他在心底和爬犁沟子的西瓜和香瓜说再见，和长满沙果和香水梨的果园说再见，和杨木桥子说再见。

18岁，独自出门远行，有一条遥远的路，将东北边陲的小山村和大西北的一座古老的城市链接起来。吴永学走出了杨木桥子，走出了山清水秀的家乡，他要乘坐三天三夜的火车，到一个黄河岸边的城市——兰州求学四年。

吴永学去兰州上大学，这是一条漫漫长途。先从杨木桥子坐汽车到二道白河，乘坐火车到通化，坐火车到天津，从天津坐汽车到北京，然后在北京买到兰州的火车票。

第一次离开家乡，吴永学心中怀揣着梦想，离开的时候心中也充满了惆怅。他在二道白河上了火车，忽然想起，想象当年父亲外出闯荡是怎样的情况。他实在想象不出太多的细节。不过，对于自己这次远行，他在故乡成长的一些往事，都涌上心头。

上小学时，吴永学非常喜欢看电影，爹爹就让二姐带着他赶集，先把鸡卖掉，然后看电影，看完电影，吃一顿“杀猪菜”，那次看的电影是《野猪林》。

那年，上初一，吴永学在小沙河中学读书，有一次，星期天回到家，他爬上舅舅赶的马车去松江镇赶集，突然，马被惊着了，拉着马车在山路上狂奔，吴永学惊慌失措，自己也在车上被吓呆了，但很快明白危险的处境，于是，看准地形和时机，手抱着头，身体滚成一团，从马车上滚了下来，有惊无险，胳膊、大腿等身体部位被擦伤。舅舅见状，也学吴永学，跟着滚下来。如果不及时从马车上滚下来，人在受惊狂奔的马车上，后果非常危险。

那年，上初二，三姐吴永红在小沙河中学教数学，姐姐教弟弟，常常布置很多数学题做。有一次，吴永学对学校的管理非常不满，于是，在校园里出黑板报的黑板上，画了一幅漫画，讽刺学校的管理措施，学校领导非常震怒，最后查出是吴永学干的，被学校严厉警告。如果不是看在三姐吴永红的面上，还会受到更严厉的处罚。后来，三姐告诉他，姐一眼就认出他的字，知道是他干的……

这些琐碎的往事，在飞驰的列车上，一一闪现。随着火车出了东北，往事也飘散了，充满了对未来的想象。

经过三天三夜的颠簸，吴永学一路看着窗外不断变化的风景，吉林的长白山区，平津的城市风貌，中原的沃野千里，西北的雄浑气息，最后看到了穿越兰州的黄河。

在兰州的四个春秋，吴永学喜欢上了这个城市的一切——历史文化，地方风情，特色饮食。他喜欢穿过兰州市流淌的黄河，这条博大而深邃、流淌着古老文明的大河，成为兰州城的标志。他喜欢兰州这颗丝绸之路上的璀璨明珠，中西文化在此交融，互相影响，形成了这个城市独特的文化气质。他喜欢兰州的各种小吃，正宗地道的兰州拉面，干汁麻辣烫，凉皮，烤羊肉……

吴永学学的是建筑专业，在兰州，他饱览了少数民族风情的历史文化建筑。鲁土司衙门建筑群为明代宫廷式建筑，但又融入了藏式建筑的装饰风格。西关清真寺建于清康熙二十六年，为“海乙寺”，具有中国和伊斯兰教建筑的独特风格。白衣寺塔中，其须弥座、覆钵式塔身均为喇嘛塔样式，覆体塔身以上则为中国古塔传统样式的楼阁式塔身。光绪二十八年，英国基督教内地会建于山字石南口的基督教堂，融兰州地方传统建筑与西洋建筑于一体。

吴永学不仅仅从历史文化的角度看兰州的古建筑，经常看新中国成立后的兰州经典建筑。兰州饭店、中心广场、省博物馆等建筑，吴永学看过之后，全部记在心中。

在兰州求学这四年，是吴永学人生的转折点，他从一个小山村的青年，变成视野开阔的大学生。四年的专业学习，为他今后的事业打下坚实的基础。在美丽的校园，吴永学还收获了爱情，一位来自山东济宁的姑娘叶晓玉，后来成了他生活和事业上的伴侣。

离开家乡去兰州上大学的吴永学，对未来还不是非常的清晰，但一条无比通畅的大道延伸在他的脚下，未来充满了不确定性，也充满了无数的机会。自己将来的发展会怎样，一切都是谜。

1955 年，吴崇先从青岛即墨闯关东，几年后，他把吴氏家族都迁往安图县。50 多年后，吴崇先家族的大部分成员又从东北的杨木桥子，迁移回青岛。在吴家，吴崇先是家族迁往东北的主心骨，等他老了，他的最小的儿子吴永学成为吴家的顶梁柱，他是将吴家成员回迁到青岛的主心骨。

1994年大学毕业，吴永学分配到北京轻型汽车有限公司工作，他的恋人叶晓玉分配到济南重型汽车有限公司。由于甘肃工业大学当时直属于国家第一机械工业部，他们两人都分配到这样的单位，和自己所学的专业并不符合。当时吴永学想着回山东，一是自己的老家，二是和女朋友能在一起。经过调配，他和恋人叶晓玉分配到济南，在中建八局工作。

吴永学长在吉林省安图县杨木桥子，学在甘肃省兰州市，事业的发展在济南和青岛起步，在青岛、北京经过十年多的打拼，他成为高级工程师、中国建筑企业里的一名高管。吴永学把家安在了青岛，他的事业也在青岛。经过黄河文明熏陶的吴永学，最终在蓝色的大海边构建了自己事业的版图。

吴永学和妻子、女儿在长白山合影。

尾声

秋风送爽，瓜果飘香，花好月圆。2012 年的中秋节前夕，吴崇先迎来了 82 岁的生日。

在香港东路一家大酒店的贵宾包房中，一群年轻人在包间里尽情欢唱。在酒宴开始之前，切开了摆放在桌子上的大蛋糕，大家分而食之，沉浸在亲人团聚的温馨时刻，分享今天这美好的幸福生活。吴崇先和老伴王秀珍回味着刚才的一切，儿子儿媳、女儿女婿、孙子孙女团团围坐在桌子上，桌子上满满当当的美味佳肴，每一个人的脸上都带着幸福的笑容，宴席上笑语晏晏，亲人不断地向吴崇先送上生日的祝福。

儿孙满堂，身体健康，吴崇先从 1930 年出生，一生经过大风大浪，此时，所有的经历波折都已经云淡风轻。此刻，香港东路的不远处就是波平如镜的大海。

吴崇先回首自己一生的来时路，过去的事情，如万马奔腾来到眼底。想起战争年代枪林弹雨中出生入死，想起每个历史阶段的惊涛骇浪，想起年轻时代的意气冲动和荒唐，想起闯关东颠簸的充满风险的路途，想起杨木桥子种地的岁月生涯……所有的河流都流向大海，每一滴水的归宿也是大海。每一个人都是沧海之

吴崇先和老伴王秀珍在济南黄河大桥留影。

一粟，长河之一滴。回首前尘往事，如梦幻泡影，如露亦如电。过去的一切，如历史一样真实，如梦境一样虚幻。出生于即墨俞家屯，定居在青岛。这是一个人生的圆满。吃过苦，打过仗，好几次死里逃生，好几次经历挫折。幼年母亲病逝，青年军旅生涯目睹战友战死沙场，他对生死看得很淡，转业复员之后，他以种田为生，很知足，很平淡，辛劳而乐观地走了过来。

看着孙子辈的年轻人都已经有了自己的事业，吴崇先就像喜获丰收的老农一样，有一种说不出的欣慰。

酒足饭饱之后，儿孙成群，一个接一个地卡拉 OK，大家一起唱，一起跳，玩得非常开心。长孙唱过一首流行歌曲之后，获得阵阵喝彩。于是，大家隆重地把吴崇先推出来，他推脱不掉，接过话筒，就像面对自己的战友，思绪回到战火纷飞的年代，他唱了一首用东北军老曲子填词的歌《革命战士不忘本》：

同志们呀，我要问问你——
吃的饭穿的衣，是从哪来的？
吃喝穿来自咱们老百姓。
老百姓爱护咱，就像爱儿郎。
咱爱护老百姓，就像爱爹娘。
鱼儿离水活不成。
咱离开老百姓不能打胜仗！

老百姓爱护咱，就像爱儿郎。
咱爱护老百姓，就像爱爹娘。
革命战士不要忘本，
毛主席教导咱爱护人民，
军和民一条心，打垮了反动派，
最后的胜利属于咱们！

吴崇先的清唱，底气很足，把欢乐的气氛推向高潮。大家拥在一起，尽情地跳啊，唱啊，王秀珍看着，眼睛里流出喜悦的泪水……吴崇先握着老伴的手，想起8月底，亲人一起回到安图县杨木桥子，为父亲吴显福上坟。死者长已矣，生者且感恩。过好生命中的每一天……

吴崇先深情地望着王秀珍，轻轻地，轻轻地，为老伴擦去眼角的一滴泪……

一个人的一滴泪，多么像一滴水啊。眼泪有痛苦的，也有喜悦的；有心酸的，也有幸福的；有苦难的，也有美好的。水没有滋味，而眼泪有各种各样的滋味。吴崇先觉得，自己这一生，就像一滴水。他心里感慨万千，一滴水有自己的苦乐、悲欢。有的人如朝露，生之短暂，吴崇先同时代出生的人，很多人夭折了，

吴崇先八十大寿，他和老伴王秀珍、和
儿子吴永学、儿媳叶晓玉、孙女合影。

很多人牺牲了，很多人饿死了，很多人病死了……他穿越了时代，穿越了历史，带着一身的故事，生存了下来。

吴崇先想起童年，老家俞家屯小东河中的河水，夏日洗澡时，从身上滴下的河水。想起被国民党抓了从济南逃回即墨的途中，敲开老百姓的柴门，讨要一碗井水喝。想起青即战役的战场上，在黎明中潜伏在草丛中，喝草叶上的露珠。想起驻扎崂山时，在前海巡逻，海边的石头上大浪打来，飞溅到脚下的海水。想起驻扎在安徽蚌埠机场时，看过穿城而过的淮河水。想起长白山下每年春天融化的积雪，欢快流淌的雪水。想起如今在青岛，饮的是引黄济青的黄河水。一生无数个片段，都像一滴一滴的水汇聚。水从天上来，从高山上来，水有无数的形态，云雾，雨雪，冰霜，江河，湖海，水是流动的，但归宿是大地。大地是各种水的归宿。

老百姓就是一滴水啊，无数个一滴水流动着，汇聚在一起，弱小的水滴就有了巨大的能量。水能载舟，亦能覆舟。水有自己的意志和特性，水滴石穿，流水朝宗。老子说，“上善若水”，“水善利万物而不争”。一个人经历一个时代，一代一代的人离开，一代一代的人走来，长江后浪推前浪，人生代代无穷已。

如果您在李沧区百通馨苑遇到一位白发的老者，他坐在小区的人工湖畔，望着秋日的蓝天白云，也许他会向你讲他一生的故事……

后记

每一本书都是光阴的故事。

这本书本来不在我的写作计划中。但生活总是充满了偶然，可以说偶然，也可以说必然，就诞生了这本书。

2011 年 11 月的一天，寒风吹落了法国梧桐枝头上最后的树叶，一个偶然的电话，将我引向本书中的吴崇先。

11 月 28 日，一场雪落入青岛的子夜，雪花纷纷扬扬漫天飞舞，纯洁的白色温柔地覆盖了大地。第二天，太阳虽然出来了，风中仍然有雪花飘舞，踩着厚厚的积雪，发出咯吱咯吱的声音，我去拜访这位老人。起初，我没有打算想写这本书，只是想听听老人讲讲过去的故事。第一次见面后，老人的直爽与坦荡，我有似曾相识的感觉。老人讲 1947 年、1948 年即墨一带的解放战争，完全是老百姓的话语，拉呱唠嗑，透着质朴，带着情感，一下子击中了我。仿佛回到童年，在大雪纷飞的时候，围着火炉听家中老人讲故事。由于吴崇先讲述的，都是亲身经历的，都是小人物在历史激流中的沉浮，甚至讲述出一些被遮蔽的历史真相。

经过慎重考虑，我暂时从我所写的民国人物中跳出来，关注一位普通老百姓的甘苦人生。我研究晚清民国历史，已经出版的几本书中，传记的主角多是西南联大知识分子群体。这一次，为一位士兵、农民写传记，于我的写作算是一种补充。在我的写作计划中，民国民党军队政人物、文人学者、再加上这本以农民为传主的书，可以形成一个相对完整的体系。在这样的考虑下，开始了这本书的采访与写作。

本书的写作主要以吴崇先的口述内容为主，加入了大量的文学性的细节，主要是以寻常百姓的经历，映衬大时代的变迁。我把吴崇先讲述的点点滴滴一一呈现，我尽可能地呈现，但不可能在逝去的岁月河流中打捞出完整的人生拼图。历史的真相只能靠近，无法抵达。人生的故事只能讲述，无法复制。

结束完这本书的写作之后，我将回归到以往的写作轨道。希望在接下来的几年中，沉潜下来写几本寂寞的书。在我的写作计划中，有两本书，继续讲老青岛的人物与往事，追寻在青岛的历史上消失的背影。

2012 年 12 月 25 日初稿

2013 年 11 月 6 日修订稿

图书在版编目（CIP）数据

耕耘：老兵吴崇先的这一辈子 / 柳已青著．—青岛：中国海洋大学出版社，2017.3

ISBN 978-7-5670-1338-4

Ⅰ．①耕… Ⅱ．①柳… Ⅲ．①回忆录—作品集—中国—当代 Ⅳ．①I251

中国版本图书馆 CIP 数据核字（2017）第 046975 号

出版发行	中国海洋大学出版社
社　　址	青岛市香港东路 23 号　　邮政编码 266071
出 版 人	杨立敏
网　　址	http://www.ouc-press.com
电子信箱	2654799093@qq.com
订购电话	0532-82032573（传真）
责任编辑	郭　利　　　　电　话 0532-85902533
装帧设计	青岛艺非凡文化传播有限公司
印　　制	蓬莱利华印刷有限公司
版　　次	2017 年 5 月第 1 版
印　　次	2017 年 5 月第 1 版印刷
成品尺寸	145mm × 215mm
印　　张	9
字　　数	200 千
印　　数	1—1000
定　　价	32.00 元